Anthony Horowitz
Die fünf Tore · Todeskreis

Bisher in der Reihe
Die fünf Tore **erschienen:**

Todeskreis
Teufelsstern
Schattenmacht
Höllenpforte

Anthony Horowitz

DIE FÜNF TORE
Todeskreis

Aus dem Englischen übersetzt von
Simone Wiemken

Zu diesem Buch steht eine Lehrerhandreichung zum
kostenlosen Download bereit unter
http://www.loewe-verlag.de/paedagogen

ISBN 978-3-7855-7588-8
1. Auflage 2012 als Loewe-Taschenbuch
Die Originalausgabe ist 2005 bei Walker Books Ltd, London
unter dem Originaltitel *Raven's Gate* in der Original-Serie
The Power of Five erschienen.
Copyright © 1983, 2005 by Anthony Horowitz
Published by arrangement with Anthony Horowitz.
Alle Rechte vorbehalten, inklusive des Rechts zur vollständigen
oder teilweisen Wiedergabe in jedweder Form
Dieses Werk wurde vermittelt durch die Literarische Agentur
Thomas Schlück GmbH, 30827 Garbsen.
© für die deutschsprachige Ausgabe 2012 Loewe Verlag GmbH, Bindlach
Aus dem Englischen übersetzt von Simone Wiemken
Umschlagfoto: Getty Images/Malcom Piers
Printed in Germany

www.loewe-verlag.de

Noch vor dem Anfang war das Tor.
Und die fünf Torwächter ... Kinder.
Vier Jungen. Ein Mädchen. Es steht geschrieben ...
Die Nacht der unendlichen Dunkelheit bricht herein.
Das Tor wird sich öffnen.
Die Torwächter müssen zurückkehren.

INHALT

Das Lagerhaus	9
Gefangen	21
Ein neues Leben	32
Das Haus im Wald	46
Die Warnung	57
Nächtliches Flüstern	73
Omega Eins	86
Frisch gestrichen	100
Der Reporter	115
Anruf aus dem Jenseits	130
Unerwarteter Besuch	143
Wilde Hunde	157
Matts Geschichte	177
Wissenschaft und Magie	194
Einer der Fünf	213
Angriff aus dem Nichts	232
Walpurgisnacht	247
Dunkle Mächte	260
Raven's Gate	270
Der Mann aus Peru	287

DAS LAGERHAUS

Matt wusste, dass es ein Fehler war.

Er saß auf einer niedrigen Mauer vor dem Bahnhof von Ipswich. Es war sechs Uhr abends und der Pendlerzug aus London war gerade angekommen. Hinter ihm strömten die Fahrgäste aus dem Bahnhof. Auf dem Vorplatz wimmelte es von Autos, Taxis und Fußgängern. Die Ampel sprang von Rot auf Grün, aber der Verkehr kam trotzdem nicht voran. Eine Hupe ertönte und das nervtötende Geräusch hallte durch die feuchte Abendluft. Matt schaute kurz auf. Aber im Grunde waren ihm die Menschenmassen gleichgültig. Er gehörte nicht zu ihnen. Er hatte nie zu ihnen gehört und manchmal glaubte er, dass das auch nie der Fall sein würde.

Zwei Männer mit Regenschirmen hasteten vorbei und warfen Matt missbilligende Blicke zu, als hielten sie ihn für einen Schwerverbrecher. Die Art, wie er dasaß – breitbeinig und mit krummem Rücken –, in einem grauen Kapuzensweatshirt, einer formlosen Jeans und Turnschuhen mit ausgefransten Schnürsenkeln, ließ ihn irgendwie älter und gefährlicher als vierzehn wirken. Er hatte breite Schultern, einen kräftigen Körper und leuchtend blaue, intelligente Augen. Seine schwarzen Haare waren sehr kurz geschnitten. Man konnte sich gut vorstellen, dass er in fünf Jahren entweder Fußballspieler oder Model sein würde – oder auch beides.

Sein Vorname war Matthew, aber er selbst nannte sich immer nur Matt. Seit sein Leben aus den Fugen geraten war, hatte er auch seinen Nachnamen immer seltener erwähnt, bis er irgendwann gar nicht mehr richtig zu ihm zu gehören schien. Freeman war der Name, der im Schulregister und auf der Schulschwänzerliste stand und unter dem er beim Jugendamt bekannt war. Aber Matthew schrieb ihn nie auf und nannte ihn nur selten. Matt reichte vollkommen. Der Name passte zu ihm. Schließlich traten sich, seit er sich erinnern konnte, die Leute die Füße an ihm ab wie an einer Fußmatte.

Er beobachtete, wie die beiden Männer mit den Regenschirmen die Brücke überquerten und in Richtung Stadtzentrum verschwanden. Matt war nicht in Ipswich geboren. Man hatte ihn hierher geschleppt und er hasste den Ort. Es war nicht einmal eine richtige Stadt – dafür war es zu klein. Wenn es wenigstens den Charme eines Dorfs oder Marktfleckens gehabt hätte. Aber nein, Ipswich war im Grunde nur ein riesiges Einkaufszentrum mit denselben Geschäften und Supermärkten, die es überall gab. Man konnte ins öffentliche Schwimmbad gehen oder sich einen Film im Multiplex-Kino ansehen und für die, die es sich leisten konnten, gab es auch einen künstlichen Skihang und eine Kartbahn. Und das war es auch schon. Das Kaff hatte nicht einmal eine anständige Fußballmannschaft.

Matt hatte gerade mal drei Pfund in der Tasche, die er auf seiner Zeitungstour verdient hatte. Zu Hause hatte er weitere zwanzig Pfund, versteckt in einer Dose unter seinem Bett. Er brauchte Geld aus demselben Grund wie jeder andere Teenager in Ipswich auch: nicht nur weil seine Turnschuhe auseinanderfielen und seine Computerspiele hoffnungslos veraltet waren. Geld war Macht. Geld bedeutete Unabhängigkeit. Matt hatte weder das eine noch das andere und er war an diesem Abend hier, um es sich zu beschaffen.

Doch er bedauerte längst, dass er sich darauf eingelassen hatte. Es war falsch. Es war idiotisch. Warum hatte er nur Ja gesagt?

Er sah auf seine Uhr. Zehn nach sechs. Sie waren für Viertel vor verabredet gewesen. Er hatte lange genug gewartet. Matt sprang von der Mauer und ging auf den Ausgang zu. Doch schon nach wenigen Schritten tauchte ein älterer Junge wie aus dem Nichts auf und versperrte ihm den Weg.

„Du gehst schon, Matt?", fragte er.

„Ich dachte, du kommst nicht mehr", antwortete Matt.

„Wieso denn das?"

Weil du fast eine halbe Stunde Verspätung hast. Weil mir kalt ist. Weil auf dich noch nie Verlass war. Das alles hätte Matt gern gesagt, doch die Worte kamen nicht. Also zuckte er nur mit den Schultern.

Der andere Junge lächelte. Sein Name war Kelvin, und er war siebzehn, groß und dünn mit blonden Haaren, heller Haut und unzähligen Pickeln. Er trug teure Designerjeans und eine weiche Lederjacke. Auch als er noch zur Schule gegangen war, hatte Kelvin immer die besten Klamotten gehabt.

„Ich wurde aufgehalten", sagte er.
Matt sagte nichts.
„Du willst doch nicht aussteigen, oder?"
„Nein."
„Sei ganz cool, Matt. Das wird ein Spaziergang. Charlie hat mir erzählt ..."

Charlie war Kelvins großer Bruder. Matt hatte ihn nie kennengelernt, was nicht weiter verwunderlich war, denn Charlie saß im Gefängnis. Kelvin sprach nicht oft über ihn, aber es war Charlie, der von dem Lagerhaus gehört und Kelvin davon erzählt hatte.

Anscheinend lag es fünfzehn Minuten vom Bahnhof entfernt in einem Industriegebiet. Ein Lagerhaus voller CDs, Videospiele und DVDs. Erstaunlicherweise hatte es keine Alarmanlage und nur einen einzigen Wachmann, einen pensionierten Polizisten, der die meiste Zeit halb schlafend mit hochgelegten Füßen dasaß und eine Zeitung vor der Nase hatte. Charlie wusste das alles, weil ein Freund von ihm dort gewesen war, um irgendwelche Elektroarbeiten auszuführen. Charlie zufolge reichte eine aufgebogene Büroklammer, um reinzukommen, und dann konnte man beladen mit Zeug, das mindestens ein paar Hunderter brachte, wieder gehen. Es war total einfach – der Kram wartete nur darauf, dass ihn jemand mitnahm.

Deshalb hatten sie verabredet, sich hier zu treffen. Matt hatte zugestimmt, als Kelvin ihm davon erzählt hatte, aber eigentlich nur, weil er sicher war, dass Kelvin es ohnehin nicht ernst meinte. Die beiden hatten schon andere krumme Dinger gedreht. Unter Kelvins

Anleitung hatte Matt im Supermarkt geklaut und einmal waren sie auch in einem fremden Auto herumgefahren. Aber Matt war klar, dass das, was sie jetzt vorhatten, viel schlimmer war. Es war Einbruch. Ein richtiges Verbrechen.

„Bist du sicher, dass wir das tun sollen?", vergewisserte sich Matt.

„Klar bin ich sicher. Wo liegt das Problem?"

„Und wenn wir erwischt werden?"

„Werden wir nicht. Charlie sagt, dass die nicht einmal Videoüberwachung haben." Kelvin stellte einen Fuß auf die Mauer. Matt sah sofort, dass er nagelneue Nikes trug. Er hatte sich schon oft gefragt, wie Kelvin sich die teuren Sachen leisten konnte. Jetzt wusste er es wohl.

„Komm schon, Matt", drängte Kelvin. „Was ist denn schon dabei?"

Kelvin sah ihn abschätzig an und in diesem Moment wurde Matt klar, dass er keine Wahl hatte. Wenn er nicht mitging, würde er seinen einzigen Freund verlieren. Als er damals auf die neue Schule in Ipswich gekommen war, hatte Kelvin sich um ihn gekümmert. Die anderen Schüler hatten ihn für einen Spinner gehalten oder versucht, ihn zu quälen. Doch Kelvin hatte ihn beschützt. Und es war sehr praktisch, dass Kelvin nur ein paar Türen von Matt entfernt wohnte. Wenn es zu Hause bei seiner Tante unerträglich wurde, wusste Matt immer, wohin er gehen konnte. Außerdem musste er zugeben, dass es ihm schmeichelte, einen Freund zu haben, der drei Jahre älter war.

„Nichts ist dabei", sagte er. „Ich komme mit."

Und das war alles. Die Entscheidung war gefallen. Matt hatte Angst, doch er versuchte, sich nichts anmerken zu lassen. Kelvin schlug ihm anerkennend auf den Rücken und sie machten sich auf den Weg.

Es wurde schnell dunkel. Obwohl es schon fast Ende März war, war der Frühling noch nicht in Sicht. Es hatte den ganzen Monat fast pausenlos geregnet und die Nacht schien früher hereinzubrechen, als sie sollte. Als sie das Industriegebiet erreichten, gingen die Straßenlaternen an und warfen hässliche orangefarbene Lichtkreise auf den Boden. Rund um das Gelände standen Schilder, auf denen „Privatbesitz" stand, aber der Zaun war verrostet und voller Löcher und das einzige weitere Hindernis waren hohes, dürres Gras und trockene Disteln, die dort wucherten, wo der Asphalt endete. Quer über das Gelände verlief eine Bahnlinie auf gemauerten Stützen. Als sich die beiden Jungen in ihrem Schatten anschlichen, donnerte über ihren Köpfen ein Zug nach London vorbei.

Insgesamt waren es rund ein Dutzend Gebäude. Kelvins Lagerhaus war ein rechteckiger Klotz mit Wänden aus Wellblech und einem schrägen Dach. Es stand ein wenig abseits von den anderen und überall lag Müll herum – zerbrochene Flaschen, alte Kartons und Autoreifen. Nirgendwo rührte sich etwas. Das ganze Gelände sah aus, als hätten die Besitzer es längst vergessen.

Der Haupteingang des Lagerhauses, eine große Schiebetür, lag an der Vorderfront. Es gab keine Fenster und

Kelvin führte Matt zu einer kleineren Seitentür. Die beiden liefen jetzt geduckt und auf Zehenspitzen. Matt versuchte, sich zu entspannen und den Kitzel des Abenteuers zu genießen. Es war doch ein Abenteuer oder nicht? In einer Stunde würden sie darüber lachen – mit den Taschen voller Geld. Aber er war trotzdem nervös, und als Kelvin ein Messer herausholte, krampfte sich sein Magen zusammen.

„Was willst du damit?", flüsterte er.

„Keine Panik. Damit mache ich uns nur die Tür auf."

Kelvin schob die Klinge in den Türspalt und zog sie nach unten. Matt sah ihm schweigend zu und hoffte insgeheim, dass sich die Tür nicht öffnen würde. Das Schloss machte einen stabilen Eindruck, es schien unmöglich, dass ein Siebzehnjähriger es mit etwas so Gewöhnlichem wie einem Messer öffnen konnte. Doch plötzlich klickte es und Licht fiel nach draußen, als die Tür aufschwang. Kelvin wich zurück. Matt sah, dass er genauso überrascht war wie er, wenn er sich auch große Mühe gab, sich nichts anmerken zu lassen.

„Wir sind drin", sagte er.

Matt nickte. Einen Moment lang fragte er sich, ob Charlie vielleicht doch recht hatte. Vielleicht würde das hier wirklich so leicht werden, wie Kelvin behauptete.

Sie schlüpften durch die Tür.

Das Lagerhaus war riesig – viel größer, als Matt erwartet hatte. Als Kelvin ihm davon erzählt hatte, hatte er mit ein paar Regalen voller DVDs in einem ansonsten leeren Lagerhaus gerechnet. Aber die Halle, in der sie standen, nahm kein Ende. Es waren Hunderte von Regalen, alle nummeriert und in einem komplizierten Rastermuster aufgestellt. Von der Decke hingen riesige Lampen herab, die alles in ein grelles Licht tauchten. Und es gab nicht nur Videospiele und DVDs, sondern auch Kartons mit Computerteilen, Gameboys, MP3-Playern und sogar Handys, alles in Plastik verpackt, bereit für die Auslieferung an die Geschäfte.

Matt schaute nach oben und blickte sich suchend um. Es gab tatsächlich keine Überwachungskameras, genau wie Kelvin gesagt hatte.

„Geh du da lang", sagte Kelvin und zeigte in einen der Gänge. „Nimm nur das kleine, teure Zeug. Wir treffen uns dann wieder hier."

„Warum bleiben wir nicht zusammen?"

„Nur die Ruhe, Matt. Ich verschwinde schon nicht ohne dich!"

Sie trennten sich. Matt landete in einem schmalen Gang mit DVDs. Tom Cruise, Johnny Depp, Brad Pitt ... Er nahm sich eine Handvoll, ohne darauf zu achten, was es war. Sicher gab es in diesem Lager wertvollere Dinge, aber das war ihm egal. Er wollte nur wieder raus.

Doch plötzlich ging alles schief.

Es begann mit einem Geruch, den er auf einmal in der Nase hatte.

Es roch nach verbranntem Toast.

Dann hörte er eine Stimme. *„Beeil dich, Matthew, sonst kommen wir zu spät."*

Ein farbiger Blitz. Eine leuchtend gelbe Wand.

Schränke aus Kiefernholz. Eine Teekanne, geformt wie ein Teddybär.

Der Geruch sagte ihm, dass etwas nicht stimmte – wie ein Hund, der bellt, bevor die Gefahr da ist. Matt hatte so etwas schon öfter erlebt, aber er hatte noch nie mit jemandem darüber gesprochen. Es war eine besondere Fähigkeit ... eine Art Instinkt. Eine Warnung. Doch diesmal kam sie zu spät.

Bevor er wusste, wie ihm geschah, landete auch schon eine schwere Hand auf seiner Schulter, wirbelte ihn herum und eine Stimme rief: „Was zum Teufel hast du hier zu suchen?"

Matt spürte, wie ihn alle Kraft verließ. Die DVDs fielen ihm aus den Händen und prasselten zu Boden. Er starrte einem Wachmann ins Gesicht und wusste sofort, dass dies nicht die alte Schlafmütze war, die Kelvin ihm beschrieben hatte. Das hier war ein großer, ernster Mann in einer schwarz-silbernen Uniform mit einem Funkgerät, das in einer Art Halfter an seiner Brust hing. Der Mann war etwa Mitte fünfzig, aber er sah so fit aus wie ein Rugbyspieler.

„Die Polizei ist schon unterwegs", sagte er. „Du hast den Alarm ausgelöst, als du die Tür geöffnet hast. Also mach keinen Blödsinn, hörst du?"

Matt konnte sich nicht bewegen. Er stand unter Schock. Sein Herz hämmerte so heftig in seiner Brust, dass er kaum Luft bekam. Plötzlich fühlte er sich wieder sehr jung.

„Wie heißt du?", fragte der Wachmann streng.

Matt sagte nichts.

„Bist du allein?" Diesmal klang die Stimme etwas freundlicher. Anscheinend hatte der Mann erkannt, dass Matt keine Bedrohung für ihn darstellte. „Wie viele von euch sind noch hier?"

Matt holte tief Luft. „Ich ..."

Und in diesem Augenblick, als hätte jemand einen Schalter umgelegt und die ganze Welt auf den Kopf gedreht, begann der wirkliche Horror.

Der Wachmann richtete sich ruckartig auf, seine Augen wurden größer, sein Unterkiefer klappte herunter. Er ließ Matt los und wankte zur Seite. Matt sah an ihm vorbei und sein Blick fiel auf Kelvin, der ein benommenes Lächeln im Gesicht hatte. Zuerst begriff Matt nicht, was los war. Aber dann sah er den Messergriff, der aus dem Rücken des Wachmanns ragte. Der Mann sah nicht verletzt aus – nur verblüfft. Er fiel langsam auf die Knie und kippte dann vornüber.

Eine ganze Ewigkeit schien zu vergehen. Matt war wie erstarrt. Er hatte das Gefühl, in ein schwarzes Loch zu fallen. Dann packte Kelvin ihn.

„Lass uns abhauen", drängte er.

„Kelvin ..." Matt versuchte, sich wieder unter Kontrolle zu bringen. „Was hast du getan?", flüsterte er. „Warum hast du das gemacht?"

„Was hätte ich denn sonst tun sollen?", erwiderte Kelvin. „Er hat dich gesehen!"

„Ich weiß, dass er mich gesehen hat. Aber du hättest ihn nicht niederstechen dürfen! Ist dir überhaupt klar, was du da gemacht hast? Weißt du, was du bist?"

Matt war fassungslos vor Entsetzen. Bevor er begriff,

was er tat, stürzte er sich auf Kelvin und stieß ihn in eines der Regale. Kelvin rappelte sich schnell wieder auf. Er war größer und stärker als Matt. Er sprang vor, ballte die Faust und schlug Matt an die Schläfe. Matt taumelte rückwärts.

„Drehst du jetzt völlig durch?", fauchte Kelvin ihn an. „Was ist dein Problem?"

„*Du* bist mein Problem! Warum hast du das getan? Bist du vollkommen verrückt geworden?" Matt schwirrte der Kopf. Er wusste nicht, was er sagen sollte.

„Ich hab es doch nur für dich getan." Kelvin zeigte wutentbrannt mit dem Finger auf ihn.

Der Wachmann stöhnte. Matt zwang sich, auf ihn herabzusehen. Er lebte noch, aber er lag in einer Blutlache, die von Sekunde zu Sekunde größer wurde.

„Weg hier!", zischte Kelvin.

„Nein. Wir können ihn nicht alleinlassen."

„Was?"

„Wo ist dein Handy? Wir müssen Hilfe holen."

„Spinnst du?" Kelvin fuhr sich mit der Zunge über die Lippen. „Du kannst von mir aus bleiben. Ich verschwinde."

„Das kannst du nicht machen!"

„Wetten doch?"

Und dann verschwand er in Richtung Tür. Matt sah ihm nicht nach. Der Wachmann stöhnte wieder und versuchte, etwas zu sagen. Matt war schlecht, doch er hockte sich neben ihn und legte ihm eine Hand auf den Arm. „Nicht bewegen", sagte er. „Ich hole Hilfe."

Doch die Hilfe war schon da. Matt hörte die Sirenen kurz vor dem Quietschen der Reifen, das ihm verriet, dass die Polizei gekommen war. Sie mussten schon in dem Moment losgefahren sein, als Kelvin die Tür aufgebrochen hatte. Matt verließ den Wachmann und trat auf die freie Fläche vor den Regalen. Plötzlich wurde das große Eingangstor zur Seite geschoben. Draußen flackerte blaues Licht. Drei Polizeiwagen standen vor dem Eingang. Ein Scheinwerfer wurde eingeschaltet, und grelles Licht blendete Matt, sodass er nur die Umrisse der Polizisten erkennen konnte, die im Halbkreis vor dem Tor standen.

Sie hatten Kelvin schon gefasst. Er wurde heulend und schluchzend von zwei bewaffneten Männern abgeführt. Dann entdeckte er Matt, drehte sich um und zeigte auf ihn.

„Ich war's nicht!", schrie er mit schriller Stimme. „Er war's! Er hat mich dazu gezwungen! Und er hat den Wachmann umgebracht!"

„Keine Bewegung!", brüllte jemand, und zwei Beamte stürmten auf Matt zu.

Matt blieb, wo er war, und hob langsam die Arme. Im Licht der Scheinwerfer fiel ihm auf, dass seine Handflächen rot glänzten. Sie waren mit Blut bedeckt.

„Er war's! Er war's! Er war's!", kreischte Kelvin.

Die beiden Polizisten warfen Matt um. Sie drehten ihm die Arme auf den Rücken und legten ihm Handschellen an. Dann rissen ihn die Polizisten auf die Füße und stießen ihn hinaus in die Nacht. Er leistete keinen Widerstand.

GEFANGEN

Sie brachten Matt in ein Gebäude, das kein Gefängnis war und auch kein Krankenhaus, sondern irgendetwas dazwischen.

Der Wagen fuhr auf einen asphaltierten Hof, der von hohen Mauern umgeben war. Als er hielt, schloss sich ein Stahltor hinter ihnen mit einem lauten elektrischen Summen. Matt hörte, wie das Schloss einrastete. Das Geräusch hallte in seinem Kopf. Er fragte sich, ob er die Welt jenseits dieses Tores wohl jemals wiedersehen würde.

„Raus!" Die Stimme schien körperlos zu sein. Sie sagte ihm, was er zu tun hatte, und Matt gehorchte. Es regnete und einen Moment fühlte er die Tropfen im Gesicht und war fast dankbar dafür. Er wollte sich waschen. Das Blut an seinen Händen war getrocknet und fühlte sich klebrig an.

Sie schoben ihn durch eine Doppeltür in einen hell erleuchteten Flur, in dem es nach Urin und Desinfektionsmittel roch. Leute in Uniform kamen ihnen entgegen. Erst zwei Polizisten, dann eine Krankenschwester. Matt trug noch immer Handschellen. Im Fernsehen hatte er schon oft gesehen, wie jemand verhaftet wurde, aber erst jetzt wusste er, was für ein Gefühl es ist, wenn einem jede Freiheit genommen wird. Er war vollkommen wehrlos.

Die beiden Polizisten blieben vor einem Schreibtisch stehen, an dem ein dritter Mann saß und etwas in ein Buch schrieb. Er stellte ihm ein paar Fragen, doch Matt verstand nicht, was er sagte. Er sah, dass sich der Mund des Mannes bewegte. Er hörte auch die Worte, die gesprochen wurden. Aber sie schienen weit entfernt zu sein und ergaben keinen Sinn.

Dann war er wieder in Bewegung und wurde in einen Fahrstuhl geschoben, für den man einen Schlüssel brauchte. Im zweiten Stock führten sie ihn einen weiteren Flur entlang. Matt hielt den Kopf gesenkt und den Blick auf seine Füße gerichtet. Er wollte sich nicht umsehen. Er wollte gar nicht wissen, wo er war.

Sie führten ihn in ein Büro mit einem vergitterten Fenster. Davor standen ein Tisch mit einem Computer und zwei Stühle. Sie schlossen die Handschellen auf, und er nahm erleichtert die Arme nach vorn. Seine Schultern taten weh.

„Setz dich", sagte einer der Polizisten.

Matt tat, was man ihm sagte.

Es vergingen etwa fünf Minuten. Dann ging die Tür auf und ein Mann in einem Anzug und einem bunten Hemd mit offenem Kragen kam herein. Er war schwarz und sehr schlank und hatte freundliche, kluge Augen. Er sah ein bisschen netter aus als die beiden anderen, und er war auch jünger. Matt schätzte ihn auf Ende zwanzig.

„Mein Name ist Detective Superintendent Mallory", sagte er. Er hatte eine angenehme, kultivierte Stimme, wie ein Nachrichtensprecher im Fernsehen. „Geht es dir gut?"

Die Frage überraschte Matt. „Ja."

Mallory setzte sich an den Schreibtisch und tippte etwas in den Computer. „Wie heißt du?", fragte er.

„Matt."

Mallorys Finger schwebten über der Tastatur. „Ich fürchte, du wirst mir deinen vollen Namen nennen müssen. Ich brauche ihn für meinen Bericht."

Matt zögerte. Aber ihm war klar, dass er keine Wahl hatte. „Matthew Freeman", sagte er.

Der Detective tippte seinen Namen ein, drückte die Enter-Taste und las die Informationen, die auf dem Bildschirm auftauchten. „Du hast dir ja schon einen ziemlichen Namen gemacht", stellte Mallory fest. „Du wohnst in der Eastfield Street 27?"

„Ja." Matt nickte.

„Bei einem Vormund. Einer Mrs Davis?"

„Das ist meine Tante."

„Du bist vierzehn."

„Ja."

Mallory sah vom Bildschirm auf. „Du steckst in ernsten Schwierigkeiten", sagte er.

Matt holte tief Luft. „Ich weiß." Er traute sich fast nicht zu fragen, aber er musste es einfach wissen. „Ist er tot?"

„Der Wachmann, den du niedergestochen hast, hat einen Namen – Mark Adams. Er ist verheiratet und hat zwei Kinder." Mallory schaffte es nicht, seine Wut zu verbergen. „Er ist im Krankenhaus und wird dort eine ganze Weile bleiben müssen. Aber er wird nicht sterben."

„Ich habe ihn nicht niedergestochen", sagte Matt. „Ich wollte nicht, dass jemand verletzt wird. Davon war nie die Rede."

„Dein Freund Kelvin sagt aber etwas anderes. Er sagt, dass es dein Messer und dein Plan war und dass du derjenige warst, der in Panik geriet, als ihr erwischt wurdet."

„Er lügt."

Mallory seufzte. „Ich weiß. Ich habe schon mit dem Wachmann gesprochen und er hat mir erzählt, was passiert ist. Er hat euch streiten gehört und weiß, dass du derjenige warst, der bleiben wollte. Aber du bist trotzdem mitverantwortlich, Matthew. Du wirst als Mittäter angeklagt werden. Weißt du, was das bedeutet?"

„Werden sie mich ins Gefängnis stecken?"

„Du bist vierzehn. Das ist zu jung fürs Gefängnis. Aber es ist gut möglich, dass du in ein geschlossenes Heim eingewiesen wirst." Mallory verstummte. Er hatte schon Dutzenden von kriminellen Jugendlichen gegenübergesessen. Sie waren teils aufsässig, teils verheult und voller Selbstmitleid. Aber diesen gut aussehenden, stillen Jungen, der ihm jetzt gegenübersaß, hatte er noch nicht durchschaut. Matt war irgendwie anders und Mallory fragte sich, was ihn hierher gebracht hatte. „Jetzt ist es zu spät, um über alles zu reden", sagte er. „Hast du Hunger?"

Matt schüttelte den Kopf.

„Brauchst du sonst etwas?"

„Nein."

„Versuch, nicht allzu viel Angst zu haben. Morgen früh sprechen wir ausführlicher über die Sache. Jetzt musst du erst einmal aus deinen Klamotten raus. Es tut mir wirklich leid, aber jemand wird dabei sein müssen, wenn du dich auszieht – deine Sachen sind Beweismittel. Dann kannst du duschen und danach wird dich ein Arzt untersuchen."

„Ich bin nicht krank. Ich brauche keinen Arzt."

„Das ist nur Routine. Er wird sich dich kurz ansehen und dir vielleicht etwas geben, damit du schlafen kannst." Mallory sah einen der Polizisten an. „Also los."

Matt stand auf. „Können Sie ihm sagen, dass es mir leidtut?", fragte er. „Dem Wachmann. Mark Adams. Ich weiß, dass es keinen Unterschied macht und dass Sie mir wahrscheinlich sowieso nicht glauben. Aber es tut mir leid."

Mallory nickte. Der Polizist nahm Matt am Arm und führte ihn zurück auf den Flur.

Er brachte ihn in einen weiß gefliesten Umkleideraum mit harten Holzbänken. Matts Kleider wurden in einen Plastiksack gestopft, der zugeklammert und beschriftet wurde. Dann duschte er. Er hatte keine Privatsphäre, aber das hatte Mallory ihm ja gesagt.

Obwohl die ganze Zeit ein Polizist dabei war, gelang es Matt, das Duschen zu genießen – das heiße Wasser, das auf seinen Kopf und seine Schultern prasselte und das Blut und die Angst der letzten Stunden wegwusch.

Nur allzu schnell war es vorbei. Er trocknete sich ab und zog ein graues T-Shirt und Boxershorts an, die so flach gebügelt waren wie Papier.

Schließlich führte man ihn in einen Raum, der aussah wie ein Zimmer in einem Krankenhaus. Vier Metallbetten und vier identische Tische – sonst nichts. Der Raum fühlte sich an, als wäre er fünfzig Mal hintereinander geputzt worden. Sogar die Luft schien sauber zu sein. Offenbar war er der einzige Bewohner des Zimmers.

Matt ging ins Bett, und bevor irgendein Arzt kommen konnte, war er eingeschlafen. Der Schlaf kam so schnell, wie ein Zug in einen Tunnel einfährt. Er schloss einfach die Augen und ließ sich fallen.

Zur gleichen Zeit saß Mallory ein Stockwerk tiefer einer ältlichen, mürrisch blickenden Frau gegenüber, die es schaffte, gleichzeitig missbilligend auszusehen und zu gähnen. Die Frau war Gwenda Davis, Matts Tante und Vormund. Sie war klein und unattraktiv, mit mausgrauen Haaren und einem verkniffenen Gesicht. Mrs Davis trug kein Make-up und hatte große Tränensäcke unter den Augen. Gekleidet war sie in einen alten schäbigen Mantel, der vielleicht einmal sehr teuer gewesen, doch jetzt an den Rändern ausgefranst war. Wie die Frau, die ihn trägt, dachte Mallory. Er schätzte sie auf ungefähr fünfundvierzig. Sie wirkte nervös, als wäre sie die Beschuldigte, nicht ihr Neffe.

„Und wo ist er?", fragte sie. Ihre dünne, weinerliche Stimme ließ die Frage wie eine Beschwerde klingen.

„Ihr Neffe ist oben", sagte Mallory. „Er war eingeschlafen, bevor der Arzt ihn sich ansehen konnte, aber er hat ihm trotzdem ein Beruhigungsmittel gegeben. Es ist gut möglich, dass er unter Schock steht."

„Er steht unter Schock?" Gwenda Davis lachte kurz auf. „*Ich* bin diejenige, die unter Schock steht, das kann ich Ihnen sagen! Mitten in der Nacht angerufen und herzitiert zu werden! Ich bin eine anständige Frau. Und nun diese Geschichte! Das ist die Höhe!"

„Wenn ich Sie richtig verstanden habe, leben Sie mit einem Mann zusammen."

„Brian." Mrs Davis fiel auf, dass Mallory einen Stift in die Hand genommen hatte. „Brian Conran", fuhr sie fort und sah zu, wie der Detective es notierte. „Er schläft. Und er ist nicht mit dem Jungen verwandt – warum also sollte er wegen ihm mitten in der Nacht aufstehen? Er muss schon früh genug raus."

„Was arbeitet er?"

„Was geht Sie das an?" Doch dann zuckte sie die Schultern. „Er ist Milchmann."

Mallory zog ein Blatt Papier aus einer Akte. „Ich entnehme Matthews Akte, dass seine Eltern gestorben sind", sagte er.

„Ein Autounfall." Gwenda Davis schluckte. „Er war acht Jahre alt. Die Familie hat in London gelebt. Seine Mutter und sein Vater kamen ums Leben. Er saß nicht mit in dem Auto."

„Keine Geschwister?"

„Er war ein Einzelkind. Und er hatte auch keine Verwandten. Niemand wusste, was aus ihm werden sollte."

„Sind Sie mit seiner Mutter verwandt?"

„Ich bin ihre Halbschwester. Ich habe sie nur selten gesehen." Mrs Davis richtete sich auf und verschränkte die Arme. „Und wenn Sie die Wahrheit wissen wollen – sehr freundlich waren die nie zu mir. Für sie war ja alles in Ordnung. Nettes Haus, gute Nachbarschaft. Ein schickes Auto. Alles vom Feinsten. Aber für mich hatten sie nie Zeit. Und nach diesem blöden Unfall ... Also, ich weiß nicht, was aus Matthew geworden wäre, wenn Brian und ich nicht gewesen wären. Wir haben ihn aufgenommen. Wir mussten ihn ganz allein großziehen. Und wie dankt er es uns?"

Mallory warf einen weiteren Blick in die Akte. „Wie ich sehe, hatte er früher nie Schwierigkeiten", sagte er. „Mit dem Schuleschwänzen hat er erst angefangen, als er nach Ipswich kam. Und von da an ging es nur noch bergab."

„Geben Sie etwa mir die Schuld?" Zwei rote Flecken erschienen auf Gwenda Davis' Wangen. „Dafür kann ich doch nichts! Das war dieser Junge, Kelvin Johnson ... Er lebt in der Nachbarschaft. Er hat Matthew verdorben!"

Es war elf Uhr abends. Der Tag war lang gewesen und Mallory reichte es. „Vielen Dank, dass Sie gekommen sind, Mrs Davis", sagte er. „Wollen Sie Matthew sehen?"

„Das hat wohl nicht besonders viel Sinn, wenn er schläft, oder?"

„Vielleicht möchten Sie dann morgen früh wiederkommen. Dann wird jemand vom Jugendamt hier sein.

Und Matthew wird einen Anwalt brauchen. Aber wenn Sie um neun Uhr kommen –"

„Um neun geht es nicht. Ich muss Brian Frühstück machen, wenn er von seiner Runde heimkommt. Ich komme danach."

„Gut."

Gwenda Davis stand auf und ging. Mallory sah ihr nach. Er empfand nicht das Geringste für sie. Aber der Junge, der oben schlief, tat ihm leid.

Matt wachte auf.

Das Zimmer mit den vier Betten war menschenleer. Im ganzen Gebäude herrschte absolute Stille. Er spürte ein Kissen unter seinem Kopf und fragte sich, wie lange er geschlafen hatte. Es gab keine Uhr im Zimmer, aber draußen war es stockdunkel, das konnte er durch das vergitterte Fenster sehen. Der Raum war schwach erleuchtet. Wahrscheinlich schalteten sie das Licht nie ganz aus.

Er versuchte, wieder einzuschlafen, aber er war hellwach. Plötzlich sah er die Ereignisse des Abends wieder vor sich. Die Bilder tauchten vor seinen Augen auf wie Spielkarten, die vom Wind umhergewirbelt wurden. Da war Kelvin vor dem Bahnhof. Dann das Lagerhaus, die DVDs, der Wachmann, das Messer, wieder Kelvin mit diesem blöden Grinsen, die Polizeiautos und seine eigenen, blutverschmierten Hände. Matt kniff die Augen zu und versuchte, die Bilder aus seinem Kopf zu vertreiben.

Es war heiß im Zimmer. Die Fenster waren geschlossen und die Heizung lief. Matt fühlte, wie die Hitze ihn umflimmerte. Er hatte Durst und sah sich um. Vielleicht konnte er jemanden rufen. Doch er konnte keinen Rufknopf finden.

Da fiel sein Blick auf einen Krug mit Wasser und ein Glas auf einem Tisch am anderen Ende des Raums. Er hob die Hand, um die Decke zurückzuschlagen und aufzustehen, aber sie war zu schwer. Das war doch nicht möglich! Er spannte die Muskeln an und versuchte, sich aufzurichten. Er konnte sich kaum bewegen. Schließlich begriff er, dass der Arzt da gewesen sein musste, als er geschlafen hatte. Er hatte ihm irgendwas gespritzt – ein Beruhigungsmittel. Und jetzt konnte er sich nicht bewegen.

Beinahe hätte Matt geschrien. Die Panik drohte ihn zu ersticken. Was würden sie mit ihm machen? Warum war er nur zu diesem Lagerhaus gegangen? Wie hatte das alles passieren können? Er ließ seinen Kopf wieder aufs Kissen fallen und kämpfte gegen die Verzweiflung, die ihn zu überwältigen drohte. Er konnte nicht fassen, dass ein Mann fast zu Tode gekommen war – wegen einer Handvoll DVDs. Wie hatte er so dumm sein können, Kelvin als seinen Freund zu betrachten? *Er war's! Er war's!* Kelvin war ein Jammerlappen. Schon immer gewesen.

Das Wasser ...

Im Zimmer wurde es immer heißer, als hätten die Polizisten die Heizung aufgedreht, um ihn zu quälen. Matts ganze Konzentration war auf den Glaskrug gerichtet. Er sah den perfekten Kreis, den die Wasseroberfläche darin bildete. Er versuchte, sich zum Aufstehen zu zwingen, und als das misslang, wurde ihm auf einmal bewusst, dass er dem Krug befahl, zu ihm zu kommen. Er fuhr sich mit der Zunge über die Lippen. Sein Mund war wie ausgedörrt. Einen Moment lang glaubte er, etwas Verbranntes zu riechen. Der Krug war so nah – nur ein paar Meter entfernt. Seine Gedanken griffen nach ihm.

Der Krug zerbrach.

Er schien förmlich zu explodieren, aber wie in Zeitlupe. Für einen Sekundenbruchteil hing das Wasser in der Luft, dann platschte es auf den Tisch und tropfte hinunter auf die Glasscherben.

Matt war verblüfft. Er hatte keine Ahnung, was passiert war. Er hatte den Krug nicht zerbrochen. Der Krug hatte sich selbst zerbrochen. Es war, als wäre er von einer Kugel getroffen worden, aber Matt hatte keinen Schuss gehört. Er hatte gar nichts gehört. Matt starrte auf die Scherben und das Wasser, das vom Tisch tropfte. Hatte die Hitze im Zimmer den Krug platzen lassen? Oder hatte er das getan? Hatte sein Durst auf irgendeine unerklärliche Weise den Krug zum Explodieren gebracht?

Die Erschöpfung überwältigte ihn zum zweiten Mal, und er fiel in einen unruhigen Schlaf. Als er am nächsten Morgen aufwachte, waren die Scherben verschwunden. Auf dem Tisch standen ein Glaskrug mit Wasser und ein einzelnes Glas, genau an derselben Stelle wie am Abend zuvor. Matt entschied, dass das Ganze nur ein verrückter Traum gewesen war.

EIN NEUES LEBEN

Vier Leute sahen Matt von der anderen Seite eines langen Tisches aus prüfend an. Es war einer von diesen Räumen, in denen Leute heirateten – oder sich scheiden ließen. Nicht ungemütlich, aber nüchtern und formell, mit holzgetäfelten Wänden, an denen Porträts von vermutlich längst toten Leuten hingen. Matt war in London, wo genau, wusste er nicht. Auf der Fahrt hatte es so sehr geregnet, dass er nichts gesehen hatte, und der Wagen hatte direkt vor der Tür eines modernen, unscheinbaren Gebäudes gehalten. Matt hatte keine Zeit gehabt, sich umzusehen.

Seit Matts Verhaftung war eine Woche vergangen. In dieser Zeit hatte man ihn verhört, untersucht und viele Stunden allein gelassen.

Er hatte unzählige Fragebögen ausfüllen müssen, die ihn an Klassenarbeiten erinnerten, aber vollkommen sinnlos schienen. „2, 8, 14, 20 … Welches ist die nächste Zahl in dieser Zahlenfolge?" Und: „Wie viele Schreibfehler findest du in diesem Satz?" Verschiedene Männer und Frauen – Ärzte und Psychologen – hatten ihn aufgefordert, über sich zu sprechen. Sie hatten ihm Farbkleckse auf Papier gezeigt. „Wonach sieht das für dich aus? Woran musst du denken, wenn du diese Form siehst?" Und sie hatten Spiele mit ihm gemacht – Wortspiele und solches Zeug.

Schließlich hatten sie ihm gesagt, dass er abreisen würde. Ein Koffer mit seinen Sachen war aufgetaucht, den seine Tante für ihn gepackt haben musste. Und nach einer zweistündigen Fahrt in einem ganz normalen Auto – nicht einmal einem Polizeiwagen – war er hier gelandet. Der Regen prasselte immer noch gegen die Fensterscheiben und nahm ihm jede Sicht nach draußen. Er hörte, wie die Tropfen gegen die Scheibe hämmerten, als verlangten sie Einlass.

Es kam ihm vor, als hätte sich die gesamte Außenwelt aufgelöst und nur die fünf Leute in diesem Raum wären übrig geblieben.

Ganz links saß seine Tante, Gwenda Davis. Sie betupfte sich die Augen mit einem Taschentuch und verschmierte dabei ihre Wimperntusche. Ein schmutzig brauner Mascara-Streifen zog sich quer über ihr Gesicht. Neben ihr saß Detective Superintendent Mallory und sah demonstrativ in die andere Richtung. Die dritte Person am Tisch war eine Richterin, die Matt heute zum ersten Mal sah. Sie war ungefähr sechzig Jahre alt, sehr korrekt gekleidet, trug eine Brille mit Goldrand und machte einen ernsthaften Eindruck. Im Laufe der Jahre schien sich ein missbilligender Blick tief in ihr Gesicht eingegraben zu haben. Rechts von ihr saß Matts Sozialarbeiterin Jill Hughes, eine grauhaarige Frau, die etwa zehn Jahre jünger war als die Richterin. Sie war für Matt zuständig, seit er elf Jahre alt war.

Die Richterin sprach.

„Matthew, hör mir genau zu. Du musst begreifen, dass das ein überaus feiges Verbrechen war, bei dem es außerdem noch zu einer Gewalttat gekommen ist", sagte sie. Sie hatte eine sehr präzise und knappe Art zu sprechen. „Dein Mittäter, Kelvin Johnson, wird vor Gericht gestellt werden und mit ziemlicher Sicherheit in einer Jugendstrafanstalt enden. Er ist siebzehn. Du dagegen bist jünger, hast aber dennoch das Alter der Strafmündigkeit erreicht. Wenn du angeklagt würdest, müsstest du damit rechnen, für etwa drei Jahre in eine Besserungsanstalt oder in ein geschlossenes Heim für schwer erziehbare Kinder zu kommen."

Die Richterin verstummte und öffnete eine Akte, die vor ihr auf dem Tisch lag. Das Umblättern der Seiten kam Matt in der plötzlichen Stille sehr laut vor.

„Du bist ein intelligenter Junge", fuhr sie fort. „Ich habe hier die Ergebnisse der Tests vorliegen, denen du in der vergangenen Woche unterzogen wurdest. Obwohl deine schulischen Leistungen zu wünschen übrig lassen, scheinst du im Rechnen und Schreiben gute Anlagen zu haben. Dem psychologischen Bericht zufolge bist du kreativ und hast ein rasches Auffassungsvermögen. Deshalb bin ich erstaunt, dass du dich für die Kriminalität entschieden hast.

Aber natürlich müssen wir deine unglücklichen Familienverhältnisse in Betracht ziehen. Du hast deine Eltern plötzlich und in sehr jungen Jahren verloren, was dich vermutlich aus der Bahn geworfen hat. Ich denke, uns allen ist klar, dass deine Probleme auf dieses tragische Ereignis zurückzuführen sind. Trotzdem musst du die Kraft finden, diese Probleme zu überwinden, Matthew. Wenn du weiterhin dem Weg folgst, für den du dich entschieden hast, ist die Wahrscheinlichkeit groß, dass du im Gefängnis enden wirst."

Matt hörte der Richterin kaum zu. Er versuchte es, aber die Worte schienen aus weiter Ferne zu kommen und nichts weiter zu bedeuten – wie die Durchsage auf einem Bahnhof, die einen Zug ankündigte, mit dem er ohnehin nicht fahren wollte. Er hörte lieber dem Regen zu, der an die Fensterscheiben prasselte. Doch plötzlich wurde er aufmerksam.

„Es gibt ein neues Programm der Regierung, das speziell für junge Leute wie dich entworfen wurde", sagte die Richterin gerade. „Die Wahrheit ist, dass wir junge Menschen wie dich, Matthew, nicht in unseren Besserungsanstalten haben wollen. Das würde uns viel Geld kosten und außerdem gibt es nicht genug freie Plätze. Aus diesem Grund hat die Regierung das FED-Programm ins Leben gerufen. FED steht für Freiheit, Erziehung, Disziplin. Du wirst zu einer Pflegemutter kommen und bei ihr ein neues Leben beginnen."

„Ich hatte schon eine Pflegemutter…" Matt warf seiner Tante, die auf ihrem Stuhl zusammenzuckte, einen Blick zu, „… und es war nicht gerade ein Erfolg."

„Das ist wahr", bestätigte die Richterin. „Und ich fürchte, dass sich Mrs Davis auch nicht länger imstande sieht, für dich zu sorgen. Ihr reicht es."

„Ach, tatsächlich?", sagte Matt verächtlich.

„Ich habe getan, was ich konnte!", rief Gwenda Davis und drückte sich das Taschentuch gegen die Augen. „Und du hast es mir nie gedankt. Du warst nie ein netter Junge. Du hast es nicht einmal versucht."

Die Richterin hüstelte. Mrs Davis schaute auf und verstummte. „Leider empfindet deine Sozialarbeiterin, Miss Hughes, dasselbe", fuhr die Richterin fort. „Das bedeutet, dass dieses Programm deine einzige Chance ist. Dir bleibt keine andere Wahl."

„Was ist das für ein Programm?", fragte Matt. Er wollte nur noch aus diesem Raum heraus. Es war ihm egal, wohin sie ihn schickten.

„Du kommst erst einmal zu einer Pflegemutter", erklärte Jill Hughes. Sie war eine sehr kleine Frau, die fast von dem Tisch verdeckt wurde, an dem sie saß. Für ihren Job hatte sie eindeutig die falsche Größe. „Wir verfügen über eine ganze Reihe von Leuten, die in abgelegenen Teilen des Landes leben –"

„Auf dem Land ist die Versuchung geringer", mischte sich die Richterin ein.

„Alle wohnen weit entfernt von städtischen Regionen", sprach Jill Hughes weiter. „Sie nehmen junge Leute wie dich auf und bieten ihnen ein altmodisches Familienleben. Sie sorgen für Nahrung, Kleidung, Zuwendung und, was am wichtigsten ist, für Disziplin. Das F in FED steht für Freiheit – aber die musst du dir erst verdienen."

„Deine neue Pflegemutter darf dich zu leichten körperlichen Tätigkeiten heranziehen. Stell dich also schon mal darauf ein", sagte die Richterin.

„Soll das heißen, ich muss arbeiten?", fragte Matt angewidert.

„Was ist dagegen einzuwenden?", fuhr ihn die Richterin an. „Die Arbeit auf dem Land ist gesund und viele

Kinder wären froh darüber, draußen bei den Tieren und auf den Feldern sein zu können. Niemand zwingt dich, am FED-Programm teilzunehmen, Matthew. Du musst dich freiwillig dafür entscheiden. Aber ich kann dir sagen, dass dies eine echte Chance für dich ist, die dir sicher mehr zusagen wird als die Alternative."

Drei Jahre eingesperrt sein. In der Besserungsanstalt. Oder im Heim. Das meinte sie damit.

„Wie lange werde ich dort draußen auf dem Land bleiben müssen?", fragte er.

„Mindestens ein Jahr. Danach werden wir deinen Fall noch einmal prüfen."

„Es gefällt dir bestimmt", sagte Stephen Mallory, um Optimismus bemüht. „Es ist ein neuer Anfang für dich, Matt. Du wirst sicher schnell neue Freunde finden."

Matt war nicht überzeugt. „Und wenn es mir nicht gefällt?", fragte er.

„Wir stehen in ständigem Kontakt mit deiner Pflegemutter", versicherte ihm die Richterin. „Sie muss einmal pro Woche einen Bericht bei der Polizei abgeben, und deine Tante kann dich dort besuchen. In der dreimonatigen Eingewöhnungszeit zwar noch nicht, aber danach kann sie jeden Monat kommen."

„Sie wird das Bindeglied zwischen der Pflegemutter und dem Jugendamt sein", erklärte Jill Hughes.

„Und wie soll ich das bezahlen?", murmelte Gwenda Davis. „Was ist mit den Reisekosten und allem? Und wer soll sich um Brian kümmern, während ich weg bin? Ich habe wirklich genügend andere Dinge zu tun, müssen Sie wissen …"

Sie verstummte. Im Zimmer war es plötzlich ganz still. Nur von draußen hörte man den Verkehrslärm und das Prasseln des Regens.

„Von mir aus." Matt zuckte gelangweilt die Schultern. „Sie können mich hinschicken, wohin Sie wollen. Es ist mir egal. Alles ist besser, als wieder bei ihr und Brian zu landen."

Gwenda Davis wurde rot. Mallory schaltete sich ein, bevor sie etwas sagen konnte. „Wir lassen dich nicht im Stich, Matt", versprach er. „Wir werden dafür sorgen, dass du zu anständigen Leuten kommst."

Die Richterin war verärgert. „Du kannst dich nun wirklich nicht beklagen", fauchte sie und sah Matt über den Rand ihrer Brille hinweg streng an. „Ich finde, du solltest dankbar sein, dass wir dir überhaupt so eine Chance bieten. Und ich warne dich. Wenn deine Pflegemutter mit deinen Fortschritten unzufrieden ist oder du ihre Gastfreundschaft missbrauchst, wirst du sofort zu uns zurückkehren. Und dann landest du in der Besserungsanstalt. Ist das klar?"

„Ja, klar." Matt warf einen Blick zum Fenster. Der graue, endlose Regen ließ kaum Licht durch die Scheibe dringen. „Und wann treffe ich meine Pflegemutter?"

„Ihr Name ist Jayne Deverill", sagte die Sozialarbeiterin. „Und sie müsste jede Minute hier sein."

An der U-Bahn-Haltestelle Holborn wurde die Rolltreppe repariert, und als die Frau die Treppe hinaufstieg, spritzten hinter ihr die Funken von den Schweißarbeiten durch die Luft. Doch Jayne Deverill nahm sie nicht wahr. Sie blieb auf der obersten Stufe stehen, die lederne Handtasche fest unter den Arm geklemmt, und sah sich missbilligend um.

Jemand rempelte sie an und eine Sekunde lang flackerte etwas Dunkles in ihren Augen auf. Doch gleich darauf ging sie ruhig die Straße entlang. Sie trug hässliche, altmodische Lederschuhe und bewegte sich hölzern, als stimmte etwas mit ihren Beinen nicht.

Mrs Deverill war eine kleine Frau, mindestens fünfzig Jahre alt und sie trug ihr weißes Haar kurz geschnitten. Ihre Haut war noch nicht sehr runzlig, aber sie wirkte irgendwie leblos. Sie hatte harte, eiskalte Augen, und ihre Wangenknochen traten deutlich hervor. Es war schwer, sich vorzustellen, dass sie jemals lächelte. Gekleidet war sie in ein graues Kostüm und ihre Bluse war bis zum Hals zugeknöpft. Am Hals trug sie eine silberne Kette, am Revers ihrer Kostümjacke steckte eine silberne Brosche, die wie eine Eidechse geformt war.

Mrs Deverill merkte nicht, dass sie verfolgt wurde.

Der Mann mit dem Kapuzenanorak war keine zehn Schritte hinter ihr. Er war zwanzig Jahre alt, hatte fettige blonde Haare und ein schmales, krank aussehendes Gesicht. Er hatte sofort erkannt, dass die Frau vom Land kam. Er wusste nicht, wer sie war, und es war ihm auch egal. Ihn interessierten an ihr nur zwei Dinge: ihre Handtasche und ihr Schmuck.

Der Mann hoffte, dass sie die belebte Hauptstraße verlassen und in eine der stilleren Seitenstraßen abbiegen würde. Es war ihm ein paar Minuten seiner Zeit wert, sie zu verfolgen. Er war immer noch hinter ihr, als die Frau an einer Ecke stehen blieb und dann nach links abbog. Er lächelte. Das war perfekt. Die Straße war leer, rechts und links lagen keine Geschäfte, nur Anwaltskanzleien und öffentliche Gebäude. Mit einem kurzen Blick vergewisserte er sich, dass wirklich niemand in der Nähe war, und griff dann in die Tasche seines schäbigen Anoraks. Sekunden später holte er ein gezahntes Messer heraus und wog es in der Hand. Er genoss das Gefühl der Macht, das es ihm gab. Dann rannte er los.

„He, du da!", brüllte er.

Die Frau blieb stehen, drehte sich aber nicht um.

„Her mit der Tasche! Und ich will auch die Kette ..."

Einen Moment lang geschah nichts.

Dann drehte sich Jayne Deverill um.

Zehn Minuten später nippte Jayne Deverill ein wenig atemlos an der Tasse Tee, die man ihr angeboten hatte. Sie saß im Verhandlungsraum des Jugend- und Familiengerichts, in dem sich auch Matt befand.

„Bitte entschuldigen Sie meine Verspätung", sagte sie. Sie hatte die tiefe, ein wenig heisere Stimme von jemandem, der zu viele Zigaretten raucht. „Das ist sehr unhöflich von mir – und ich verabscheue Unhöflichkeit. Pünktlichkeit ist das beste Zeichen einer guten Erziehung."

„Hatten Sie Probleme bei der Anreise?", fragte Mallory.

„Der Bus hatte Verspätung. Ich hätte ja vom Busbahnhof aus angerufen, aber leider besitze ich kein Mobiltelefon. Wir sind auf dem Land in Yorkshire noch nicht so fortschrittlich wie Sie hier in London. Und da es dort, wo ich lebe, ohnehin keinen Empfang gibt, wäre es sinnlos, sich ein Mobiltelefon anzuschaffen." Sie sah Matt an. „Ich freue mich sehr, dich kennenzulernen, junger Mann. Ich habe schon viel von dir gehört."

Matt betrachtete die Frau, die sich bereit erklärt hatte, seine neue Pflegemutter zu sein. Was er sah, gefiel ihm überhaupt nicht.

Jayne Deverill hätte aus einem anderen Jahrhundert kommen können, einem Jahrhundert, in dem es Lehrern noch erlaubt war, Kinder zu schlagen, und in dem man jeden Morgen vor dem Frühstück in der Bibel lesen musste. Matt hatte noch nie jemanden gesehen, der so streng aussah. Jill Hughes hatte die Frau begrüßt wie eine alte Freundin, doch es stellte sich heraus, dass sich die beiden noch nie begegnet waren und sich nur vom Telefon kannten.

Stephen Mallory sah betroffen aus. Auch er hatte Mrs Deverill erst jetzt kennengelernt, und obwohl er ihr die Hand gegeben hatte, hatte er seitdem keinen Ton mehr gesagt und schien in seine eigenen Gedanken versunken zu sein. Die Richterin interessierte sich mehr für den Papierkram als für alles andere, als hätte sie es eilig, die ganze Angelegenheit hinter sich zu bringen.

Matt musterte Mrs Deverill erneut. Sie tat, als schlürfte sie unbekümmert ihren Tee, doch sie konnte ihren Blick offenbar nicht von ihm abwenden. Sie verschlang ihn förmlich mit den Augen.

„Kennst du Yorkshire schon?", fragte sie.

Matt brauchte einen kurzen Moment, um zu begreifen, dass sie mit ihm sprach. „Nein", sagte er. „Ich war noch nie da."

„Der Ort, in dem ich lebe, heißt Lesser Malling. Er ist ein bisschen abgelegen. Die nächste Stadt ist Greater Malling und auch die ist ziemlich unbekannt. Kein Wunder. Die Gegend hat nichts zu bieten. Wir sind sehr bodenständige Leute. Wir kümmern uns um das Land und das Land kümmert sich um uns. Ich nehme an, dass es dir nach dem Leben in der Stadt dort sehr ruhig vorkommen wird. Aber daran gewöhnst du dich schnell." Sie sah die Richterin an. „Ich kann ihn also gleich mitnehmen?"

Die Richterin nickte.

Mrs Deverill lächelte. „Und wann darf ich mit Ihrem ersten Besuch rechnen?"

„In sechs Wochen. Wir wollen Matthew Zeit geben, sich einzuleben."

„Nun, ich kann Ihnen versichern, dass Sie ihn nach sechs Wochen bei mir nicht wiedererkennen werden." Sie schaute Gwenda Davis an. „Sie brauchen sich um Ihren Neffen keine Sorgen zu machen, Mrs Davis. Sie dürfen ihn natürlich jederzeit anrufen, und wir freuen uns schon jetzt auf Ihren Besuch."

„Also, das kann ich nicht versprechen", murmelte Gwenda Davis. „Es ist eine lange Fahrt und ich weiß nicht, ob mein Freund …" Sie verstummte.

„Sie müssen noch einige Formulare ausfüllen, Mrs Deverill", sagte die Richterin. „Aber dann können Sie beide sich auf den Weg machen. Mrs Davis hat für Matthew einen Koffer gepackt." Sie sah Matt erwartungsvoll an. „Ich nehme an, du möchtest jetzt ein paar Minuten mit deiner Tante allein sein, um dich von ihr zu verabschieden."

„Nein. Ich habe ihr nichts zu sagen."

„Es war nicht meine Schuld!", sagte Mrs Davis, die plötzlich wütend wurde. „Ich hatte nie etwas mit deiner Familie zu tun. Ich hatte nie etwas mit dir zu tun. Ich wollte dich nicht einmal nehmen, nachdem das mit deinen Eltern passiert war. Aber ich habe es trotzdem getan und du hast nichts als Ärger gemacht. Du hast dir das alles selbst zuzuschreiben."

„Das muss doch wohl nicht sein", mischte sich Mallory beschwichtigend ein. „Viel Glück, Matt. Ich hoffe, dass jetzt alles besser wird." Er hielt ihm die Hand hin. Matt zögerte, dann schüttelte er sie. Das Ganze war schließlich nicht Mallorys Schuld.

„Zeit zu gehen!", sagte Mrs Deverill. „Wir wollen doch den Bus nicht verpassen!"

Matt stand auf.

Mallory sah ihm nachdenklich und auch ein wenig besorgt hinterher, als er den Raum verließ.

Eine Stunde später ging Matt neben Mrs Deverill durch den Busbahnhof Victoria Station. In der Hand hatte er den Koffer, den seine Tante für ihn gepackt hatte. Er sah sich um. Busse kamen und fuhren wieder ab, überall drängten sich Reisende und hinter Schaufenstern reihten sich Imbissbuden und Zeitschriftenstände aneinander. Er konnte nicht fassen, dass er hier war. Er war frei ... endlich aus der Haft entlassen. Nein, nicht frei, dachte er. Man hatte ihn dieser Frau übergeben, die seine neue Pflegemutter sein sollte.

„Da ist unserer." Mrs Deverill zeigte auf einen Überlandbus, auf dem *York* stand.

Matt gab seinen Koffer einem Mann, der ihn in das Gepäckfach schob, dann stieg er ein. Sie hatten Plätze in der hintersten Reihe. Mrs Deverill überließ Matt den Fensterplatz und setzte sich neben ihn. Kurze Zeit später war der Bus voll. Um Punkt ein Uhr schlossen sich die Türen, der Motor wurde gestartet und die Reise begann.

Matt presste die Stirn an die Scheibe und sah zu, wie sie den Busbahnhof verließen und durch die Straßen von Victoria Station fuhren. Es regnete immer noch, und die Regentropfen verfolgten einander über das Glas. Mrs Deverill saß mit halb geschlossenen Augen neben ihm und atmete schwer.

Er versuchte, sich zu konzentrieren und herauszufinden, was er fühlte. Doch dabei wurde ihm bewusst, dass er gar nichts fühlte. Er war in das System gesaugt worden. Dort hatte man ihn gewogen, als tauglich für das FED-Programm befunden und wieder ausgespuckt. Wenigstens hatten sie ihn nicht wieder nach Ipswich geschickt. Das war etwas, wofür er dankbar sein konnte. Die sechs Jahre mit Gwenda und Brian waren endlich vorbei. Was vor ihm lag, konnte sicher nicht schlimmer sein.

Zur selben Zeit sperrten zwei Polizeiautos und ein Rettungswagen eine Gasse in Holborn. Dort war ein Toter gefunden worden – ein junger Mann in einem Kapuzenanorak.

Die Spurensicherung war gerade erst eingetroffen, aber schon jetzt wussten die Kriminalbeamten, dass dies einer der bizarrsten Fälle ihrer Laufbahn war. Sie kannten den Toten. Sein Name war Will Scott. Er war ein Drogensüchtiger, auf dessen Konto viele Raubüberfälle gingen. Seine Hand war um ein Küchenmesser gekrallt, und das war es auch, was ihn getötet hatte. Aber niemand hatte ihn angegriffen. Es gab keine Fingerabdrücke. Keine Spuren eines Kampfes, keine Anzeichen, dass auch nur jemand in seine Nähe gekommen war.

Der Mund des Toten war zu einer Grimasse verzerrt, und aus seinen Augen sprach das blanke Entsetzen. Er hielt das Messer fest umklammert.

Will Scott hatte es sich Zentimeter für Zentimeter ins eigene Herz gestoßen. Es war unklar, wie er das gemacht hatte – oder warum –, aber der Pathologe hatte keinen Zweifel.

Aus irgendeinem Grund hatte Will Scott Selbstmord begangen.

DAS HAUS IM WALD

Zwischen London und York lagen über dreihundert Kilometer öder Autobahn und die Fahrt dauerte mehr als vier Stunden.

Der Bus hielt zweimal an einer Raststätte, aber weder Matt noch Mrs Deverill verließen ihre Plätze. Mrs Deverill hatte Sandwiches mitgebracht, die in braunes Papier eingewickelt waren. Sie holte sie aus ihrer Handtasche und bot Matt davon an.

„Hast du Hunger, Matthew?"

„Nein, danke."

„Wenn wir erst in Yorkshire sind, erwarte ich, dass du isst, was man dir vorsetzt. In meinem Haus wird kein Essen verschwendet."

Sie wickelte eines der Päckchen aus und Matt musste feststellen, dass es zwei Scheiben Weißbrot waren, die mit kalter Leber belegt waren. Jetzt war er froh, dass er abgelehnt hatte.

„Ich nehme an, dass du dich fragst, was du eigentlich von mir halten sollst", sagte Mrs Deverill und begann zu essen. Sie nahm kleine Bissen und kaute methodisch. Beim Schlucken verzerrte sich ihre Kehle, als fiele es ihr schwer, das Essen hinunterzubekommen. „Falls du es noch nicht mitbekommen haben solltest: Ich bin jetzt dein gesetzlicher Vormund", fuhr sie fort. „Du bist ein Dieb und ein Taugenichts und die Regierung hat dich mir anvertraut. Ich bin jedoch bereit, deine Vergangenheit zu vergessen, Matthew. Ich kann dir versichern, dass mir deine Zukunft entschieden mehr am Herzen liegt. Wenn du tust, was ich dir sage, werden wir uns gut vertragen. Aber wenn du dich widersetzt oder mir widersprichst, schwöre ich dir, dass es dir schlechter gehen wird, als du dir vorstellen kannst. Hast du das verstanden?"

„Ja", sagte Matt.

Ihr Blick bohrte sich in seinen und er schauderte. „Vergiss nicht, dass sich niemand für dich interessiert. Du hast keine Eltern. Keine Familie. Du bist ungebildet und hast keine Zukunftsaussichten. Ich will ja nicht grausam sein, aber genau genommen bin ich alles, was dir geblieben ist."

Sie wandte sich von ihm ab und aß ihr Sandwich auf. Dann holte sie eine Landwirtschaftszeitschrift aus der Tasche und begann zu lesen. Es war, als hätte sie ihn vollkommen vergessen.

Die Autobahn nahm kein Ende. Da es draußen nichts zu sehen gab, ließ sich Matt von den vorbeiflitzenden weißen Linien und der endlosen Leitplanke hypnotisieren.

Ohne dass es ihm bewusst war, ging sein Geist auf Wanderschaft. Er schlief nicht, war aber auch nicht ganz wach – es war irgendetwas dazwischen.

Er war wieder in ihrem Haus in Dulwich, einem grünen, freundlichen Vorort von London. Dort hatte er mit seinen Eltern gelebt. Es war sechs Jahre her, dass er sie das letzte Mal gesehen hatte, aber jetzt sah er sie wieder vor sich.

Da war seine Mutter, die in der Küche herumwirbelte, der Küche, in der immer Chaos herrschte, sogar, wenn sie gerade aufgeräumt hatte. Sie trug die Sachen, die sie an diesem letzten Tag angehabt hatte: ein rosafarbenes Kleid und eine weiße Leinenjacke. Dazu ein Paar passende Lackschuhe.

Immer wenn Matt sich an sie erinnerte, sah er sie so. Es war ein ganz neues Kleid, das sie extra für die Hochzeit gekauft hatte.

Und da war auch sein Vater, der sich in Anzug und Krawatte sichtlich unwohl fühlte. Mark Freeman war Arzt, und wenn er zur Arbeit ging, zog er meistens das an, was er gerade finden konnte – in der Regel waren das Jeans und Pullover ... Er trug nicht gern formelle Kleidung. Aber einer seiner Kollegen heiratete und da ließ es sich nicht vermeiden, schicke Klamotten zu tragen. Nach der Trauung war ein Essen in einem vornehmen Hotel geplant.

Sein Vater saß in der Küche und frühstückte. Er warf sein Haar zurück, wie er es immer tat, und fragte: „Wo ist Matthew?"

Und dann tauchte Matt auf. Damals war er natürlich noch nicht Matt, sondern Matthew. Und jetzt, sechs Jahre später, in einem Bus, der ihn an einen Ort bringen würde, von dem er noch nie gehört hatte, sah Matt sich selbst, wie er damals ausgesehen hatte: ein kleiner, etwas pummeliger Junge mit dunklen Haaren, der in eine leuchtend gelbe Küche kam. Sein Vater saß am Tisch.

Seine Mutter hielt die Teekanne in der Hand, die geformt war wie ein Teddybär.

„Beeil dich ein bisschen, Matthew, sonst kommen wir noch zu spät."

„Ich will da nicht hin."

„Was? Wovon redest du?"

„Matthew ...?"

„Mir geht es nicht gut. Könnt ihr nicht alleine fahren? Ich will da nicht hin."

Im Bus legte Matt eine Hand über seine Augen. Er wollte sich nicht länger erinnern. Die Erinnerung tat ihm nur weh ... jedes Mal.

„Was heißt das, du willst da nicht hin?"

„Bitte, Dad, bitte zwing mich nicht dazu ... Ich kann einfach nicht!"

Sie hatten versucht, ihn zu überreden, aber nicht sehr lange. Er war das einzige Kind seiner Eltern, und sie gaben ihm fast immer nach. Sie hatten gedacht, dass ihm die Hochzeit gefallen würde, weil man ihnen gesagt hatte, dass auch andere Kinder dort sein würden und dass es ein Extrazelt mit einem Zauberer und Luftballons geben würde.

Und nun das! Sein Vater löste das Problem innerhalb weniger Minuten mit einem kurzen Anruf. Rosemary Green, ihre nette, immer hilfsbereite Nachbarin, erklärte sich bereit, den Rest des Tages auf Matthew aufzupassen. Seine Eltern fuhren ohne ihn.

Und deswegen war er nicht bei ihnen im Auto gewesen, als sie den Unfall hatten. Deswegen waren sie jetzt tot und er lebte.

Matt ließ seine Hand fallen und sah hinaus. Der Bus war langsamer geworden. Es ging ihm nicht gut. Ihm war abwechselnd heiß und kalt und er hatte dumpfe Kopfschmerzen.

„Wir sind da", sagte Mrs Deverill und stand von ihrem Sitz auf. „Los, wir müssen aussteigen!"

Sie waren an einem Busbahnhof angekommen, der moderner und kleiner war als der von London. Der Bus hielt, und sie folgten den anderen Fahrgästen hinaus. Draußen war es kälter als in London, aber wenigstens regnete es nicht mehr. Matt ließ sich seinen Koffer geben und folgte Mrs Deverill.

Ein Mann erwartete sie neben einem verbeulten alten Landrover, der aussah, als hielte ihn nur noch der Matsch zusammen, der an ihm klebte. Der Mann war klein und dick, hatte blondes fettiges Haar und ein Gesicht, das ihm langsam, aber sicher vom Kopf zu rutschen drohte. Er trug dreckige Jeans und ein Hemd, das ihm zu klein war. Matt sah, wie es zwischen den Knöpfen aufklaffte. Der Mann war um die vierzig. Er hatte wabbelige Lippen, die sich bei ihrem Anblick zu einem unangenehmen, feuchten Lächeln verzogen.

„Guten Tag, Mrs Deverill", sagte er und streckte seine schmutzige Hand aus.

Mrs Deverill ignorierte ihn. Sie sah Matt an. „Das ist Noah."

Matt sagte nichts. Noah musterte ihn auf eine Weise, die ihm nicht gefiel.

„Herzlich willkommen in Yorkshire", sagte Noah. „Es freut mich, dich kennenzulernen." Er streckte seine

Hand aus. Die Finger waren kurz und fett, die Nägel mit Schmutz verkrustet. Matt rührte sich nicht.

„Noah arbeitet für mich auf der Farm", erklärte Mrs Deverill. „Er ist nicht besonders redegewandt, also verschwende deine Zeit nicht damit, mit ihm zu sprechen."

Der Landarbeiter starrte ihn immer noch an. Sein Mund war offen, und ihm hing Spucke am Kinn. Matt wandte sich ab.

„Steig ins Auto", befahl Mrs Deverill. „Es wird Zeit, dass du dein neues Heim siehst."

Sie fuhren eine Stunde lang, erst auf einer zweispurigen Straße, dann auf einer Nebenstrecke und schließlich auf einer gewundenen Landstraße. Je weiter sie kamen, desto öder wurde die Landschaft. Lesser Malling schien irgendwo am Rand der Moore von Yorkshire zu liegen, doch Matt konnte kein einziges Hinweisschild entdecken. Er fühlte sich jetzt noch schlechter als vorher und fragte sich, ob das an Noahs Fahrstil lag oder ob er sich irgendein Virus eingefangen hatte.

Sie kamen an eine Kreuzung von fünf Straßen, die absolut identisch aussahen. Überall waren Bäume. Matt hatte nicht gemerkt, dass sie in einen Wald gefahren waren, doch plötzlich waren sie mittendrin. Der Wald war offensichtlich erst vor Kurzem angepflanzt worden. Alle Bäume – Matt vermutete, dass es sich um Tannen handelte – waren gleich hoch, hatten die gleiche Farbe und standen in akkuraten Reihen mit immer gleichem Abstand zueinander.

In welche Richtung Matt auch schaute, er sah überall dasselbe.

Er musste wieder daran denken, was die Sozialarbeiterin in London gesagt hatte. Das FED-Programm schickte ihn aufs Land, damit er nicht den Versuchungen der Großstadt ausgesetzt war. Eine abgelegenere Gegend hätten sie wirklich nicht finden können.

An der Kreuzung stand ein Hinweisschild, aber es war abgebrochen. Der gesplitterte Pfahl war alles, was davon übrig war.

„Lesser Malling liegt zehn Minuten in diese Richtung", sagte Mrs Deverill und zeigte nach links. „Ich werde es dir zeigen, wenn du dich ein bisschen eingelebt hast. Wir wohnen in der anderen Richtung."

Noah drehte das Lenkrad, und sie folgten einer der anderen Straßen noch ein Stück weit, bis sie an ein Tor kamen. Matt konnte den mit brauner Farbe ans Tor geschriebenen Namen erkennen: *Hive Hall*. Dann fuhren sie einen Sandweg zwischen zwei Stacheldrahtzäunen entlang, der sie auf einen Hof mit Scheunen und anderen Gebäuden führte. Noah hielt an. Sie waren da.

Matt stieg aus.

Es war ein fürchterlicher Ort. Das schlechte Wetter half nicht gerade, aber selbst bei strahlendem Sonnenschein hätte Hive Hall kaum besser ausgesehen. Das Wohnhaus war aus großen Steinblöcken erbaut und hatte ein Schieferdach, das unter dem Gewicht des riesigen Schornsteins nachzugeben schien. Die Nebengebäude bestanden aus Brettern, die so alt und feucht waren, dass sie schon halb verrottet waren. Dunkelgrünes Moos überzog sie wie eine Krankheit.

Der Hof selbst war annähernd rechteckig und vollkommen aufgeweicht. Hühner humpelten darauf herum. Sie hatten sich kaum die Mühe gemacht, den Rädern des Landrovers auszuweichen. Sechs Schweine standen zitternd im Schlamm.

„Das ist es", sagte Mrs Deverill, als sie ausstieg und ihre Beine streckte. „Es sieht vielleicht nicht nach viel aus, aber es ist mein Zuhause, und mir ist es gut genug. Natürlich gibt es hier keine Computerspiele. Und keinen Fernseher. Aber wenn du erst mit der Arbeit anfängst, wirst du für diese Dinge ohnehin zu müde sein. Auf dem Land gehen wir früh zu Bett. Du wirst dich bald an unsere Lebensweise gewöhnen."

Sie betraten das Haus. Durch die Haustür kam man in eine große Küche mit einem Steinfußboden. In einer Ecke war der altmodische Herd, über dem Töpfe und Pfannen hingen, und auf hölzernen Regalen standen unzählige Gläser und Flaschen. Mrs Deverill führte Matt in ein Wohnzimmer mit alten, verschlissenen Möbeln und Regalen voller angestaubter Bücher. Über dem Kamin hing ein riesiges Gemälde, das aussah, als zeige es Mrs Deverill, obwohl es vor vielleicht fünfhundert Jahren gemalt worden war. Die Frau auf dem Bild hatte dieselben grausamen Augen und dieselben eingefallenen Wangen. Nur das Haar war anders, es war länger und schien im Wind zu wehen.

„Das ist eine meiner Vorfahrinnen", erklärte Mrs Deverill und lächelte für den Bruchteil einer Sekunde.

Matt betrachtete den Hintergrund des Bildes. Die Frau war vor einem Dorf abgebildet, das aus wenigen heruntergekommenen Häusern bestand. Matt sah wieder in ihr Gesicht und schauderte. Es hatte sich nichts bewegt, aber er hätte schwören können, dass sie vorher nach links, in Richtung Rahmen, geschaut hatte. Jetzt waren ihre Augen auf ihn gerichtet. Er schluckte hörbar. Seine Fantasie ging mit ihm durch. Er drehte sich um und musste feststellen, dass auch Mrs Deverill ihn anstarrte. Er war zwischen ihnen gefangen.

Mrs Deverill lächelte kurz. „Sie sieht aus wie ich, nicht wahr? Sie war auch eine Deverill. In diesem Teil von Yorkshire gibt es schon seit dreihundert Jahren Deverills. Sie hieß Jayne, genau wie ich. Sie wurde verbrannt. Man sagt, wenn der Wind günstig steht, kann man ihre Schreie noch heute hören. Komm mit nach oben ..."

Matt folgte Mrs Deverill über eine gewundene Treppe in den ersten Stock und zu einem Zimmer am Ende des Flurs. Das würde sein Zimmer sein ... und es war das Zimmer, das ihn am meisten interessierte. Seine Kopfschmerzen waren schlimmer geworden. Er fürchtete, sich übergeben zu müssen.

Das Zimmer hatte eine niedrige Decke mit frei liegenden Balken und einen Holzfußboden, in dessen Mitte ein kleiner Teppich lag. Durch die winzigen Fenster konnte er ein Feld sehen und dahinter den Wald. Das durchhängende Bett war gemacht, allerdings gab es keine Steppdecke, sondern nur Laken und Wolldecken. An der Wand gegenüber befanden sich ein Waschbecken und eine Kommode, auf der eine Vase mit Trockenblumen stand. Die Bilder an den Wänden waren mit Wasserfarben gemalt und zeigten Ansichten von Lesser Malling.

„Ich musste das Zimmer für dich schmücken", bemerkte Mrs Deverill mürrisch. Natürlich hatte sich jemand vom FED-Programm die Farm angesehen und darauf bestanden, dass sein Zimmer sauber und gemütlich war. „Ich habe die Blumen selbst getrocknet. Tollkirsche, Oleander und Mistel. Drei meiner Lieblinge. Natürlich alle giftig, aber sie haben so schöne Farben …"

Matt legte seinen Koffer aufs Bett und bemerkte, dass sich zwischen den Kissen etwas bewegte.

„Das ist Asmodeus", sagte Mrs Deverill. „Mein Kater."

Es war ein riesiger schwarzer Kater mit gelben Augen. Sein Bauch war dick, als hätte er vor Kurzem gefressen, und Matt fiel eine graue Stelle auf, an der sein Fell abgewetzt aussah. Der Kater schnurrte faul vor sich hin. Matt streckte die Hand aus, um ihn zu streicheln. Der Kater schnurrte lauter. Langsam drehte er den Kopf und sah Matt in die Augen. Dann schlug er ihm die Zähne in die Hand.

Mit einem Aufschrei riss Matt die Hand zurück. Blut quoll aus der Bisswunde in seinem Daumen und seine Hand pochte vor Schmerz. Ein Tropfen fiel auf den Boden. Mrs Deverill wich einen Schritt zurück. Matt sah, wie sich ihre Augen weiteten, und zum ersten Mal an diesem Tag war ihr Lächeln echt. Ihre ganze Aufmerksamkeit galt dem leuchtend roten Blut auf dem Boden.

Das war zu viel für ihn.

Das Zimmer drehte sich. Matt schwankte. Er wollte etwas sagen, doch er brachte kein Wort heraus. Die Wände wirbelten um ihn herum. Er hörte, wie eine Tür aufgestoßen wurde. Er blickte hindurch und sah einen Kreis aus riesigen Granitblöcken – oder zumindest glaubte er, dass er das sah. Jemand hielt ein Messer. Er sah es über seinem Kopf schweben, die Spitze auf sein Auge gerichtet. Der Fußboden schien zu beben und dann brachen die Holzdielen eine nach der anderen auf. Die Splitter flogen durch die Luft. Grelles Licht kam aus dem Boden und Matt glaubte, in dem Licht eine riesige, unmenschliche Hand zu erkennen.

Eine Stimme hallte in seinen Ohren.

„Einer der Fünf!", wisperte sie.

Das Licht umhüllte ihn. Er spürte, wie es ihn durchdrang und das Innere seines Kopfes verbrannte. Um es auszusperren, drückte er sich beide Hände fest auf die Augen. Dann kippte er hintenüber. Er war schon bewusstlos, als er auf dem Boden aufschlug.

DIE WARNUNG

„Was ist los mit ihm?"
„Er hat eine Lungenentzündung."
„Was?"
„Er wird vielleicht sterben."
„Das darf er nicht!"
„Heilen Sie ihn, Mrs Deverill. Sie sind für ihn verantwortlich. Sorgen Sie dafür, dass er am Leben bleibt!"
Matt hörte die Stimmen zwar, aber er wusste nicht, wem sie gehörten. Er spürte ein Kissen unter seinem Kopf und wusste deshalb, dass er im Bett lag. Aber er hätte nicht sagen können, ob er wach war oder schlief. Er stützte sich mühsam auf einen Ellbogen und öffnete die Augen zur Hälfte. Schweiß rann ihm übers Gesicht. Diese kleine Bewegung hatte ihn seine ganze Kraft gekostet.

Die Tür hatte sich gerade geschlossen. Jemand – der, der als Letzter gesprochen hatte – war gegangen. Es war ein Mann gewesen, aber Matt hatte sein Gesicht nicht sehen können. Mrs Deverill war bei ihm im Zimmer und noch eine andere weißhaarige Frau, die ein großes Feuermal im Gesicht hatte. Noah drückte sich im Hintergrund herum und rieb sich die Hände.

Dann verschwamm das Zimmer wieder und plötzlich waren die Vorhänge zugezogen. Flammen schlugen hoch, direkt neben dem Bett. Brannte das Haus? Nein.

Sie hatten ein dreibeiniges Metallgestell mit einer Feuerschale neben sein Bett gestellt. Die beiden Frauen flüsterten in einer Sprache, die er nicht verstand. Sie warfen schwarze und grüne Kristalle ins Feuer. Matt sah, wie die Kristalle zu brodeln begannen und dann schmolzen, und sofort füllte sich das Zimmer mit gelbem Rauch. Schwefelgeruch drang ihm in die Nase. Matt würgte, seine Augen tränten.

Er wollte sich über die Lippen lecken, aber sein Mund war zu trocken.

Noah trat mit einer Schale vor. Die Frau mit dem Feuermal hielt eine Schlange fest. Woher war die gekommen? Sie war eklig braun, einen halben Meter lang und wand sich hin und her. War es vielleicht eine Viper? Die Frau hatte ein Skalpell in der Hand, wie es Chirurgen benutzen. Entsetzt sah Matt, wie sie die Schlange am Kopf packte und der Länge nach aufschlitzte. Eine dunkelrote Flüssigkeit tropfte in einen Metallbecher. Die Schlange erstarrte und bewegte sich nicht mehr.

Mrs Deverill schlug die Bettdecke zurück. Matt trug nur eine Unterhose und zuckte zusammen, als sie sich über ihn beugte. Sie tauchte einen Finger in das Schlangenblut und zog damit einen Strich über seine Brust und seinen Bauch. Das Blut war warm und klebrig. Matt wollte sich bewegen, aber sein Körper gehorchte ihm nicht. Er konnte nur zusehen, wie Mrs Deverill ihm noch irgendein Muster auf die Stirn strich.

„Mach den Mund auf", befahl sie.

„Nein ..." Matt konnte nur flüstern. Er versuchte, es zu verhindern, aber plötzlich war sein Mund offen, und

Mrs Deverill hielt ihm den Becher an die Lippen. Er wusste, dass er Blut trank. Es schmeckte bitter und war widerlicher als alles, was er sich vorstellen konnte. Ihm wurde übel. Er wollte es nicht, aber es kroch in seinen Magen wie der Geist der Schlange, von der es gekommen war. Gleichzeitig wurde er nach hinten gesogen, in die Matratze, in den Boden, lebendig begraben, bis ...

Er öffnete die Augen.

Mrs Deverill saß in seinem Zimmer und las. Sie war allein. Das Fenster war offen, und eine leichte Brise wehte herein. Matt schluckte. Es ging ihm gut.

„Bist du endlich aufgewacht", murmelte Mrs Deverill und schlug das Buch zu.

„Was ist passiert?", fragte Matt.

„Du warst krank. Nichts Schlimmes. Lungenentzündung. Und eine kleine Brustfellentzündung. Aber das ist jetzt überstanden."

„Sie haben mir etwas zu trinken gegeben ..." Matt versuchte, sich zu erinnern, obwohl er es eigentlich nicht wollte. Schon der Gedanke an das Blut verursachte ihm Übelkeit. „Da war eine Schlange", sagte er.

„Eine Schlange? Wovon redest du? Du hast schlecht geträumt, Matthew. Ich vermute, das kommt von zu viel Fernsehen."

„Ich habe Hunger", sagte Matt.

„Das wundert mich nicht. Du hast drei Tage nichts gegessen."

„Drei Tage!"

„So lange warst du bewusstlos." Mrs Deverill stand auf und schlurfte zur Tür. „Ich bringe dir Tee", sagte sie. „Morgen kannst du dich noch ausruhen, aber danach wirst du aufstehen. Die frische Luft wird dir guttun. Außerdem wird es Zeit, dass du mit der Arbeit anfängst."

Sie warf ihm einen letzten Blick zu, nickte zufrieden und schloss die Tür.

Zwei Tage später stand Matt im Schweinestall. Der stinkende Schlamm reichte ihm fast bis zu den Knien. Mrs Deverill hatte zwar von frischer Luft gesprochen, aber der Stall stank so, dass er kaum atmen konnte. Noah hatte ihm Stiefel und Handschuhe gegeben, aber weitere Schutzkleidung gab es nicht. Seine Jeans und das Hemd waren über und über mit dem schwarzen Schleim beschmiert. Das Desinfektionsmittel, das sie ihm gegeben hatten, brannte ihm im Hals und ließ seine Augen tränen.

Er stach mit dem Spaten zu und schaufelte einen weiteren Eimer voll Mist. Bald war Mittagszeit, und er freute sich schon aufs Essen. Die schreckliche Mrs Deverill war wenigstens eine gute Köchin. Als Matt noch bei Gwenda Davis gewohnt hatte, waren all seine Mahlzeiten aus dem Gefrierschrank direkt in die Mikrowelle gewandert. Hier war das Essen viel besser: selbst gebackenes Brot, dicke Eintopfgerichte und Obstkuchen mit knusprigem Rand.

Matt hatte sich verändert. Er spürte, dass im Verlauf seiner Krankheit etwas mit ihm geschehen war, auch wenn er nicht wusste, was es war. Es war, als wäre in ihm ein Schalter umgelegt worden. Er konnte es nicht erklären, aber er fühlte sich jetzt stärker und zuversichtlicher als je zuvor.

Matt war froh über diese Veränderung, denn er hatte einen Entschluss gefasst. Er würde weglaufen. Er fand es immer noch empörend, dass das FED-Programm ihn in diese gottverlassene Gegend geschickt hatte, damit er Sklavenarbeit für eine verbitterte, niemals lächelnde Frau verrichtete. Matt konnte Mrs Deverill nicht leiden, doch Noah war fast noch schlimmer. Normalerweise war er draußen auf den Feldern und holperte auf einem uralten Traktor herum, der schwarzen Rauch ausstieß. Aber wenn er auf dem Hof war, starrte er Matt pausenlos an und sein abschätziger, schadenfroher Gesichtsausdruck schien anzudeuten, dass er etwas wusste, was Matt nicht wusste. Matt fragte sich, ob er geistig behindert war. So benahm sich doch kein normaler Mensch.

Matt war egal, was aus ihm wurde, er wusste jedenfalls genau, dass er nicht in Hive Hall bleiben konnte. Kein ganzes Jahr. Nicht einmal mehr eine Woche. Er hatte kein Geld, aber er war sicher, dass er im Haus welches finden würde, wenn er nur gründlich genug danach suchte. Dann würde er entweder per Anhalter oder mit dem Zug nach London fahren und dort untertauchen. Er hatte zwar schon jede Menge Horrorgeschichten über ein solches Leben gehört, aber er war überzeugt davon, dass er es durchstehen würde. Und in zwei Jahren würde er sechzehn sein und selbst über sein Leben bestimmen können. Dann würde ihm nie wieder ein Erwachsener Vorschriften machen.

Mrs Deverill erschien an der Tür des Farmhauses und rief nach ihm. Matt hatte seine Uhr nicht um, aber er vermutete, dass es ein Uhr war. Sie war immer pünktlich. Er ließ den Spaten fallen und kletterte aus dem Pferch. In einiger Entfernung kam Noah mit zwei Eimern Tierfutter über den Hof. Noah aß nie im Haus. Er hatte ein Zimmer auf dem Heuboden der Scheune und dort kochte er, schlief und wusch sich – allerdings wohl nicht allzu oft, denn er stank schlimmer als die Schweine.

Matt zog die Stiefel vor der Haustür aus und wusch sich am Spülbecken die Hände. Mrs Deverill stellte einen Topf mit Gemüsesuppe auf den Tisch, auf dem schon Brot, Butter und Käse standen. Auf der Kommode saß Asmodeus und Matt lief eine Gänsehaut über den Rücken. Er verabscheute diesen Kater noch mehr als Noah – und das lag nicht nur an der gezackten Narbe auf seiner Hand. Genau wie Noah beobachtete ihn der Kater ständig. Er schien einfach überall zu sein. Matt brauchte nur den Kopf zu wenden und prompt sah er ihn – auf einem Baum sitzend, auf dem Fensterbrett oder auf einem Stuhl und immer waren seine hässlichen gelben Augen auf ihn gerichtet. Normalerweise starrte Asmodeus Matt nur an, doch wenn er dem Kater zu nahe kam, machte er einen Buckel und fauchte ihn an.

„Bitte verlass die Küche, Asmodeus", sagte Mrs Deverill. Sie sprach mit dem Kater wie mit einem Menschen und er schien jedes Wort zu verstehen. Er sprang aus dem Fenster und verschwand.

Matt setzte sich und begann zu essen.

„Ich möchte, dass du heute Nachmittag etwas für mich tust, Matthew", sagte Mrs Deverill.

„Ich miste den Schweinestall aus."

„Ich weiß, was du tust. Du musst allmählich lernen, dass es dich kein bisschen weiterbringt, unhöflich zu Leuten zu sein, die älter und klüger sind als du. Ich habe eine Aufgabe für dich, die dir wahrscheinlich gefallen wird. Ich möchte, dass du etwas für mich in der Apotheke von Lesser Malling abholst."

„Was soll ich abholen?"

„Es ist ein Päckchen, auf dem mein Name steht. Du kannst nach dem Mittagessen gehen." Sie hielt einen Löffel voll Suppe an ihre Lippen. Der Dampf stieg vor ihrem harten, niemals lächelnden Gesicht auf. „In der Scheune steht ein altes Fahrrad, das du benutzen kannst. Es hat meinem Mann gehört."

„Sie waren verheiratet?" Das war Matt neu. Er konnte sich nicht vorstellen, dass jemand freiwillig sein Leben mit dieser Frau verbrachte.

„Nur für kurze Zeit."

„Was ist mit Ihrem Mann passiert?"

„Kinder sollten keine neugierigen Fragen stellen. Aber gut, wenn du es unbedingt wissen willst ..." Sie seufzte und senkte den Löffel wieder. „Mein Mann ist verschwunden. Er hieß Henry Lutterworth. Wir waren erst ein paar Monate verheiratet, als er im Wald spazieren ging und nie wiederkam. Vielleicht hat er sich verlaufen und ist verhungert. Lass dir das eine Lehre sein, Matthew. Die Wälder hier sind sehr dicht und man kann leicht von ihnen verschluckt werden. Möglicherweise ist er auch in einen Sumpf geraten – das vermute ich. Es muss eine recht unangenehme Art zu sterben gewesen sein. Er wird versucht haben zu schwimmen, aber natürlich sinkt man umso schneller, je heftiger man sich bewegt, und nachdem ihm Wasser und Schlamm bis über die Nase gestiegen waren, war es natürlich aus mit ihm."

Matt fragte sich, ob sie die Wahrheit sagte oder ob die Geschichte nur dazu diente, ihm Angst zu machen.

„Wenn sein Name Lutterworth war, warum heißen Sie dann Deverill?", fragte er.

„Ich ziehe meinen eigenen Namen vor. Den Namen meiner Vorfahren. Es gab schon immer Deverills in Lesser Malling. Verheiratet oder nicht, wir behalten unseren Namen." Sie schniefte. „Henry hat mir Hive Hall in seinem Testament vermacht", erklärte sie. „Wir hatten Bienen, aber sie sind weggezogen. Das machen sie oft, wenn ihr Besitzer stirbt. Ich habe auch sein ganzes Geld geerbt. Aber für dich läuft die Geschichte nur auf eines heraus: Halte dich vom Wald fern."

„Das werde ich", sagte Matt.

„So, und nun zum Apotheker. Sag ihm, dass es für mich ist."

Nach dem Essen ging Matt über den Hof zur Scheune. Er entdeckte das Fahrrad hinter einem alten Pflug. Es war offensichtlich seit Jahren nicht mehr benutzt worden. Er holte es heraus, ölte die Kette, pumpte die Reifen auf und konnte wenige Minuten später vom Hof radeln. Es fühlte sich gut an, zum Tor hinauszufahren. Er arbeitete zwar immer noch für Mrs Deverill, aber alles war besser als der Schweinestall.

Matt war kaum aufgebrochen, als ihm auf der engen Straße ein Auto entgegengerast kam. Es war ein schwarzer Jaguar mit getönten Scheiben. Einen Moment lang sah es so aus, als wäre ein Zusammenstoß unvermeidlich. Es ging alles so schnell, dass Matt nicht einmal den Fahrer erkennen konnte. Er riss den Lenker herum, das Fahrrad schoss die Böschung hoch, rollte durch ein Gestrüpp aus Brennnesseln und schwenkte dann wieder hinab auf die Straße. Matt hielt an und sah sich um. Der Jaguar war auf die Farm gefahren. Er sah die Bremslichter aufleuchten, dann verschwand das Auto hinter dem Farmhaus. Am liebsten wäre Matt umgekehrt. Das war der erste fremde Wagen, den er seit seiner Ankunft in Hive Hall gesehen hatte. Ob es vielleicht jemand aus London war, jemand vom Jugendamt? Er zögerte, fuhr dann aber doch weiter. Schließlich war dies das erste Mal, dass er die Farm verlassen durfte. Sein erster Ausflug in die Freiheit.

Bis zum Dorf waren es knapp zwei Kilometer. Schon bald erreichte Matt die Kreuzung mit dem abgebrochenen Schild, auf der die fünf Straßen zusammenliefen. Überall um ihn herum war Wald und Matt war froh, dass Mrs Deverill ihm gesagt hatte, welche Straße er nehmen musste, denn sie sahen alle gleich aus. Auf der Straße war kein Verkehr. Es rührte sich überhaupt nichts. Matt hatte sich noch nie einsamer gefühlt. Das letzte Stück des Wegs führte bergauf und Matt kam ins

Schwitzen, als er die Steigung hochradelte. Trotz des Öls hörte er das Knirschen des alten Fahrrads. Bald sah er die ersten Gebäude von Lesser Malling und wenige Minuten später erreichte er den Dorfplatz.

Mrs Deverill hatte ihn schon gewarnt, dass in Lesser Malling nicht viel los sei, aber das war noch untertrieben, wie Matt feststellte. Das Dorf war klein und abgeschieden. Es hatte eine langweilige, heruntergekommen aussehende Kirche, eine Kneipe und zwei Reihen aus Häusern und Geschäften, die beiderseits des mit Kopfsteinen gepflasterten Dorfplatzes standen. Mitten auf dem Platz stand ein Kriegerdenkmal, ein schlichter Stein, in den zwanzig oder dreißig Namen eingraviert waren. Alle Geschäfte sahen aus, als hätten sie sich seit fünfzig Jahren nicht verändert. Eines verkaufte Süßigkeiten, das nächste Lebensmittel, ein anderes Antiquitäten. Am Ende der Reihe war der Laden des Schlachters. Tote Hühner hingen mit gebrochenem Genick von der Decke herunter und graue, schwitzende Fleischstücke lagen auf dem Verkaufstresen. Ein großer, bärtiger Mann mit einer blutbespritzten Schürze schlug mit einem kleinen Beil auf ein Stück Fleisch. Matt konnte hören, wie die Schneide einen Knochen zerteilte.

Es waren einige Leute auf dem Platz unterwegs, und als Matt das Fahrrad gegen das Kriegerdenkmal lehnte, tauchten noch mehr auf. Matt hatte den Eindruck, dass sie seinetwegen gekommen waren. Sie sahen eher neugierig als freundlich aus. Alle blieben in einiger Entfernung stehen und begannen, miteinander zu flüstern. Es war ein komisches Gefühl für Matt, im Mittelpunkt des

Interesses dieser weltfernen Gemeinde zu stehen. Er war überzeugt, dass jeder der Dorfbewohner genau wusste, wer er war und warum er hier war.

Eine Frau kam auf ihn zu, die ihm bekannt vorkam. Sie hatte langes weißes Haar, einen winzigen Kopf und schwarze Augen, die aussahen, als gehörten sie einer Puppe. Als sie näher kam, sah Matt, dass sie durch ein Feuermal entstellt war. Ein hässlicher lilafarbener Fleck bedeckte einen großen Teil ihres Gesichts. Er dachte zurück an die Zeit, in der er krank gewesen war. War diese Frau in seinem Zimmer in Hive Hall gewesen?

„Wie schön, dich wieder auf den Beinen zu sehen", sagte sie lächelnd. Ihre Stimme klang quietschend und zugleich rau, und sie verschluckte die Endungen aller Worte. „Mein Name ist Claire Deverill. Du lebst bei meiner Schwester."

Also hatte er recht. Er hatte sie schon einmal gesehen.

„Ich bin die Lehrerin der Grundschule von Lesser Malling", fuhr sie fort. „Vielleicht kommst du bald zu uns."

„Ich bin zu alt für die Grundschule", widersprach Matt.

„Das mag sein, aber ich fürchte, für die fünfte Klasse bist du zu dumm. Ich habe deine Zeugnisse gesehen. Du warst faul. Du hast nichts gelernt. Kein gutes Beispiel für die anderen Kinder."

Eine andere Frau war aufgetaucht. Sie war groß und dünn und schob einen uralten Kinderwagen, dessen Räder bei jeder Umdrehung quietschten.

„Ist das der Junge?", fragte sie.

„Ja, Miss Creevy, das ist er." Claire Deverill lächelte.

Matt warf einen Blick in den Kinderwagen. Es lag kein Baby darin. Miss Creevy fuhr eine große Porzellanpuppe spazieren, die mit einem eingefrorenen Lächeln und großen, leeren Augen zu ihm aufschaute.

Matt konnte es nicht länger ertragen. Er wünschte sich, er wäre niemals hergekommen. „Ich suche die Apotheke", sagte er.

„Sie ist da drüben." Claire Deverill zeigte ihm die Richtung. „Neben dem Geschäft mit den Süßigkeiten."

Zwei weitere Frauen, offenbar eineiige Zwillinge, waren auf der anderen Seite des Platzes aufgetaucht. Sie sahen wie Vogelscheuchen aus, ihre schwarzen Mäntel flatterten im Wind. Zur gleichen Zeit kam ein kleiner, dicker Mann mit blauen und grünen Tätowierungen auf den Armen, dem Gesicht und dem ganzen Kopf aus der Kneipe. Zwischen seinen Zähnen klemmte eine Pfeife aus Ton. Als er Matt entdeckte, fing er an zu lachen. Matt ging weg, bevor er ihm zu nahe kommen konnte.

Eigentlich war es kein Wunder, dass alle Einwohner von Lesser Malling ein bisschen verrückt waren. Das muss man wohl sein, um hier zu leben, dachte Matt. In der Nähe der Kirche war ein Teich, und Matt bemerkte ein paar Kinder, die Enten fütterten. Er ging auf sie zu, aber schon im Näherkommen wurde ihm klar, dass er hier keine Freunde finden würde. Eines der Kinder war ein etwa zehnjähriger Junge mit merkwürdig aussehendem grünlichem Haar und fetten Beinen, die aus seinen Shorts quollen. Zwei Mädchen, die aussahen, als wären sie Schwestern, trugen identische, altmodische Kleider und Zöpfe. Der zweite Junge war ungefähr sieben und verkrüppelt. Er trug eine Metallschiene an einem Bein. Normalerweise hätte er Matt leidgetan, doch als er näher kam, hob der Junge ein Luftgewehr und zielte damit grinsend auf die Enten. Hastig holte Matt aus und kickte eine Ladung Kies ins Wasser. Die Enten flogen auf. Der Junge schoss auf sie, traf aber keine.

„Warum hast du das getan?", fragte eines der Mädchen empört.

„Was macht ihr hier?", fragte Matt.

„Wir füttern die Enten und dann knallt Freddie sie ab", erklärte das andere Mädchen. „Das ist ein Spiel."

„Ein Spiel?"

„Schießbude!", riefen beide Mädchen gleichzeitig.

Freddie lud sein Luftgewehr nach. Angewidert schüttelte Matt den Kopf. Er verließ die Kinder und ging auf die Apotheke zu.

Eine Apotheke wie diese hatte er noch nie gesehen: Sie war düster und roch widerlich. Auf den Regalen lagen ein paar Packungen mit Kopfschmerztabletten und Seife, aber überwiegend standen dort alte Flaschen. Einige davon waren mit irgendwelchem Pulver gefüllt, andere mit getrockneten Kräutern, in wieder anderen schwammen klumpige Objekte in trübem Wasser. Matt las einige der handschriftlichen Etiketten: Brechnuss, Eisenhut, Wermut. Das sagte ihm nichts. Er entdeckte eine Flasche mit einer gelben Flüssigkeit und drehte sie herum. Fast hätte er aufgeschrien, als ein Auge an die Oberfläche trieb und das Glas berührte. Es musste von einem Schaf oder einer Kuh stammen und es hingen noch Fetzen der Sehnerven daran. Beinahe hätte Matt sich übergeben.

„Kann ich dir helfen?"

Der Apotheker war ein kleiner, rothaariger Mann in einem schmuddeligen weißen Kittel. Seine Haare wuchsen ihm bis in den Nacken herunter, und auch seine Hände waren dicht behaart. Er trug eine dicke Brille mit schwarzem Gestell, die sich so tief in seine Nase eingedrückt hatte, dass Matt sich fragte, ob er sie wohl jemals abnahm.

„Was ist das?", fragte Matt.

„Ein Auge."

„Was soll das hier?"

Der Apotheker drehte das Glas und betrachtete den Inhalt. Seine eigenen Augen wurden durch die dicken Brillengläser vergrößert wie durch zwei Lupen. „Der Tierarzt wollte es haben", sagte er gereizt. „Er will Tests damit machen."

„Ich bin hergekommen, um etwas für Mrs Deverill abzuholen."

„Ah ja. Dann musst du Matthew sein. Wir haben uns alle schon darauf gefreut, dich kennenzulernen. Wir haben uns sogar sehr darauf gefreut."

Der Apotheker holte ein kleines Päckchen, das in braunes Papier gewickelt und mit einer Schnur zugeknotet war. „Mein Name ist Barker. Ich hoffe, dich öfter zu sehen. In einem kleinen Dorf wie diesem freut man sich immer über frisches Blut." Er reichte ihm das Päckchen. „Komm bald mal wieder."

Als Matt das Geschäft verließ, waren draußen noch mehr Dorfbewohner aufgetaucht. Es waren mindestens ein Dutzend, sie standen in Grüppchen und flüsterten miteinander. Matt eilte zu seinem Fahrrad. Hinter dem Sattel war eine Tasche angebracht, und er stopfte das Päckchen hinein.

Er wollte nur noch weg. Aber das klappte nicht. Als er das Rad wendete, tauchte plötzlich eine Hand auf und packte den Lenker. Matt folgte dem Arm, zu dem sie gehörte, und starrte in das Gesicht eines etwa dreißigjährigen Mannes mit strohblondem Haar und einem runden roten Gesicht. Er trug ein sackartiges Hemd und Jeans. Und er war stark. Das spürte Matt an der Art, wie er das Fahrrad festhielt.

„Lassen Sie los!"

Matt versuchte, das Rad wegzuziehen, aber der Mann hielt es eisern fest.

„Das ist aber nicht sehr freundlich", sagte er. „Wie heißt du?"

„Warum wollen Sie das wissen?"

„Du bist doch Matthew Freeman, oder?"

Matt sagte nichts. Sie hielten immer noch beide das Rad fest. Es war wie eine Trennlinie zwischen ihnen.

„Sie haben dich hergeschickt, damit du dieses Programm machst?"

„Das stimmt. Ja. Wenn Sie das alles wissen – warum fragen Sie dann?"

„Hör mir zu, Matthew Freeman", flüsterte der Mann

eindringlich. „Halte dich von diesem Dorf fern. Du bist in Gefahr. Verstehst du das? Ich dürfte dir das nicht sagen. Aber wenn du weißt, was gut für dich ist, verschwindest du von hier. Geh so weit weg, wie du kannst, und komm nicht zurück. Verstehst du? Du musst –"

Er brach ab. Der Apotheker war aus seinem Laden gekommen und beobachtete sie. Der Mann ließ Matts Fahrrad los und eilte davon. Er sah sich nicht mehr um.

Matt schwang sich aufs Rad und fuhr aus dem Dorf. Vor ihm erhob sich der schwarze, bedrohliche Tannenwald. Zwischen den Bäumen wurde es bereits dunkel.

NÄCHTLICHES FLÜSTERN

Matt stand auf einem Turm aus glänzendem Gestein. Es war mitten in der Nacht, aber er konnte trotzdem gut sehen. Tief unter ihm rollten die Wellen, dick und ölig, wie in Zeitlupe. Die Felsen waren scharfkantig wie Rasiermesser. Die Wellen schienen zu zögern, doch dann stürzten sie sich auf die Felsen und rissen sich an ihnen in Stücke.

Der Wind heulte. Ein Gewitter tobte. Blitze zuckten vom Himmel – aber sie waren nicht weiß, sondern schwarz. Erst jetzt begriff Matt, dass die Welt umgekehrt worden war, als betrachtete man das Negativ eines Fotos.

Weit entfernt sah er vier Menschen, die an einem einsamen grauen Strand standen. Drei Jungen und ein Mädchen, alle ungefähr in seinem Alter. Sie waren so weit weg, dass er ihre Gesichter nicht erkennen konnte, aber irgendwie kannte er sie und wusste, dass sie auf ihn warteten. Er musste zu ihnen, aber es gab keinen Weg. Er war auf diesem Felsenturm gefangen. Das Gewitter wurde stärker, und nun tauchte auch noch etwas Dunkles und Grauenhaftes über dem Meer auf. Ein riesiger Flügel, der sich um ihn legte. Das Mädchen rief nach ihm.

„Matthew! Matthew!"

Der Wind riss ihre Worte mit sich und warf sie acht-

los beiseite. Das Mädchen flehte ihn an, doch auch für die vier wurde die Zeit knapp. Der Strand riss auf. Dunkle Spalten erschienen und der Sand stürzte hinein. Die Wellen schlugen immer höher. Sie saßen in der Falle.

„Ich komme!", schrie Matt.

Er machte einen Schritt auf sie zu und fiel. Er schrie auf, doch er war verloren. Alles drehte sich um ihn, als er durch die Nacht ins Meer stürzte.

Matt schrak hoch.

Er lag in seinem Bett in Hive Hall. Er konnte die Deckenbalken erkennen und die Trockenblumen in ihrer Vase auf der Kommode. Es war Vollmond, und das matte Licht fiel in sein Zimmer. Einen Moment lag Matt bewegungslos da und dachte an seinen Traum. Er hatte ihn schon oft geträumt, nicht nur in Hive Hall, sondern auch schon früher. Der Traum war immer gleich, abgesehen von zwei Dingen. Jedes Mal kam diese Erscheinung, die er sah – der Flügel oder was immer es war –, ihrer Entfaltung ein Stück näher. Und jedes Mal wachte Matt ein paar Sekunden später auf, ein paar Zentimeter dichter über der Wasseroberfläche und den Felsen. Was wohl passieren würde, wenn er beim nächsten Mal nicht rechtzeitig aufwachte?

Er drehte den Arm zum Fenster, um seine Uhr lesen zu können. Es war fast Mitternacht. Um zehn war er ins Bett gegangen. Was hatte ihn geweckt? Er hatte den ganzen Tag geschuftet und hätte eigentlich durchschlafen müssen.

Und dann hörte er es.

Es war sehr leise und weit entfernt, aber in der Stille der Nacht trotzdem ziemlich deutlich zu hören. Es kam aus dem Wald.

Geflüster.

Anfangs hielt Matt es nur für das Rauschen des Windes in den Zweigen, aber es ging kein Wind. Und als er die Bettdecke zurückwarf und sich aufsetzte, hörte er noch ein anderes Geräusch. Es war ein gleichmäßiges leises Summen. Das Geflüster hörte auf und begann von Neuem, aber das Summen veränderte sich nicht.

Matt spürte, wie sich seine Nackenhaare aufrichteten. Die Geräusche waren zwar weit weg, aber sie hätten ebenso gut aus dem Haus kommen können. Es war gruselig. Sie waren überall. Er stieg aus dem Bett und ging ans Fenster.

Eine Wolke schob sich über den Mond und einen Moment lang war es stockdunkel. Aber trotzdem war ein Lichtschein zu sehen. In der Dunkelheit konnte Matt irgendwo im Wald ein schwaches Glimmen erkennen. Das Licht wurde von den Bäumen nahezu verschluckt, doch ein paar der kalten weißen Strahlen entkamen durch die Zweige. Es war eindeutig elektrisches Licht und stammte nicht von einem Feuer. Und es schien aus derselben Richtung zu kommen wie die Geräusche.

Wer war dort draußen? Was passierte da mitten in einem Wald im tiefsten Yorkshire – konnte es etwas mit der Warnung zu tun haben, die ihm der Mann am Nachmittag zugeflüstert hatte?

„Halte dich von diesem Dorf fern. Du bist in Gefahr."

Plötzlich wollte Matt es genau wissen. Bevor ihm bewusst wurde, was er tat, hatte er seine Sachen angezogen und das Zimmer verlassen. Auf dem Flur blieb er stehen und lauschte. Das Zimmer von Mrs Deverill lag am Ende des Flurs. Die Tür war geschlossen. Matt nahm an, dass sie schlief. Sie ging immer um Punkt halb zehn ins Bett. Und sie aufzuwecken, war das Letzte, was er wollte. Auf Zehenspitzen schlich er hinunter ins Wohnzimmer. Das Porträt von Mrs Deverills Vorfahrin beobachtete ihn, als er zur Tür ging. Ihre Augen schienen ihm zu folgen, und ihr Gesicht sah düster aus.

Auf dem Hof war es kalt. Nirgendwo rührte sich etwas. Matt konnte das Geflüster jetzt deutlicher hören. Es war nicht nur lauter geworden, sondern hörte sich auch näher an.

Er konnte sogar einzelne Worte verstehen – wenn sie auch keinen Sinn ergaben.

„LEMMIH ... MITSIB ... UDRED ... RESNU ... RETAV."

Die merkwürdigen Laute umhüllten ihn, als er dort stand und in die Nacht hinauslauschte. Es waren menschliche Stimmen. Menschlich, aber trotzdem unheimlich. Matt wusste nicht, was er tun sollte. Ein Teil von ihm wollte sich aufs Rad schwingen und versuchen, näher an die Stimmen heranzukommen. Ein anderer Teil wollte wieder ins Bett gehen und die ganze Sache vergessen. Plötzlich fiel ihm etwas auf, das er eigentlich sofort hätte sehen müssen.

Mrs Deverills Auto war nicht da.

Der Landrover stand immer an derselben Stelle neben der Scheune und beim Abendessen war er noch da gewesen. Hatte sie Hive Hall verlassen? War sie irgendwo im Wald und nahm an dem teil, was dort vorging? War er allein auf der Farm?

Er ging zurück ins Wohnzimmer. Sein Blick fiel auf das Porträt und nun war er sicher, dass es nicht seine Fantasie gewesen war: Das Bild hatte sich erneut verändert. Die Figur hatte eine Hand gehoben und einer ihrer knochigen Finger zeigte nach oben, als erteile sie ihm den Befehl, ins Bett zu gehen. Matt war sicher, dass das Bild so nicht gemalt worden war.

Matt ging nach oben, aber nicht in sein Zimmer. Er musste sich vergewissern, auch wenn ihm davor graute. Er schlich ans Ende des Flurs und klopfte leise an Mrs Deverills Tür. Es kam keine Antwort. Er klopfte ein zweites Mal. Dann öffnete er die Tür.

Er starrte in ein kaltes, leeres Zimmer mit blankem Dielenfußboden und einem eisernen Bettgestell. Außerdem waren noch ein Schrank und eine Kommode zu sehen. Das Bett war leer. Er hatte recht gehabt. Mrs Deverill war nicht da. Endlich bot sich ihm die Gelegenheit, auf die er gewartet hatte.

Matt hatte längst entschieden, dass er nach London zurückgehen würde. Jetzt wusste er, dass es in dieser Nacht geschehen musste. Im Morgengrauen würde er die Autobahn erreicht haben und konnte per Anhalter nach Süden fahren. Er zweifelte nicht daran, dass Mrs Deverill die Polizei verständigen würde, aber je weiter er zu diesem Zeitpunkt schon weg war, desto schwieriger würde es sein, ihn zu finden. Und wenn er erst in London war, war er in Sicherheit. Aber er brauchte Geld. Geld machte den Unterschied zwischen Überleben und ständiger Gefahr. Er würde Essen kaufen müssen. Er musste ein Zimmer mieten. Irgendwo im Haus musste Geld sein. Er würde es finden und stehlen.

Matt begann in der Küche. Jetzt war es ihm egal, wie viel Lärm er machte. Er durchwühlte Schubladen und Schränke, öffnete Schachteln und Dosen und versuchte, Mrs Deverills Haushaltsgeld zu finden. Er konnte das Geflüster immer noch hören, doch mittlerweile kam es in größeren Abständen. Hörte es bald auf? Er warf einen Blick auf die Uhr. Viertel nach eins. Er bewegte sich schneller, voller Angst, dass die Frau bald zurückkommen könnte. In der Küche war kein Geld. Er suchte nach ihrer Handtasche. Darin waren bestimmt Geld und vielleicht auch Kreditkarten. Aber Mrs Deverill schien sie mitgenommen zu haben.

Er durchsuchte das Wohnzimmer. Jetzt hatte es den Anschein, als würde die Frau auf dem Porträt ihn wütend anstarren, während er hinter die Bücher schaute und unter jeden Stuhl spähte, in der Hoffnung, entweder Geld oder die Handtasche zu finden. Matt hatte kein Licht eingeschaltet – er wollte nicht riskieren, dass Noah es von der Scheune aus sah, falls er nicht mit Mrs Deverill weggefahren war. Er wollte gerade im Kamin nachsehen, als ihn etwas so anschrie, dass er entsetzt zurücksprang. Sein Herz schlug wie wild. Es war Asmodeus, der Kater von Mrs Deverill. Er hatte auf einem der Stühle geschlafen, doch plötzlich war er aufgesprungen, als hätte er einen Stromschlag abbekommen. Sein Fell war gesträubt und seine Augen glühten. Er öffnete das Maul und fauchte. Seine Zähne waren riesig. Matt rührte sich nicht. Der Kater würde ihn angreifen, davon war er überzeugt. Er war sprungbereit und seine Krallen rissen schon an dem Stuhl herum, als übe er, was er gleich mit Matts Gesicht tun würde.

Matt sah sich um. Neben dem Kamin hing ein Schürhaken, ein großes, altes Ding. Er überlegte, danach zu greifen, doch er war nicht sicher, ob er es fertigbringen würde, das Ding zu benutzen. Der Schwanz des Katers schlug hin und her. Matt hatte es gewagt, Mrs Deverills Gastfreundschaft zu missbrauchen und dafür würde er jetzt bezahlen. Der Kater fauchte ein zweites Mal, dann sprang er ab.

Matt war darauf vorbereitet. Neben dem Schürhaken stand ein großer Weidenkorb. Normalerweise enthielt er Holzscheite, doch er war ausnahmsweise leer. Matt packte ihn und warf ihn über den Kater, genau in dem Moment, in dem dieser absprang. Sofort ertönte ein wütendes Kreischen und Fauchen, und die Krallen rissen verzweifelt am Korbgeflecht. Matt presste den Korb auf den Stuhl, damit der Kater nicht entkam. Mit einer Hand drückte er den Korb nach unten, mit der anderen griff er nach Mrs Deverills altmodischer Nähmaschine, die neben dem Tisch auf dem Boden stand. Es kostete ihn fast seine ganze Kraft, sie hochzuheben und auf den Korb zu stellen. Das Weidengeflecht knirschte unter dem Gewicht. Der Kater warf sich wütend im Korb herum, doch er konnte nicht entkommen. Asmodeus würde ihn nicht mehr stören.

Matt richtete sich auf. Er zitterte noch immer. Außerdem fiel ihm etwas auf – es kam kein Geräusch mehr aus dem Wald. Das Flüstern hatte aufgehört. Er hatte immer noch kein Geld gefunden, und ihm lief die Zeit davon.

Es blieb nur noch ein Zimmer übrig.

Er ging wieder nach oben und betrat Mrs Deverills Zimmer. Hier musste doch Geld sein! Er öffnete den Schrank. Mrs Deverills Kleider hingen an Drahtbügeln in der Dunkelheit, darunter standen ihre Schuhe. Sonst nichts. Matt wollte die Schranktür schon wieder schließen, als ihm eine Pappschachtel in der hintersten Ecke auffiel. Er nahm sie hoch und klappte den Deckel auf. Aber es war kein Geld darin. Nur Fotos.

Er nahm eines heraus und stellte fest, dass es einen Friedhof zeigte. Das Foto war schwarz-weiß und mit einem Teleobjektiv aufgenommen worden. Es zeigte eine Gruppe von Menschen, gekleidet in dem üblichen, nüchternen Schwarz, in deren Mitte ein kleiner Junge stand. Matt erkannte sich sofort und Schock und Entsetzen durchströmten ihn. Er betrachtete ein Foto von sich selbst.

Es war das Begräbnis seiner Eltern vor sechs Jahren.

Das war doch unmöglich. Niemand hatte dabei fotografiert. Und selbst wenn jemand dieses Foto gemacht hatte, wie kam es dann hierher? Woher hatte Mrs Deverill es?

An dem Foto waren zwei Blatt Papier befestigt. Matt

streifte die Büroklammer ab und drehte die Seiten um. Es waren Polizeiberichte. Beide Seiten trugen einen roten Stempel mit dem Wort *Vertraulich*. Im Dämmerlicht versuchte Matt, die Worte zu entziffern:

Die Zeugenaussage von Mrs Rosemary Green zu diesem Fall wird nicht veröffentlicht und wir raten von einer Weitergabe an die Medien dringend ab. Das Kind, Matthew Freeman, ist acht Jahre alt und hat präkognitive Fähigkeiten bewiesen, die jenseits aller …

Präkognitive Fähigkeiten. Matt wollte gar nicht genau wissen, was damit gemeint war. Und er wollte auch kein weiteres Wort dieses Berichts lesen. Seine Entscheidung war gefallen.

Er warf den Karton wieder in die Ecke, schlug die Schranktür zu und rannte aus dem Zimmer. Das Porträt im Wohnzimmer beobachtete ihn schweigend. Asmodeus warf sich immer noch wütend gegen die Wände des Korbs. Matt beachtete keinen von beiden. Er riss die Haustür auf und rannte hinaus auf den Hof.

Er hatte kein Geld gefunden, also musste es auch ohne gehen.

Er musste weg, und zwar sofort.

Matt brauchte nur wenige Minuten, um zur Wegkreuzung zu radeln. Es war kalt, und er konnte seinen Atem sehen, als er an dem abgebrochenen Schild anhielt, um sich zu orientieren. Er hatte die Wahl zwischen fünf Landstraßen, die in verschiedene Richtungen durch den

Wald führten. Auf einer von ihnen war er gerade gekommen, und er wusste, dass eine andere nach Lesser Malling führte. Damit blieben noch drei. Er wählte die mittlere und radelte los, froh, dass ihm der Mond den Weg wies. Aus dem Wald kam kein Laut mehr. Das elektrische Licht war ausgeschaltet worden. Seine größte Angst war, dass er Mrs Deverill begegnen könnte, wenn sie heimkam. Er horchte auf das Dröhnen ihres Landrovers, doch es war nichts zu hören. Er war vollkommen allein.

Matt versuchte, sich ganz auf das Fahrradfahren zu konzentrieren. Er wollte den Wald nicht ansehen, aber er konnte nicht anders, denn der Wald war überall. Im Mondlicht sahen die endlosen Stämme aus wie die Gitter eines Freiluftgefängnisses. Die leicht schwankenden Äste warfen tausend Schatten. Die Tannennadeln raschelten leise, und es schien fast, als flüsterten sie miteinander, während er vorbeiradelte.

Matt starrte unverwandt auf die Straße. Er hatte vor, die Nacht durchzuradeln. Seit er das Foto gefunden hatte, war er nicht mehr von seinem Plan abzubringen. Er würde es in London versuchen. Ohne Geld. Ohne eine Unterkunft. Wahrscheinlich würde ihn die Polizei schließlich doch fassen, aber das war ihm egal. Sollten sie ihn in ein Jugendheim stecken, so lange sie wollten ... Ihm war alles recht, wenn es nur nichts mit Mrs Deverill oder Lesser Malling zu tun hatte.

Warum hatte sie ein Foto von ihm im Schrank? Wie war sie an einen vertraulichen Polizeibericht gekommen? Und weshalb interessierte sie der Tod seiner Eltern? Es war ein unheimlicher Gedanke, aber Matt fragte sich, ob Mrs Deverill schon von ihm gewusst hatte, bevor er sie im Rahmen des FED-Programms kennengelernt hatte. Doch das würde bedeuten, dass sie das, was in Lesser Malling vor sich ging – was auch immer das sein mochte –, schon seit Jahren geplant hatte und dass er schon lange ein Teil davon war.

Ach, sollen sie doch alle zum Teufel gehen, dachte Matt wütend. Seine Tante, die Sozialarbeiterin, Mallory, Mrs Deverill ... Sie hatten ihn schon viel zu lange herumgeschubst. Von jetzt an würde er auf sich selbst aufpassen. Vielleicht fand er einen Job in einer Küche oder einem Hotel. Er sah älter aus, als er war. Verbissen strampelte er vorwärts. Er sah noch einmal auf die Uhr. Schon zwei Uhr! Es erstaunte ihn, wie viel Zeit schon vergangen war, seit er die Farm verlassen hatte.

Vor ihm tauchte eine Kreuzung auf. Matt hörte auf, in die Pedale zu treten, und ließ das Rad die letzten Meter rollen. Er sah sich um. Es war eine Kreuzung mit fünf Straßen und einem abgebrochenen Wegweiser. Matt brauchte eine halbe Minute, um festzustellen, wo er war. Irgendwie hatte ihn die Straße, die er gewählt hatte, im Kreis herumgeführt. Er war wieder genau da, wo er losgefahren war.

Matt ärgerte sich. Er hatte Zeit und wertvolle Energie verschwendet. Vielleicht war Mrs Deverill schon wieder in Hive Hall. Dann hatte sie den Kater unter dem Korb gefunden und sein Zimmer kontrolliert.

Wahrscheinlich hatte sie schon längst bei der Polizei angerufen.

Mit zusammengebissenen Zähnen wählte Matt eine der anderen Straßen und fuhr los. Allmählich wünschte er, er hätte bis zum Morgen gewartet. Nein. Dann hätte er auf der Farm arbeiten müssen und Mrs Deverill und Noah ließen ihn nie aus den Augen. Er konzentrierte sich auf seinen Rhythmus, linker Fuß, rechter Fuß, und lauschte auf das Knarren der Fahrradkette. Die Bäume glitten an ihm vorbei. Etwa zwanzig Minuten vergingen. Matt war sportlich und hatte sich vollkommen von seiner Krankheit erholt. Er spürte einen dumpfen Schmerz in den Beinen, aber davon abgesehen ging es ihm gut. Die Straße führte um eine Kurve.

Matt bremste.

Er war wieder an der Kreuzung. Das war unmöglich. Die Straße, die er genommen hatte, war schnurgerade gewesen, und er war mindestens vier Kilometer weit geradelt. Er starrte das abgebrochene Schild fassungslos an. Es gab keinen Zweifel.

Jetzt wurde er richtig wütend. Dass so etwas ein Mal passierte, war Pech. Aber zwei Mal! Das war einfach idiotisch. Er riss das Fahrrad herum und fuhr in die fünfte Straße, die am weitesten entfernt war. Diesmal radelte er schneller, und seine Wut verlieh ihm zusätzliche Kraft. Der Nachtwind blies ihm über die Schultern und kühlte den Schweiß auf seinem Gesicht. Eine Wolke verdunkelte den Mond und plötzlich war es stockfinster. Matt fuhr mit unverminderter Geschwindigkeit weiter. Dann bremste er scharf. Er konnte es nicht fassen.

Aus der fünften Straße war irgendwie die erste Straße

geworden. Er war wieder an der Kreuzung. Das abgebrochene Schild stand da und schien ihn zu verhöhnen.

Na gut. Er schlug den Weg ein, auf dem er gekommen war, und fuhr an Hive Hall vorbei. Am Tor sauste er so schnell vorüber, wie er konnte. Im Haus brannte kein Licht, also war Mrs Deverill vielleicht doch noch nicht zu Hause. Die Straße führte steil bergauf – ein gutes Zeichen. Ein Hügel war etwas anderes. Keine der anderen Straßen hatte bergauf oder bergab geführt. Matt war es längst egal, wohin er fuhr, Hauptsache, er fand eine größere Straße. Er hatte den Wald ebenso satt wie diese Landstraßen.

Als er auf der Hügelkuppe ankam, hielt er an. Zum ersten Mal hatte er Angst. Er radelte nun schon mehr als eine Stunde und hatte immer noch keinen Weg in die Freiheit gefunden.

Er war wieder an der Wegkreuzung, an der er losgefahren war.

Matt atmete schwer. Seine Finger krallten sich so fest um den Lenker, dass seine Knöchel weiß hervortraten. Er blieb einen Moment stehen und überlegte, welche Möglichkeiten er noch hatte. Keine. Entweder spielte ihm die Dunkelheit einen Streich, oder es ging etwas vor, das er nicht verstand. Aber eines war ihm mittlerweile klar – er würde nirgendwo hinkommen, auch wenn er die ganze Nacht fuhr.

Er musste zurückkehren und sich dem Zorn von Mrs Deverill stellen. Eine andere Wahl hatte er nicht. Er drehte das Fahrrad um und radelte langsam zur Farm zurück.

OMEGA EINS

„Er war letzte Nacht in meinem Zimmer", sagte Mrs Deverill. Sie sprach in ein altmodisches schwarzes Telefon. Das dicke Kabel hielt sie in der Hand. „Ich glaube, dass er die Fotos gefunden hat."

„Es war ein Fehler, sie im Haus zu behalten."

„Mag sein. Aber es gibt noch etwas, das mir Sorgen macht. Matthew ist jetzt stärker als vorher. Ich fürchte, er fängt allmählich an, sich alles zusammenzureimen. Ich will ihn nicht mehr hierhaben. Wenn Sie mich fragen, halten wir einen Tiger am Schwanz. Wir sollten eine andere Lösung für ihn finden, bevor es zu spät ist."

Der Mann am anderen Ende der Leitung hatte eine kalte, präzise Stimme – eine gebildete Stimme. Man konnte sich ihn gut als Leiter einer teuren Privatschule vorstellen. „Wie meinen Sie das?"

„Man sollte ihn einsperren. In der Kirche gibt es eine Gruft. Wir können ihn da hinbringen, unter die Erde, wo ihn niemand findet. Es ist ja nur noch für ein paar Wochen. Dann ist es ohnehin vorbei."

„Nein." Das einzelne Wort war endgültig. „Im Moment hält sich der Junge noch für normal. Er hat keine Ahnung, wer oder was er ist. Aber wenn Sie ihn lebendig begraben, findet er es womöglich heraus. Und was ist, wenn die Polizei oder sein Sozialarbeiter nach ihm sehen wollen? Wie wollen Sie dann erklären, wo er ist?"

„Und wenn er entkommt ...?"

„Sie wissen, dass er nicht entkommen kann. Er steht unter einem Bann. Er kann nichts dagegen tun. Und wir werden schon bald bereit für ihn sein. Ihre Aufgabe ist es, auf ihn aufzupassen. Wo ist er jetzt?"

„Ich weiß nicht. Irgendwo draußen."

„Passen Sie auf ihn auf, Mrs Deverill. Lassen Sie ihn nicht aus den Augen."

Es klickte, und die Leitung war tot. Mrs Deverill wog den Hörer in der Hand, dann legte sie ihn auf. „Asmodeus!", rief sie.

Der Kater, der am anderen Ende des Zimmers auf einer Sessellehne schlief, öffnete ein Auge und sah sie an.

„Du hast gehört, was er gesagt hat", fuhr sie ihn an. „Der Junge ..."

Der Kater sprang vom Sessel aufs Fensterbrett und durch das offene Fenster. Er rannte an Noah vorbei hinaus auf die Straße. Einen Moment später war er außer Sicht.

Matt stand am Waldrand und starrte in den Tunnel zwischen den Bäumen. Sein Rad lag neben der Fahrbahn im Gras. Fünf Minuten waren vergangen, seit er Noah entwischt war und die Farm verlassen hatte. Aber bisher hatte er sich noch nicht entschieden.

Die Versuchung, nach London zu fliehen, war wieder da. Bestimmt hatte er letzte Nacht irgendeinen dummen Fehler gemacht. Er hatte nicht sehen können, wohin er fuhr, und war deshalb im Kreis herumgefahren. Aber eine innere Stimme warnte ihn, es noch einmal auf der Straße zu versuchen. Er wollte keine Zeit mehr damit verschwenden, Kreise zu fahren, und außerdem gab es einen anderen Weg in die Freiheit. Seine Teilnahme am FED-Programm sollte doch freiwillig sein. Ein einziger Anruf bei Detective Superintendent Mallory würde ausreichen, ihn aus diesem Albtraum zu befreien.

Doch bevor er das tat, wollte er mehr wissen. Was waren das für Geräusche, die er letzte Nacht gehört hatte? Was ging im Wald vor sich? Es gab nur einen Weg, das herauszufinden.

Matt glaubte, dass er die Stelle gefunden hatte, an der er das Licht gesehen hatte. Sie lag irgendwo vor ihm. Und doch traute er sich nicht, die Straße zu verlassen. Es lag nicht an der Geschichte, die Mrs Deverill ihm erzählt hatte – er glaubte nicht, dass er in einen Sumpf laufen würde. Es war der Wald selbst, der ihm Angst machte, seine Unnatürlichkeit und die strenge Ausrichtung in Reihen. So sollte Natur nicht aussehen. Wie sollte er sich zurechtfinden, wenn eine Tanne aussah wie die andere, ohne Hügel, Pflanzen oder Bäche, an denen er sich orientieren konnte? Und es war noch etwas anderes. Die Zwischenräume zwischen den Tannen schienen sich ins Unendliche zu erstrecken, in ihr eigenes schattiges Universum. Die Dunkelheit wartete schon auf ihn. Er war wie eine Fliege am Rand eines riesigen Spinnennetzes.

Schließlich gab er sich einen Ruck, verließ die Straße

und ging zwanzig Schritte geradeaus. Die Tannennadeln knirschten unter seinen Füßen. Solange er nicht nach links oder rechts abbog, konnte ihm nichts passieren, beruhigte er sich. Und wenn er das Gefühl bekam, sich verlaufen zu haben, brauchte er nur kehrtzumachen und auf demselben Weg zurückzugehen.

Und dennoch ... Matt blieb stehen, um wieder zu Atem zu kommen. Es war unglaublich. Er kam sich vor, als wäre er durch einen Spiegel in eine andere Dimension übergetreten. Auf der Straße war es ein kühler, sonniger Frühlingsmorgen gewesen, aber die Atmosphäre im Wald war ungewöhnlich warm und irgendwie zäh. Sonnenstrahlen, die intensiv grün leuchteten, fielen in alle Richtungen. Auf der Straße hatte er Vögel zwitschern und eine Kuh muhen gehört. Im Wald hingegen war es totenstill, als wäre es sogar den Geräuschen verboten, ihn zu betreten.

Er merkte schon jetzt, dass er besser einen Kompass mitgebracht hätte. Oder zumindest ein Messer oder eine Farbdose, die ihm geholfen hätten, den Rückweg zu finden. Er erinnerte sich an eine Geschichte, die er in der Schule gehört hatte. Irgendein griechischer Typ – Theseus oder so – war in einen Irrgarten gegangen, um gegen ein Monster zu kämpfen, das zur Hälfte Stier und zur Hälfte Mensch war. Der Minotaurus. Er hatte ein Knäuel Wolle mitgenommen, es abgerollt und auf diese Weise den Rückweg aus dem Labyrinth gefunden. Dasselbe hätte Matt auch tun sollen.

Er drehte sich um, ging zurück und zählte dabei laut die zwanzig Schritte, die er gemacht hatte.

Die Straße war nicht mehr da.

Das war unmöglich. Er sah zurück in den Wald. Die Bäume erstreckten sich in die Unendlichkeit. Er sah nach rechts und links. Dasselbe. Er machte noch fünf Schritte. Noch mehr Bäume und alle sahen gleich aus. Sie erstreckten sich, so weit das Auge reichte ... und noch weiter. Die Straße war verschwunden, als wäre sie nie da gewesen. Entweder das oder die Bäume waren gewachsen. So fühlte es sich jedenfalls an. Der künstliche Wald hatte ihn umzingelt. Er hatte ihn eingefangen und würde ihn nie wieder freigeben.

Matt holte tief Luft, zählte zwanzig Schritte vorwärts, bog dann nach links ab und zählte weitere zehn. Immer noch keine Straße. Wohin er auch blickte, überall sah er dasselbe: hohe, dünne Bäume und Millionen von Nadeln. Dazwischen düstere Korridore. Es gab hundert verschiedene Richtungen, aber keine wirkliche Wahlmöglichkeit. Matt blieb stehen und hoffte, ein Auto zu hören, das nach Lesser Malling fuhr. Das würde ihm helfen, die Straße zu finden. Aber es kam kein Auto. Eine einzelne Krähe schrie irgendwo hoch über ihm. Davon abgesehen war die Stille so dicht wie Nebel.

„Na toll!"

Er schrie es heraus, weil er wenigstens seine eigene Stimme hören wollte. Doch sie klang nicht nach ihm, sie war klein und schwach, unheimlich gedämpft durch die starr dastehenden Bäume.

Er ging weiter. Was hätte er sonst tun sollen? Seine Schritte waren auf dem weichen Nadelteppich nahezu unhörbar, und Schritt für Schritt drang er weiter vor ins

Nirgendwo. Wenn er nach oben schaute, konnte er durch die dicht stehenden Baumkronen kaum den Himmel sehen. Allmählich hatte er es satt. Die Straßen hatten ihm in der vergangenen Nacht denselben Streich gespielt. Aber wenigstens waren es Straßen gewesen. Das hier war viel schlimmer.

Etwas Silbernes blitzte vor ihm auf, vollkommen unerwartet inmitten all des Grüns. Irgendetwas hatte das Sonnenlicht reflektiert und es war nicht weit entfernt. Erleichtert ging Matt darauf zu. Doch falls er geglaubt hatte, einen Weg nach draußen gefunden zu haben, wurde er eines Besseren belehrt. Es ging nicht weiter. Er stand vor einem hohen Zaun, der teilweise verrostet war, aber noch stabil wirkte. Das Silberne, das er gesehen hatte, war der Draht gewesen. Der Zaun war mindestens sechs Meter hoch, und darüber war Stacheldraht gespannt. Der Zaun erstreckte sich nach rechts und links. Er schien kreisförmig aufgebaut zu sein und ein riesiges Areal abzugrenzen.

Hinter dem Zaun lag eine Lichtung, auf der ein großes Gebäude stand, das unmodern und futuristisch zugleich wirkte. Es war zweigeteilt. Den größeren Teil bildete ein rechteckiger grauer Ziegelbau mit zwei Stockwerken und Fenstern auf der gesamten Längsseite, in denen die meisten Scheiben zerbrochen waren. Auch einige der Ziegel waren geplatzt, und Unkraut und Efeu fraßen am Mauerwerk. Es stand offensichtlich schon sehr lange dort. Matt schätzte, dass es dreißig oder vierzig Meter lang war.

Viel interessanter aber war die zweite Hälfte des Gebäudes. Sie war weiß gestrichen, mindestens dreißig Meter hoch und sah aus wie ein riesiger Golfball, den jemand dorthin gerollt hatte. Ob es eine Sternwarte war? Nein. In der Kuppel war keine Öffnung für ein Teleskop. Es gab auch keine Fenster. Auch dieser Ball sah alt und verwittert aus. Die weiße Farbe war grau geworden und an manchen Stellen sah es aus, als hätte das Ding irgendeine Krankheit. Aber eindrucksvoll war es trotzdem. Etwas wie diese Kugel hätte Matt bestimmt nicht in diesem Wald erwartet.

Ein gemauerter Gang mit einer Tür, aber ohne Fenster, verband beide Gebäudeteile. Ob das der Haupteingang war? Matt hätte sich das Gebäude gern aus der Nähe angesehen. Er hatte keine Ahnung, wozu es diente, aber er brannte darauf, es herauszufinden.

Er bog nach rechts ab und folgte dem Zaun etwa fünfzig Meter weit. Nach einer Weile kam er an ein großes Tor, an dem eine dicke, verfärbte Kette mit einem schweren Vorhängeschloss hing. An einem Torflügel war ein Holzschild mit einer kaum noch leserlichen Aufschrift befestigt:

OMEGA EINS
EIGENTUM DER REGIERUNG
BETRETEN VERBOTEN

Omega Eins. Matt fragte sich, ob das Gebäude einem militärischen Zweck diente. Vielleicht gehörte es dem Verteidigungsministerium. Er betrachtete das Tor. Es war alt, aber das Schloss sah neu aus. Also musste noch vor Kurzem jemand hier gewesen sein. Matt würde es niemals öffnen können. Er sah nach oben und stellte fest, dass oben auf dem Tor ein besonders gemein aussehender Stacheldraht war. Das konnte er also auch vergessen.

Matts Neugier wuchs. Er ging weiter und hoffte, einen Baum zu finden, von dem aus er über den Zaun klettern konnte. Stattdessen fand er noch etwas Besseres. An einer Stelle war der Draht durchgerostet und das Loch war gerade groß genug, dass er sich durchquetschen konnte. Er warf einen Blick auf seine Uhr. Der Vormittag war halb vorbei, doch ihm blieb noch genug Zeit.

Er wollte sich gerade durch das Loch zwängen, als ihn jemand von hinten packte und herumwirbelte.

„Was machst du da?", fragte eine Stimme.

Matts Herzschlag setzte aus. Nachdem er so lange allein im Wald herumgeirrt war, hätte er niemals damit gerechnet, hier jemanden zu treffen. Seine Faust war schon geballt, doch dann erkannte er das strohblonde Haar und das rote Gesicht des Mannes, der ihn in Lesser Malling angesprochen hatte, des Mannes, der ihm geraten hatte, aus der Gegend zu verschwinden.

„Ich habe mich verlaufen." Matt entspannte sich ein wenig. „Was ist das hier?" Er deutete auf das Gebäude jenseits des Zauns.

„Es ist ein Kraftwerk."

Matt sah den Mann genauer an. Er bemerkte erst jetzt, dass er eine Schrotflinte unter dem Arm trug.

„Du dürftest gar nicht hier sein", sagte der Mann.

„Ich sagte doch, dass ich mich verlaufen habe. Und ich wollte nachsehen ..."

„Was wolltest du nachsehen?"

„Ich habe Licht im Wald gesehen. Letzte Nacht. Ich habe mich gefragt, woher es gekommen ist."

„Licht?"

„Und ich habe etwas gehört. Ein merkwürdiges Geräusch. Eine Art Summen. Warum sagen Sie mir nicht, was hier vorgeht? Sie haben mir doch geraten, von hier zu verschwinden."

„Und warum hast du es nicht getan?"

„Ich hab's versucht." Matt beließ es dabei. Er war nicht in der Stimmung zu erzählen, was ihm in der vergangenen Nacht passiert war. „Wovor haben Sie mich gewarnt?", fragte er. „Warum sind alle Leute in Lesser Malling so komisch? Und wer sind Sie?"

Der Mann schien ein bisschen ruhiger zu werden. Er legte eine Hand auf den Lauf seiner Flinte. „Mein Name ist Tom Burgess", sagte er. „Ich bin Farmer. Mir gehört die Glendale Farm an der Straße nach Greater Malling."

„Bewachen Sie diese Anlage?"

„Nein. Ich bin auf der Jagd. Der Wald ist voller Füchse, die jede Nacht über meine Hühner herfallen. Ich wollte ein paar von ihnen erlegen."

„Ich habe gar keine Schüsse gehört."

„Ich habe auch noch keinen Fuchs gesehen."

Matt betrachtete wieder das Gebäude. „Sie haben gesagt, dass das hier ein Kraftwerk ist", begann er. Plötzlich kam ihm die Form des Gebäudes bekannt vor. Er hatte Bilder davon in der Schule gesehen. „Ist es ein Atomkraftwerk?"

Burgess nickte.

„Und was hat das hier zu suchen?"

„Nichts." Der Farmer zuckte mit den Schultern. „Es war ein Versuchsreaktor. Die Regierung hat ihn hier vor langer Zeit gebaut, bevor sie anfingen, die richtigen Atomkraftwerke zu bauen. Damals hat man nach alternativen Energiequellen gesucht und Omega Eins gebaut. Als die Experimente abgeschlossen waren, ist das Ding wieder geschlossen worden. Es steht schon lange leer und es war schon seit Jahren niemand mehr hier."

„Letzte Nacht war aber jemand hier", widersprach Matt. „Ich habe Leute gehört. Und ich habe Licht gesehen."

„Vielleicht hast du dir das nur eingebildet."

„So viel Fantasie habe ich nicht." Matt wurde allmählich wütend. „Warum sagen Sie mir nicht die Wahrheit?", fuhr er fort. „Sie haben angedeutet, dass ich irgendwie in Gefahr bin. Sie haben mir gesagt, dass ich verschwinden soll. Aber ich kann nicht weglaufen, solange ich nicht einmal weiß, wovor ich weglaufe. Warum sagen Sie mir nicht, was Sie wissen? Hier sind wir sicher, hier belauscht uns bestimmt keiner."

Der Farmer schien mit sich zu ringen. Matt erkannte, dass er bereit war zu reden. Doch obwohl er so stark und außerdem bewaffnet war, hatte er eindeutig Angst. „Wie soll ich dir das nur begreiflich machen?", sagte er schließlich. „Wie alt bist du?"

„Vierzehn."

„Du solltest nicht hier sein. Hör zu. Ich bin erst vor einem Jahr hierher gezogen. Ich hatte Geld geerbt und ich wollte schon immer eine eigene Farm haben. Wenn ich gewusst hätte … wenn ich auch nur die leiseste Ahnung gehabt hätte …"

„Wenn Sie was gewusst hätten?"

„Mrs Deverill und die anderen …"

„Was ist mit ihnen?"

Etwas raschelte unter einer Tanne, gefolgt von einem wütenden Fauchen. Matt drehte sich um und entdeckte ein Tier, das ein paar Meter entfernt aus dem Farnkraut gekommen war. Es war eine Katze. Ihre Augen glühten, und ihr Maul stand offen und entblößte die Reißzähne. Aber es war nicht irgendeine Katze. Matt erkannte die gelben Augen und das räudige Fell …

Er entspannte sich. „Schon gut", sagte er. „Es ist nur der Kater. Er muss mir nachgelaufen sein."

Aber der Farmer war leichenblass geworden. Blitzschnell hatte er den Lauf seiner Flinte einschnappen lassen und den Kolben an die Schulter gehoben. Bevor Matt etwas tun konnte, drückte er ab. Es gab einen ohrenbetäubenden Knall. Der Kater hatte keine Chance. Tom Burgess hatte beide Ladungen verschossen und der Kater überschlug sich unter der Wucht der Schrotkugeln.

„Warum haben Sie das getan?", rief Matt entsetzt. „Das war doch nur eine Katze!"

„Nur eine Katze?" Der Farmer schüttelte den Kopf. „Das war Asmodeus, Mrs Deverills Kater."

„Aber –"

„Wir können nicht reden. Nicht jetzt. Nicht hier."

„Warum nicht?"

„Es gehen Dinge vor sich, die du nicht glauben wirst." Der Farmer war immer noch blass und seine Hände zitterten. „Hör zu!", flüsterte er. „Komm zu meiner Farm. Morgen Vormittag – um zehn. Glendale Farm. Sie liegt an der Straße nach Greater Malling. Bieg links ab, wenn du von Hive Hall kommst. Wirst du es finden?"

„Ja", sagte Matt, doch dann fiel ihm etwas ein. „Nein. Ich habe versucht, mich auf diesen Straßen zurechtzufinden, aber sie scheinen nirgendwohin zu führen. Ich lande immer wieder da, wo ich angefangen habe."

„Stimmt. Du kannst nur dorthin gehen, wohin sie dich gehen lassen."

„Wie meinen Sie das?"

„Das ist zu schwierig zu erklären." Burgess überlegte kurz. Dann griff er nach einem Lederband, das er um den Hals trug. Er streifte es sich über den Kopf und hielt es Matt hin. Es hing ein kleiner, runder Stein daran, in den ein goldenes Symbol eingraviert war. Es hatte die Form eines Schlüssels.

„Trag das", sagte Burgess. „Erwarte nicht, dass ich es dir erkläre, aber du wirst dich nicht mehr verirren, wenn du das trägst. Komm morgen zu meinem Haus. Dann sage ich dir alles, was du wissen willst."

„Warum nicht jetzt?", fragte Matt.

„Weil es gefährlich ist – für uns beide. Ich habe ein Auto. Komm zu mir und wir verschwinden zusammen."

Tom Burgess wandte sich ab und ging auf die Bäume zu.

„Warten Sie!", rief Matt ihm nach. „Ich weiß nicht, wie ich aus dem Wald komme!"

Burgess blieb stehen, drehte sich um und zeigte auf Matt. „Sieh unter deine Füße!", rief er. „Du stehst auf der Straße." Dann verschwand er.

Matt betrachtete den Boden zu seinen Füßen. Tatsächlich, da war ein schmaler Asphaltstreifen, fast verdeckt von Unkraut und Tannennadeln. Er würde gut aufpassen müssen, um die Straße nicht wieder aus den Augen zu verlieren, denn sie würde ihn aus dem Wald führen. Er hatte noch immer den steinernen Talisman in der Hand. Mit einem Finger fuhr er über den Schlüssel und fragte sich, ob er aus echtem Gold war. Dann streifte er sich das Lederband über den Kopf und vergewisserte sich, dass der Anhänger unter seinem Hemd verborgen war.

Wenige Minuten später war er wieder auf der Landstraße. Er untersuchte den Eingang zu Omega Eins sorgfältig. Es war nur eine Lücke zwischen zwei Bäumen in einer Reihe von ein paar Hundert. Er war mehrmals daran vorbeigeradelt, ohne sie zu bemerken, und würde sie sicher nie wiederfinden. Matt zog seine Jacke aus, riss einen Streifen vom Saum seines T-Shirts ab und knotete ihn um einen Ast. Dann trat er zurück und betrachtete sein Werk. Das kleine hellblaue Fähnchen würde ihm den Weg zeigen, falls er ihn jemals wieder gehen wollte. Zufrieden zog er die Jacke wieder an und machte sich auf die Suche nach seinem Fahrrad.

Etwa vierzig Minuten später kam er wieder in Hive Hall an. Es war fast Mittag. Noah strich die Scheune mit Holzschutzmittel. Matt konnte die Chemikalien riechen. Mrs Deverill war sicher im Haus und kochte das Mittagessen.

Matt klopfte sich die Tannennadeln von der Jacke und ging zur Haustür. Er wollte gerade nach der Klinke greifen, als er wie erstarrt innehielt.

Asmodeus war da. Er saß auf dem Fensterbrett und leckte eine seiner Pfoten. Der Kater war nicht tot. Er war nicht einmal verletzt. Als er Matt sah, schnurrte er drohend, sprang von der Fensterbank und verschwand im Haus.

FRISCH GESTRICHEN

In dieser Nacht schlief Matt schlecht. Ihm gingen zu viele Fragen im Kopf herum und die Aussicht, von Tom Burgess endlich Antworten zu bekommen, machte ihn unruhig. Er konnte es kaum erwarten, die Wahrheit zu erfahren. Doch er musste sich gedulden und so wälzte er sich in seinem Bett herum, bis der Himmel erst grau, dann silbern und schließlich blau wurde.

Das Leben auf der Farm begann stets mit dem Frühstück um sieben Uhr. Mrs Deverill war schon in der Küche, als Matt nach unten kam.

„Wo warst du gestern Vormittag?", fragte sie streng. „Noah hat mir erzählt, dass du nicht bei der Arbeit warst." Sie trug eine verwaschene gelbe Strickjacke, ein sackartiges graues Kleid und Gummistiefel. Zu Hause hatte sie immer Klamotten an, die aussahen, als kämen sie aus der Altkleidersammlung.

„Ich war spazieren."

„Spazieren? Wo?"

„Nur in der Gegend."

Mrs Deverill nahm den Topf vom Herd und löffelte den dicken Haferbrei in zwei Schüsseln. „Ich kann mich nicht erinnern, dass du um Erlaubnis gefragt hast", stellte sie fest.

„Ich kann mich nicht erinnern, dass Sie gesagt haben, dass ich das muss", erwiderte Matt.

Mrs Deverills Augen verengten sich. „Nicht in diesem Ton, junger Mann!", knurrte sie. Doch dann zuckte sie mit den Schultern, als wäre es nicht von Bedeutung. „Ich denke dabei nur an dich, Matthew", fuhr sie fort. „Wenn du dir die Broschüre durchliest, die wir vom FED-Programm bekommen haben, wirst du feststellen, dass ich jederzeit wissen muss, wo du steckst. Und ich würde nur ungern berichten müssen, dass du die Regeln verletzt hast."

„Sie können berichten, was Sie wollen."

Sie stellte die Schüsseln auf den Tisch und setzte sich ihm gegenüber. „Heute ist viel zu tun. Der Traktor muss gewaschen werden. Und es muss wieder Brennholz gehackt werden."

„Was immer Sie wünschen, Mrs Deverill."

„Ganz recht." Die blassen Lippen pressten sich zu etwas Ähnlichem wie einem Lächeln zusammen. „Was immer ich wünsche."

Es war neun Uhr, eine Stunde bevor Matt mit Tom Burgess verabredet war. Matt wusch den Traktor, wie es ihm aufgetragen worden war. Zum fünfzigsten Mal sah er sich um und vergewisserte sich, dass er unbeobachtet war. Noah war auf der anderen Seite der Scheune und reparierte die Wasserleitung. Mrs Deverill fütterte die Schweine. Beide waren außer Sicht und auch Asmodeus war nirgendwo zu sehen.

Matt ließ den Gartenschlauch fallen, drehte das Wasser ab und wartete, bis das letzte Rinnsal aus dem Schlauch im Boden versickert war. Es kam immer noch niemand. Er hatte das alte Fahrrad auf dem Hof gelassen, damit es griffbereit war. Jetzt schlich er darauf zu und schob es die Einfahrt hinunter. Gleich loszufahren, hätte zu viel Lärm gemacht.

Eine Minute später hatte er das Tor hinter sich gelassen und befand sich auf der Straße. Erleichtert schaute er zurück. Es war viel einfacher gewesen, als er zu hoffen gewagt hatte.

Zu einfach? Matt musste wieder daran denken, wie Mrs Deverill in der Küche gelächelt hatte. Er fragte sich, ob sie mehr wusste, als sie zugab. Er hatte schon die ganze Zeit das Gefühl, dass sie mit ihm spielte, und das Foto und der Polizeibericht, die er in ihrem Schrank gefunden hatte, stärkten diese Vermutung. Sie hatte schon vor dem FED-Programm gewusst, wer er war. Dessen war er mittlerweile sicher. Mrs Deverill hatte ihn aus einem ganz bestimmten Grund ausgewählt.

Matt stieg aufs Rad und fuhr los. An der Kreuzung bog er nach links ab, wie Tom Burgess es ihm gesagt hatte. Bei seinem letzten Versuch hatte ihn die Straße wieder zum Ausgangspunkt zurückgeführt. Aber diesmal war es anders. Er trug den Talisman, den der Farmer ihm gegeben hatte. Er griff danach und spürte ihn auf seiner Brust. Matt fragte sich, wie ein Stein mit dem Bild eines Schlüssels darauf den Verlauf einer Straße ändern konnte. Das war eine der Fragen, die er stellen wollte.

Die Straße führte einen Hügel hinauf, aber oben auf der Kuppe war diesmal keine Kreuzung. Stattdessen führte die Straße an einer Reihe von Feldern vorbei.

Der Straßenrand war von einer niedrigen Steinmauer gesäumt. Ein Wegweiser tauchte auf und dieser war nicht abgebrochen. „Greater Malling 4 Kilometer" stand darauf. Matt starrte das Schild an. Dies war der erste Hinweis darauf, dass es außerhalb von Hive Hall und Lesser Malling noch Leben gab, und er konnte nicht fassen, wieso er es nicht gesehen hatte, als er zwei Nächte zuvor dieselbe Strecke gefahren war.

Die Glendale Farm zu finden, war kein Problem. Etwa fünfhundert Meter hinter dem Straßenschild war ein weißes Tor, auf dem der Name in blauen Buchstaben stand. Schon als Matt die mit Blumen gesäumte Einfahrt hochfuhr, stellte er fest, wie viel freundlicher es auf dieser Farm aussah als in Hive Hall. Die Stallungen und Scheunen waren sauber und gepflegt und auf dem Grundstück gab es einen hübschen Teich. Ein Schwan glitt durchs Wasser, sein Gefieder leuchtete im Morgenlicht. Eine Entenfamilie watschelte über den Rasen. Auf einer Koppel stand eine Kuh und graste zufrieden.

Das Farmhaus war aus roten Ziegeln erbaut, hatte ordentliche weiße Fensterläden und ein graues Schieferdach. Ein Teil des Dachs war mit einer Plane abgedeckt, offenbar waren dort Bauarbeiten im Gange. An einem Ende des Dachfirsts stand eine alte Wetterfahne – ein schmiedeeiserner Hahn, der sich über den vier Himmelsrichtungen drehte. An diesem Tag zeigte sein Schnabel nach Süden.

Matt sprang vom Rad, ging zur Haustür und zog an der Metallkette, die die Glocke auf der Veranda läuten ließ. Er war zu früh gekommen, es war erst halb zehn.

Er wartete einen kurzen Augenblick und läutete noch einmal. Keine Antwort. Vielleicht arbeitete Tom Burgess in der Scheune. Matt ging hinüber und sah hinein. Es waren ein Traktor und diverse Werkzeuge darin, ein Stapel Säcke und einige Heuballen, aber der Farmer war nicht zu sehen.

„Mr Burgess?", rief er.

Stille. Es rührte sich nichts.

Aber der Farmer musste da sein. Sein Auto, ein Peugeot, stand in der Einfahrt. Matt ging zurück zum Haus und rüttelte vorsichtig an der Haustür. Sie war nicht verschlossen.

Matt öffnete sie. „Mr Burgess?", rief er noch einmal. Es kam keine Antwort. Matt betrat das Haus.

Die Haustür führte direkt ins Wohnzimmer mit einem großen offenen Kamin, neben dem zwei glänzende Schürhaken und eine kleine Schaufel aus Bronze hingen. Der Kamin war offenbar am vergangenen Abend benutzt worden, denn es lag Asche darin. Das Zimmer war vollkommen verwüstet. Tische waren umgekippt, und überall lagen Bücher und Papiere herum. Alle Fensterläden waren aufgestoßen worden, einige waren zerbrochen. Matts Fuß stieß gegen eine Farbdose. Er hob sie auf und stellte sie zur Seite.

In der Küche sah es noch schlimmer aus. Die Schubladen waren aufgerissen und ihr Inhalt über den Boden verstreut worden. Überall lagen zerbrochene Teller und Gläser und auf dem Küchentisch war eine halb volle Whiskyflasche umgekippt. Matt schaute auf. Ein großes Tranchiermesser war in einen der Küchenschränke gerammt worden und steckte noch im Holz. Der Griff zeigte in seine Richtung. Es sah merkwürdig und irgendwie bedrohlich aus.

Jede Faser seines Körpers schrie ihm zu, aus diesem Haus zu verschwinden, doch er konnte nicht gehen. Wie gebannt steuerte er die Treppe an. Noch bevor er genau wusste, was er tat, stieg er schon die Stufen hoch. Er fürchtete sich vor dem, was er oben finden würde, aber er musste nachsehen. Tom Burgess erwartete ihn erst in einer halben Stunde. Vielleicht schlief er noch. Das war es, was Matt sich einredete, doch wirklich glauben konnte er es nicht.

Am oberen Ende der Treppe lag ein Flur mit drei Türen. Zögernd öffnete Matt die, die ihm am nächsten war.

Sie führte in ein Schlafzimmer. Es sah viel schlimmer aus als alles, was Matt unten gesehen hatte. Der Raum machte den Eindruck, als hätte ein Tornado darin gewütet. Die Bettwäsche war zerknüllt und zerfetzt und lag auf dem Teppich. Die Vorhänge waren von den Fenstern gerissen, eine der Fensterscheiben war eingeschlagen. Der Nachttisch war umgekippt, und auf dem Boden lagen eine Lampe, ein Wecker und ein paar Taschenbücher. Die Türen des Kleiderschranks standen offen. Alle Kleider lagen auf einem Haufen in der Ecke. Ein Eimer mit grüner Farbe war umgekippt und hatte sich über das Chaos ergossen.

Und dann sah Matt Tom Burgess.

Der Farmer lag auf der anderen Seite des Bettes auf dem Boden, halb von einem Laken bedeckt. Er war eindeutig tot. Etwas – irgendein Tier – hatte ihm Gesicht und Hals zerfetzt. Er hatte tiefe Risswunden und seine blonden Haare waren blutgetränkt. Sein Mund stand offen wie zu einem letzten Schrei. Seine Hände waren steif und in einer Haltung erstarrt, die bewies, dass er verzweifelt versucht hatte, etwas abzuwehren. Eine Hand war mit grüner Farbe beschmiert, die seine Finger zusammengeklebt hatte. Seine Beine lagen in einem so unmöglichen Winkel unter ihm, dass Matt sicher war, dass die Knochen gebrochen sein mussten.

Geschockt taumelte Matt rückwärts. Er war sicher, dass er sich übergeben musste. Irgendwie schaffte er es, seinen Blick von der Leiche abzuwenden, und da sah er es, an die Wand hinter der Tür geschrieben. In den letzten Augenblicken seines Lebens war es Tom Burgess mit seiner farbverschmierten Hand gelungen, zwei Worte zu kritzeln:

RAVEN'S GATE

Matt starrte die Worte an, während er rückwärts aus dem Zimmer wich. Er schlug die Tür hinter sich zu und stolperte die Treppe hinunter. Ihm fiel ein, dass er in der Küche ein Telefon gesehen hatte. Er nahm den Hörer ab und wählte mit zitternden Fingern die Notrufnummer. Doch es kam kein Freizeichen. Die Leitung war tot.

Matt warf den Hörer auf die Gabel und rannte aus dem Haus. Er war kaum draußen angekommen, als er sich auch schon übergeben musste. Er hatte noch nie einen Toten gesehen und schon gar keinen, der so grausam zugerichtet war wie Tom Burgess. Er hoffte nur, so etwas nie wieder sehen zu müssen.

Ihm wurde bewusst, dass er zitterte. Als er sich wieder stark genug fühlte, rannte er los. Das Fahrrad hatte er vergessen. Er wollte nur noch weg.

Matt rannte hinaus auf die Straße und bog in Richtung Greater Malling ab. Er war fast einen Kilometer gerannt, als er im Gras am Straßenrand zusammenbrach und keuchend liegen blieb. Er hatte keine Kraft mehr, weiterzulaufen. Wozu auch? Er hatte keine Eltern und keine Freunde. Er würde in Lesser Malling sterben und es würde niemanden interessieren.

Er wusste nicht, wie lange er schon dort lag, aber irgendwann hörte er ein Auto kommen und setzte sich auf. Es war ein weißer Geländewagen mit einem Schild auf dem Dach. Matt atmete auf, als er näher kam. Es war ein Polizeiwagen. Zum ersten Mal in seinem Leben war er froh, eines dieser Autos zu sehen.

Er rappelte sich auf und stellte sich mit ausgebreiteten Armen auf die Fahrbahn. Das Polizeiauto wurde langsamer und blieb stehen. Zwei Beamte stiegen aus.

„Was ist los?", fragte der eine. Er war mittleren Alters, ziemlich dick und hatte eine Stirnglatze.

„Warum bist du nicht in der Schule?", fragte der andere. Er war jünger, schlank und jungenhaft und trug seine braunen Haare kurz geschnitten.

„Jemand ist ermordet worden", sagte Matt.

„Was? Wovon redest du?"

„Ein Mann namens Tom Burgess. Er ist Farmer. Auf der Glendale Farm. Ich komme gerade von da." Die Sätze kamen kurz und abgehackt. Matt schaffte es kaum, die Worte aneinanderzureihen.

Die beiden Polizisten sahen ihn misstrauisch an.

„Du hast den Toten gesehen?", vergewisserte sich der ältere.

Matt nickte. „Er liegt im Schlafzimmer."

„Was wolltest du da?"

„Ich war mit ihm verabredet."

„Wie heißt du?"

In Matt wuchs die Ungeduld. Was war mit diesen Typen los? Er hatte gerade eine Leiche entdeckt. Was spielte es da für eine Rolle, wie er hieß? Er zwang sich, ruhig zu bleiben. „Ich bin Matt", sagte er. „Ich wohne bei Jayne Deverill in Hive Hall. Ich habe Tom Burgess kennengelernt. Er hat mich eingeladen, ihn zu besuchen. Ich war gerade da. Und er ist tot."

Der ältere Polizist sah jetzt noch misstrauischer aus, aber sein Partner zuckte die Schultern. „Wir sind gerade an der Glendale Farm vorbeigefahren", sagte er. „Wir können ja mal nachsehen."

Der Ältere überlegte kurz, dann nickte er. „Also gut." Er sah Matt an. „Du kommst mit."

„Ich will da nicht wieder hin!", rief Matt aus.

„Du kannst im Wagen warten. Dir passiert schon nichts."

Zögernd stieg Matt auf den Rücksitz und ließ sich die Strecke zurückfahren, die er gerannt war. Als sie in die Einfahrt einbogen, biss er die Zähne zusammen. Der

Polizeiwagen wurde langsamer, und der Kies knirschte unter den Reifen.

„Sieht alles ganz normal aus", sagte der ältere Polizist. „Was sagtest du, wo du ihn gesehen hast?"

„Oben. Im Schlafzimmer."

„Es ist jemand da", stellte der Jüngere fest.

Matt sah aus dem Fenster. Der Polizist hatte recht. Eine Frau war an der Seite des Hauses aufgetaucht. Sie war groß und dünn und das strähnige graue Haar hing ihr bis auf die Schultern. Matt erkannte sie. Sie war eine von den Frauen, die er in Lesser Malling gesehen hatte. Die, die den Kinderwagen geschoben hatte. Wie hieß sie noch? Creasey. Oder Creevy. Und jetzt war sie in Tom Burgess' Garten und hängte Wäsche auf. Matt war verwirrt. Sie war aus dem Haus gekommen, also musste sie doch gesehen haben, wie es drinnen aussah. War sie nicht oben gewesen?

Die Polizisten stiegen aus. Matt war zu unruhig, um im Wagen zu bleiben, und folgte ihnen. Die Frau sah sie kommen und unterbrach ihre Arbeit.

„Guten Morgen", sagte sie. „Kann ich Ihnen irgendwie helfen?"

„Mein Name ist Sergeant Rivers", sagte der ältere Polizist. „Das ist Police Constable Reed. Und wer sind Sie?"

„Ich bin Joanna Creevy. Ich helfe Mr Burgess im Haushalt. Was ist passiert?" Erst jetzt fiel ihr Blick auf Matt. „Matthew? Was machst du denn hier?" Sie musterte ihn scharf. „Du hast dich doch wohl nicht in Schwierigkeiten gebracht?"

Matt antwortete nicht.

„Das ist etwas kompliziert", begann der Sergeant. „Wir haben diesen Jungen draußen auf der Landstraße getroffen."

„Du hast dein Fahrrad hiergelassen, Matthew", sagte die Frau. „Ich dachte mir schon, dass du Mr Burgess besuchen willst."

„Matthew behauptet, dass Mr Burgess ... dass er eine Art Unfall hatte", fuhr der Sergeant fort.

„Es war kein Unfall", unterbrach Matt ihn. „Er ist ermordet worden. In Stücke gerissen. Ich habe ihn gesehen."

Die Frau starrte Matt an, dann brach sie in schallendes Gelächter aus. „Das ist unmöglich", sagte sie. „Ich habe Tom noch vor zehn Minuten gesehen. Du hast ihn gerade verpasst. Er ist unterwegs zu den Schafen auf der hinteren Weide."

Die Polizisten sahen Matt an.

„Sie lügt", sagte er. „Ich war erst vor Kurzem hier, und da war er tot."

„Mit so etwas treibt man keine Scherze", murmelte Mrs Creevy. „Tom geht es gut. Würde ich sonst hier stehen und seine Socken aufhängen?"

„Sehen Sie im Schlafzimmer nach", verlangte Matt.

„Ja, tun Sie das." Die Frau nickte, was Matt total verunsicherte. Sie war so zuversichtlich – als wäre sie ihm einen Schritt voraus.

Sergeant Rivers nickte langsam. „Wir sollten wirklich mal nachsehen."

Sie betraten das Haus und Matt sah es sofort. Es war

zwar immer noch unordentlich, aber Mrs Creevy oder sonst jemand hatte fast alle Beweise verschwinden lassen. Die Bücher und Papiere waren aufgestapelt. Die Fensterläden standen offen. Und das Messer war aus dem Küchenschrank gezogen worden. Nur der Schlitz, den es hinterlassen hatte, war noch da. Sie gingen nach oben.

„Bitte entschuldigen Sie die Unordnung", sagte Miss Creevy. „Tom renoviert das Haus, und ich hatte noch keine Zeit zum Aufräumen."

Sie erreichten den Treppenabsatz. Die Tür zum Schlafzimmer war geschlossen, so, wie Matt sie hinterlassen hatte. Er wollte nicht in das Zimmer gehen. Er fürchtete sich davor, die Leiche noch einmal ansehen zu müssen. Aber kneifen konnte er jetzt nicht mehr.

Sergeant Rivers öffnete die Tür.

Im Schlafzimmer arbeitete ein Mann. Er trug einen weißen Overall, der voll grüner Farbspritzer war. Alles sah ganz anders aus. Das Bettzeug lag nicht mehr auf dem Boden, und das Bett stand hochkant an der Wand. Die Vorhänge waren wieder aufgehängt worden, und obwohl die Fensterscheibe immer noch zerbrochen war, lagen keine Glasscherben mehr herum. Der Haufen Kleidungsstücke war verschwunden. Genau wie die Leiche von Tom Burgess. Der Mann sah die beiden Polizisten und unterbrach seine Arbeit.

„Guten Morgen", sagte er.

„Guten Morgen", antwortete der Sergeant. Er sah sich kurz um. „Darf ich fragen, wer Sie sind?"

„Ken", antwortete der Mann. „Ken Rampton." Er

war Mitte zwanzig, sehr schlank und hatte ein verschlagenes Gesicht und blonde lockige Haare. Er lächelte, und Matt sah, dass einer seiner Schneidezähne abgebrochen war. „Kann ich Ihnen helfen?"

„Wie lange sind Sie schon hier?"

„Den ganzen Morgen. Ich bin gegen halb acht gekommen."

„Arbeiten Sie auch für Tom Burgess?"

„Ich helfe ihm beim Renovieren."

„Haben Sie ihn heute schon gesehen?"

„Ja, vor etwa einer Viertelstunde. Er hat hereingeschaut, um zu sehen, wie ich vorankomme, und ist dann wieder gegangen ... Er sagte irgendwas über seine Schafe."

„Das habe ich Ihnen doch gesagt", bemerkte Miss Creevy.

Matt spürte, wie ihm das Blut in die Wangen strömte. „Er lügt!", rief er. „Das tun sie beide. Ich weiß, was ich gesehen habe." Plötzlich fiel ihm etwas ein. „Tom Burgess hat eine Botschaft hinterlassen!"

Er wirbelte herum und stieß die Tür zu, um die Botschaft zu enthüllen, die dahinter an der Wand stand. Doch die Wand, die vorher weiß gewesen war, war jetzt grün. Und die Worte, die der Farmer dort hinterlassen hatte, waren verschwunden.

„Sei vorsichtig", mahnte Ken Rampton. „Frisch gestrichen."

Sergeant Rivers hatte offenbar genug. „Wir werden Sie nicht länger von der Arbeit abhalten", sagte er. Er packte Matt und seine Finger gruben sich schmerzhaft in seine Schultern. „Und *wir* sollten uns draußen unterhalten."

Miss Creevy folgte ihnen nach unten und hinaus auf den Hof. Matt fragte sich, ob die Polizisten ihn verhaften würden. Plötzlich wurde ihm klar, dass eine Verhaftung genau das war, was er sich wünschte. Wenn sie ihn mitnahmen, würde er vielleicht nach London gebracht werden. Vielleicht reichte es sogar, um ihn aus dem FED-Programm fliegen zu lassen. Doch bevor jemand etwas sagen konnte, trat Miss Creevy vor. „Kann ich kurz allein mit Ihnen sprechen, Officer?", fragte sie.

Sie unterhielten sich ein paar Minuten lang, wobei der Sergeant Matt immer wieder missmutige Blicke zuwarf. Er nickte, und Miss Creevy zuckte die Schultern und hob beide Hände. Dann kam der Polizist zurück.

„Du solltest wissen, dass es eine ernste Sache ist, die Zeit der Polizei zu verschwenden", sagte er.

„Ich sage die Wahrheit."

„Das reicht jetzt!"

Der Polizist sah sehr wütend aus. Matt biss sich auf die Zunge.

„Ich habe gerade gehört, dass du schon öfter in Schwierigkeiten warst", fuhr Sergeant Rivers fort. „Du bist im FED-Programm, stimmt das? Da kannst du froh sein. Ich persönlich halte nichts von diesem Resozialisierungsblödsinn. Du bist ein Dieb und meiner Meinung nach gehörst du hinter Gitter. Aber das habe ich nicht zu entscheiden. Das Gericht hat dich hierher geschickt, und wenn du auch nur einen Funken Anstand hättest, wärst du dankbar dafür und würdest nicht versuchen, dich mit irgendwelchen Lügengeschichten interessant zu machen. Und jetzt ist Schluss mit diesem Unsinn. Ich will nichts mehr von dir hören oder sehen."

Matt sah zu, wie die beiden Polizisten wegfuhren. Dann drehte er sich um. Miss Creevy grinste ihn an und ihr langes graues Haar wehte im Wind. An der Tür bewegte sich etwas. Ken Rampton erschien mit dem Pinsel in der Hand. Auch er grinste.

„Geh zurück nach Hive Hall", sagte Miss Creevy. „Mrs Deverill wartet schon auf dich."

„Zum Teufel mit ihr!", schrie Matt.

„Du kannst uns nicht entkommen, Matthew. Du kannst nirgendwohin. Das hast du doch wohl inzwischen gemerkt."

Matt ignorierte sie und hob sein Rad auf.

„Du kannst nirgendwohin!" Die Frau wiederholte die Worte mit ihrer schrillen Stimme.

Ken Rampton begann zu lachen.

Matt radelte davon, so schnell er konnte.

DER REPORTER

Greater Malling war einmal ein hübsches kleines Dorf gewesen, aber im Laufe der Zeit hatte es sich in eine unattraktive Kleinstadt verwandelt. Zwar waren noch Überreste der früheren Idylle zu sehen: ein Teich, eine Reihe von alten Häuschen und eine windschiefe Kneipe aus dem sechzehnten Jahrhundert. Doch dann waren die Straßen von allen Seiten in den Ort vorgedrungen und trafen nun an lärmenden Kreuzungen aufeinander. Neue Häuser hatten die alten verdrängt, Büros und Parkhäuser waren aus dem Boden gesprossen, ebenso Kinos, Supermärkte und ein Busbahnhof. Jetzt war der Ort nichts Besonderes mehr.

Matt war die vier Kilometer von der Glendale Farm so schnell gefahren, wie er konnte. Die ganze Zeit hatte er befürchtet, dass die Straße ihm wieder einen Streich spielen und ihn zurück zu der Kreuzung führen würde. Aber er trug immer noch den steinernen Talisman, den Tom Burgess ihm gegeben hatte. Irgendwie hatte der kleine goldene Schlüssel das Gewirr aus Landstraßen aufgeschlossen und es ihm ermöglicht, den Weg zu finden.

Matt stellte das Fahrrad vor einem Waschsalon ab. Ihm kam der Gedanke, dass es gestohlen werden könnte, aber das war ihm egal. Er brauchte es nicht mehr.

Er machte sich auf die Suche nach dem Bahnhof und einem Zug nach London. Er hatte entschieden, Yorkshire so weit wie möglich hinter sich zu lassen und nie zurückzukommen. Leider gab es keinen Bahnhof. Die Strecke nach Greater Malling war schon vor Jahren geschlossen worden, und wenn er mit dem Zug fahren wollte, musste er zuerst nach York. Matt fand eine Politesse und fragte sie nach dem Busfahrplan. Es fuhren zwei Busse am Tag. Der nächste würde um drei Uhr losfahren. Er musste also noch drei Stunden totschlagen.

Matt wanderte ziellos die Hauptstraße entlang und entdeckte eine Bücherei – ein modernes Gebäude, das mit seinen Waschbetonwänden und den rostigen Fensterrahmen schon wieder schäbig aussah. Er überlegte kurz, dann ging er durch die Drehtür und steuerte die Abteilung mit den Nachschlagewerken an. Er landete in einem großen, hell erleuchteten Raum, an dessen Wänden rund ein Dutzend Regale standen. Darüber hinaus befanden sich in dem Raum noch mehrere Computer und ein Tresen, an dem ein junger Mann saß und ein Buch las.

Irgendetwas Finsteres, Gefährliches ging in dem Dorf Lesser Malling vor sich. Mrs Deverill hatte genauso damit zu tun wie viele der Dorfbewohner, ein stillgelegtes Atomkraftwerk und etwas, das Raven's Gate hieß. Und auch Matt war darin verwickelt. Das war es, was ihn am meisten beschäftigte. Er war auserwählt worden. Dessen war er ganz sicher. Und bevor er Yorkshire verließ, wollte er wissen, warum.

Raven's Gate. Das war der einzige Hinweis, den er hatte, also beschloss er, damit zu beginnen.

Er fing mit Büchern über die Geschichte der Region an. Die Bücherei hatte etwa ein Dutzend Bücher über Yorkshire und in der Hälfte von ihnen wurden Greater oder Lesser Malling erwähnt. Aber etwas, das Raven's Gate hieß, fand er nicht. Ein Buch schien erfolgversprechender als die anderen und Matt nahm es mit an einen der Tische. Es hieß *Wanderungen rund um Greater Malling* und war von einer Frau namens Elizabeth Ashwood – die es schon vor ewigen Zeiten geschrieben haben musste, denn es sah ziemlich altmodisch aus und war stark vergilbt. Matt schlug das Buch auf und überflog das Inhaltsverzeichnis. Da war es. Das sechste Kapitel trug den Titel *Raven's Gate*.

Matt blätterte vor und fand das siebte Kapitel. Er blätterte zurück und fand das fünfte. Das sechste fehlte. Risskanten und eine Lücke in der Bindung verrieten ihm, was damit passiert war. Hatte jemand das Kapitel absichtlich entfernt? Matt glaubte, die Antwort zu kennen.

Doch er gab noch nicht auf. Die Bücherei hatte schließlich mehr zu bieten als nur Bücher.

Matt ging zu dem Mann am Tresen. „Ich möchte ins Internet", sagte er.

„Wozu?", fragte der Mann.

„Es ist eine Schulaufgabe. Wir sollen etwas über Raven's Gate herausfinden."

„Nie gehört."

„Das geht mir genauso. Deswegen möchte ich ins Internet."

Der Mann nickte, und Matt steuerte den nächsten Computer an. Am Nebentisch klickte ein Mädchen mit der Maus herum, sah ihn aber nicht an. Er rief eine Suchmaschine auf und schrieb:

Raven's Gate

Wieder sah er die grünen Buchstaben an der Wand des Farmers und den zerfetzten Körper des Toten vor sich.

Er drückte auf *Enter*.

Einen Moment lang passierte nichts, dann tauchten die Ergebnisse auf. Matt musste feststellen, dass seine Suche über zwölftausend mögliche Seiten hervorgebracht hatte, die alle die beiden Suchbegriffe enthielten, ihn aber kein bisschen weiterbrachten. Er überflog die erste Seite, die zweite, die dritte und ihm wurde klar, dass er alle zwölftausend Einträge durchsehen musste. Das würde Stunden dauern. Es musste einen anderen Weg geben.

Er wollte gerade aufgeben, als ein Pop-up-Fenster auf dem Bildschirm erschien. Matt starrte auf die drei Worte, die in dem weißen Viereck schwebten:

„Wer sind Sie?"

Es war unmöglich herauszufinden, woher das kam.

Matt wusste nicht, wie er darauf antworten sollte, also tippte er:

„Wer will das wissen?"

Einen Moment passierte nichts. Dann:

„Sanjay Dravid."

Matt wartete, was wohl als Nächstes passieren würde.

„Sie haben nach Raven's Gate gesucht. In welchem Bereich forschen Sie?"

In welchem Bereich er forschte? Matt hatte keine Ahnung, was er darauf schreiben sollte. Er beugte sich vor und tippte:

„Ich will nur wissen, was Raven's Gate ist."
„Wer sind Sie?"
„Ich heiße Matt."
„Matt und weiter?"
„Kannst du mir helfen?"

Danach passierte lange Zeit nichts mehr und Matt dachte schon, dass die Person am anderen Ende – Sanjay Dravid – weggegangen war. Er war auch verblüfft. Woher hatte dieser Dravid gewusst, wonach er suchte? Hatte seine Anfrage vielleicht eine Art Alarm im Internet ausgelöst?

Dann flackerte der Bildschirm wieder:

„Auf Wiedersehen."

Das war alles. In dem Pop-up-Fenster passierte nichts mehr und nach einer Weile gab Matt es auf. Er ging zurück zum Tresen.

„Ja?" Der Bibliothekar schaute von seinem Buch auf.

„Gibt es in Greater Malling eine Zeitung?"

„Eine Zeitung ...?" Er überlegte. „Es gibt die *Gazette*. Aber das Käseblättchen kann man kaum als Zeitung bezeichnen. Und dann gibt es noch die *Yorkshire Post*."

„Und wo ist das Büro der *Yorkshire Post*?"

„In York. Wenn du eine Zeitungsredaktion hier im Ort suchst, musst du es bei der *Gazette* versuchen. Sie ist in der Farrow Street. Aber ich bezweifle, dass die dir bei deiner Hausaufgabe helfen können."

Matt brauchte einen Moment, um zu begreifen, was der Mann meinte. Dann fiel ihm die Lüge wieder ein, die er gebraucht hatte, um an den Computer zu kommen. „Ich kann es zumindest versuchen", sagte er.

Die Farrow Street war ein Überbleibsel aus dem Mittelalter. Sie war schmal und still, und überall standen Mülltonnen voller Flaschen und Dosen. Als Matt von der Hauptstraße abbog, war er überzeugt, dass der Bibliothekar sich geirrt haben musste. Eine Zeitungsredaktion in dieser schmutzigen, vergessenen Ecke der Stadt? Wohl kaum. Doch nachdem er die Hälfte der Straße hinter sich hatte, kam tatsächlich eine Reihe Geschäfte. Das erste war ein Bestattungsunternehmen. Dann folgte ein Reisebüro. Und schließlich ein marodes dreistöckiges Ziegelgebäude mit einem Plastikschild neben der Tür. „Greater Malling Gazette" stand darauf.

Matt betrat ein Büro. Am ersten Schreibtisch saß eine junge Frau mit krausen Haaren. Sie aß ein belegtes Brot, tippte auf ihrem Computer und sprach in ein Headset, das ins Telefon eingestöpselt war. Sie schien zugleich die Empfangsdame und auch die Sekretärin der drei Journalisten zu sein, die an den Schreibtischen hinter ihr saßen. Es waren zwei Frauen und ein Mann, und Matt stellte erstaunt fest, wie gelangweilt sie alle aussahen. Eine der Frauen gähnte ununterbrochen, kratzte sich am Kopf und starrte ins Leere. Die andere Frau schien halb zu schlafen. Der Mann spielte mit einem Stift herum und starrte auf den Bildschirm seines Computers, als hoffte er inständig, dass sich das, woran er auch immer arbeitete, von selbst schreiben würde.

„Kann ich dir vielleicht irgendwie helfen?" Das war die Empfangsdame. Matt dachte erst, dass sie ins Telefon sprach, doch dann fiel ihm auf, dass sie ihn erwartungsvoll ansah.

„Ich möchte mit jemandem vom Lokalteil sprechen."

„Kommst du von hier?"

„Ich wohne in Lesser Malling."

Die junge Frau lehnte sich zurück. „Richard!", rief sie. Sie hatte eine schrille, näselnde Stimme. „Hier ist jemand für dich."

Der Mann, der mit dem Stift herumgespielt hatte, schaute auf. „Was?"

„Der Junge hier will zu dir."

„Ja. Von mir aus."

Der Mann stand auf und kam auf Matt zu. Er war etwa Mitte zwanzig und trug ein gestreiftes Hemd und weite, verwaschene Jeans. Er hatte ein ernstes, intelligentes Gesicht, die Art Gesicht, wie Sherlock Holmes es in jungen Jahren gehabt haben musste. Sein Haar war kurz, blond und struppig. Er hatte sich seit Tagen nicht rasiert. Und wie es aussah, trug er sein Hemd schon genauso lange. Alles an ihm war zerknittert: seine Haare, seine Kleidung, sogar die Art, wie er stand.

„Was willst du?", fragte er.

„Ich brauche Hilfe", antwortete Matt.

„Was für Hilfe?"

„Ich versuche, etwas herauszufinden."

„Wieso?"

„Für eine Schulaufgabe."

„Auf welche Schule gehst du?"

Damit hatte Matt nicht gerechnet. „Ich gehe in Lesser Malling zur Schule", log er schnell. Er kannte nicht einmal den Namen der Schule.

„Versuch es in der Bücherei."

„Da war ich schon. Die haben mich hergeschickt."

„Tut mir leid. Ich kann dir nicht helfen." Der Journalist zuckte die Schultern. „Zu viel zu tun."

„Sie sehen aber überhaupt nicht beschäftigt aus", sagte Matt.

„Ich war aber beschäftigt, bis du kamst."

„Womit beschäftigt?"

„Damit beschäftigt, beschäftigt zu sein. Kapiert?"

Matt zwang sich zur Ruhe. „Nun, vielleicht kann ich *Ihnen* helfen", sagte er. „Sie sind doch Reporter. Vielleicht habe ich eine Story für Sie."

„Eine Story?"

„Ja, vielleicht."

„Also gut. Komm mit nach oben."

Der Reporter führte Matt in ein Konferenzzimmer im ersten Stock, von dem aus man in die Farrow Street sehen konnte. Es war kein besonders beeindruckender Raum, aber Matt hatte längst erkannt, dass die *Gazette* auch keine besonders beeindruckende Zeitung war. In dem Raum standen acht Stühle um einen Holztisch herum. Außerdem gab es noch eine Tafel für Präsentationen und einen Wasserspender.

„Hast du Durst?", fragte der Reporter.

Matt nickte.

Der Mann zog einen Plastikbecher heraus und ließ ihn voll laufen. Matt sah eine einzige Luftblase im Wasser aufsteigen. Er nahm den Becher entgegen. Das Wasser war lauwarm.

„Mein Name ist Richard Cole", sagte der Reporter und setzte sich an den Tisch. Er holte einen Notizblock hervor und schlug eine neue Seite auf.

„Ich bin Matt."

„Nur Matt?"

„Stimmt."

„Du hast gesagt, du wohnst in Lesser Malling?"

„Ja. Kennen Sie das Dorf?"

Richard lächelte gequält. „Vom Wegsehen. Es gehört zu meinem Bereich. Ich, Kate und Julia – das sind die beiden Mädchen, die du unten gesehen hast – haben jeder unseren eigenen Bereich. Und ich armes Schwein habe Lesser Malling abbekommen!"

„Was stört Sie daran?"

„Dass dort nie etwas passiert! Ich bin fünfundzwanzig und arbeite schon seit achtzehn Monaten in diesem Saftladen. Und weißt du, was die größte Neuigkeit war, über die ich in dieser Zeit berichten durfte? *Kurzsichtigkeit tötet alte Dame.*"

„Wie kann Kurzsichtigkeit einen töten?"

„Sie ist in den Fluss gefallen. Letzte Woche war in Greater Malling eine Hundeschau. Die Flöhe waren interessanter als die Hunde. Einmal habe ich einen Strafzettel für falsches Parken bekommen. Ich habe ernsthaft überlegt, das auf die Titelseite zu nehmen." Er warf den Block auf den Tisch und gähnte. „Du musst wissen, dass das hier eine der langweiligsten Städte in ganz England ist ... vielleicht sogar in der ganzen Welt. Es ist nur ein ödes kleines Marktkaff, in dem es nicht einmal einen Markt gibt. Hier passiert nie was."

„Warum sind Sie dann hier?"

„Gute Frage." Richard seufzte. „Und das nach drei Jahren an der Uni in York. Ich wollte schon immer Journalist werden. Ich habe Kurse in London besucht. Ich dachte, ich würde vielleicht bei der *Mail* oder beim *Express* unterkommen. Aber ich habe keinen Job gefunden. Und da ich es mir nicht leisten konnte, in London zu bleiben, bin ich wieder in den Norden gegangen. Ich habe auf einen Job bei der *Yorkshire Post* gehofft. Ich lebe in York. Ich mag York. Aber die *Yorkshire Post* wollte mich nicht. Ich fürchte, ich habe beim Vorstellungsgespräch einen schlechten Eindruck gemacht."

„Was ist passiert?"

„Ich habe den Herausgeber angefahren. Es war nicht meine Schuld. Ich war spät dran. Ich bin beim Einparken rückwärtsgefahren und dann habe ich diesen Rums gehört. Ich wusste nicht, dass er es war, bis ich ihm zehn Minuten später gegenübersaß." Richard zuckte die Schultern. „Und dann habe ich gehört, dass hier eine Stelle frei ist, und obwohl Greater Malling ein lausiges Kaff ist, dachte ich, ich nehme die Stelle. Das Problem ist nur, dass niemand die *Gazette* liest. Das liegt daran, dass, abgesehen von den Anzeigen, absolut nichts drinsteht. *Vikar eröffnet Gartenparty*. Das ist eine Woche. Und dann, eine Woche später ... *Chirurg eröffnet Vikar*. Es ist jämmerlich. Und ich sitze hier fest, bis ich etwas Besseres finde, und da ich nichts finde ..."

Richard riss sich zusammen. „Du sagtest, du hast eine Story?" Er griff wieder nach seinem Block. „Das ist etwas, das mich hier rausbringen könnte. Eine altmodische Superstory! Gib mir etwas, das ich auf die Titelseite setzen kann, und du kriegst von mir jede Hilfe, die du brauchst. Also, du lebst in Lesser Malling?"

„Hab ich doch gesagt."

„Wo genau?"

„Auf einer Farm, die Hive Hall heißt."

Richard notierte den Namen. „Und was ist deine Story?"

„Ich bin nicht sicher, ob Sie mir glauben werden."

„Versuch es einfach." Richard setzte sich aufrecht hin. Jetzt sah er richtig wach und interessiert aus.

„Also gut." Matt war nicht sicher, ob er das Richtige tat. Eigentlich war er nur zur *Gazette* gekommen, um sich nach Raven's Gate zu erkundigen. Aber der Reporter hatte etwas an sich, das ihm vertrauenswürdig erschien. Er beschloss, ihm alles zu erzählen.

Und so berichtete er Richard alles, was seit seiner Ankunft in Lesser Malling vorgefallen war: seinen ersten Ausflug ins Dorf und zur Apotheke, sein Zusammentreffen mit Tom Burgess, die Lichter und das Geflüster im Wald, seine Zeit mit Mrs Deverill, sein zweites Treffen mit dem Farmer und seine Entdeckung der Leiche.

„... und deswegen", beendete er schließlich seinen Bericht, „will ich herausfinden, wer oder was dieses Raven's Gate ist. Es ist offensichtlich etwas Wichtiges.

Tom Burgess ist gestorben, weil er mich davor warnen wollte."

„Er ist tot, aber seine Leiche ist verschwunden."

„Ja."

Einen Moment lang herrschte Schweigen, und Matt begriff, dass er seine Zeit verschwendet hatte. Anfangs hatte sich der Reporter noch Notizen gemacht, doch nach einer Weile hatte er damit aufgehört. Matt warf einen Blick auf die halb volle Seite, auf die Richard einen Hund und einen Floh gemalt hatte. Es war eindeutig, dass der Reporter ihm kein Wort glaubte.

„Wie alt bist du?", fragte er.

„Vierzehn."

„Siehst du viel fern?"

„In Hive Hall gibt es keinen Fernseher."

Richard dachte kurz nach. „Du hast mir nicht gesagt, wie du dahin gekommen bist", stellte er fest. „Du hast nur gesagt, dass du bei dieser Frau, Jayne Deverill, lebst."

Das war der Teil der Geschichte, den Matt weggelassen hatte: die Verletzung des Wachmanns und seine Teilnahme am FED-Programm. Er wusste genau, wenn er dem Reporter sagte, wer er war, würde er auf der Titelseite der *Gazette* enden ... aber aus den falschen Gründen. Das war das Letzte, was er wollte.

„Wo sind deine Eltern?", fragte Richard.

„Ich habe keine", sagte Matt. „Sie sind vor sechs Jahren gestorben."

„Das tut mir leid."

Matt zuckte die Achseln. „Ich hab mich dran gewöhnt", behauptete er, obwohl das nie der Fall sein würde.

„Also, hör mal ..." Richard war verunsichert. Entweder tat Matt ihm leid und er wollte nicht sagen, was ihm auf der Zunge lag. Oder er suchte nach einer netteren Art, es zu sagen. „Tut mir leid, Matt. Aber alles, was du mir erzählt hast, ist kompletter ..."

„Was?"

„Schwachsinn. Landstraßen, die im Kreis herumführen. Dorfbewohner, die dich merkwürdig ansehen! Farmer, die tot umfallen und Minuten später verschwunden sind! Was erwartest du von mir? Ich weiß, dass ich gesagt habe, dass ich eine Story brauche. Aber doch kein Märchen!"

„Was ist mit den Lichtern im Kraftwerk?"

„Ja, gut. Ich habe von Omega Eins gehört. Es wurde vor rund fünfzig Jahren als eine Art Prototyp gebaut, bevor Atomkraftwerke in anderen Landesteilen errichtet wurden. Aber das Ding ist schon geschlossen worden, bevor ich geboren wurde. Da ist jetzt nichts mehr. Es ist vollkommen leer geräumt worden."

„Ein leeres Kraftwerk, das Tom Burgess bewacht hat."

„Das sagst du. Aber genau weißt du es nicht."

„Er wusste etwas. Und er wurde umgebracht."

Lange Zeit herrschte Schweigen.

Richard warf seinen Stift hin. Er rollte über den Tisch und blieb neben dem Block liegen. „Du scheinst ein netter Junge zu sein, Matt", sagte er. „Aber die Polizei war da und hat nichts gefunden. Kann es sein, dass du dir das alles nur eingebildet hast?"

„Ich soll mir eine Leiche eingebildet haben? Oder die Schrift an der Wand?"

„Raven's Gate? Ich habe noch nie davon gehört."

„Und wenn Sie noch nie davon gehört haben, kann es natürlich auch nicht existieren!", rief Matt wütend aus. „Also gut, Mr Cole. Wie ich sehe, habe ich hier meine Zeit verschwendet. Es ist genau, wie Sie sagen. In Lesser Malling passiert nie etwas. Aber ich habe allmählich den Eindruck, wenn etwas passieren würde, würden Sie es sowieso nicht merken. Ich weiß nicht, in was ich da hineingeraten bin, aber alles, was ich Ihnen gesagt habe, ist wahr, und wenn ich ehrlich bin, macht es mir Angst. Wenn ich also eines Tages mit dem Gesicht nach unten im Fluss auftauche, würde es sich vielleicht lohnen, ein paar Nachforschungen anzustellen. Denn eines kann ich Ihnen sagen – ich werde nicht an Kurzsichtigkeit gestorben sein!"

Matt sprang auf und verließ den Konferenzraum. Er knallte die Tür hinter sich zu. Die Frau mit den krausen Haaren kam ihm entgegen und sah ihn verblüfft an. Er ignorierte sie. Mit dem Reporter zu sprechen, war reine Zeitverschwendung gewesen. Ihm blieben noch eineinhalb Stunden, bis der Bus nach York abfuhr. Jetzt musste er sich darum kümmern, genügend Geld für die Fahrkarte aufzutreiben.

Er stürmte hinaus in die Farrow Street und blieb wie angewurzelt stehen.

Direkt vor ihm stand ein Auto und blockierte den Eingang. Es war ein Landrover. Er erkannte ihn schon, bevor er sah, dass Noah am Steuer saß. Die hintere Tür schwang auf und Mrs Deverill stieg aus. Sie war offensichtlich wütend. Ihre Augen sprühten Feuer und ihre Gesichtshaut schien straffer zu sitzen als gewöhnlich. Obwohl sie nur wenige Zentimeter größer war als Matt, beugte sie sich drohend über ihn, als er näher kam.

„Was hast du hier zu suchen, Matthew?", fragte sie streng.

„Woher wussten Sie, dass ich hier bin?", fragte er.

„Ich denke, du solltest jetzt schleunigst mit uns zurückfahren. Du hast uns für einen Tag schon genug Scherereien gemacht."

„Ich will aber nicht zurück."

„Ich glaube nicht, dass du eine andere Wahl hast."

Matt dachte daran, sich zu weigern. Sie konnte ihn schließlich nicht ins Auto zerren, nicht direkt vor einer Zeitungsredaktion mitten in einer Kleinstadt. Aber plötzlich war er erschöpft. Mrs Deverill hatte recht. Er hatte nicht einmal Geld für den Bus. Er konnte nirgendwohin. Was hätte er sonst tun sollen?

Er stieg ins Auto.

Mrs Deverill stieg nach ihm ein und schlug die Tür zu.

Noah trat aufs Gaspedal und sie fuhren los.

ANRUF AUS DEM JENSEITS

Die Sonne war untergegangen und Mrs Deverill hatte Feuer im Kamin gemacht. Sie saß mit einem gestrickten Schal um die Schultern vor dem Kamin und hatte Asmodeus auf dem Schoß. Wenn man sie so ansah, hätte man sie für eine nette Großmutter halten können. Sogar das Porträt ihrer Vorfahrin wirkte freundlicher als sonst. Ihre Haare waren ordentlicher und die Augen vielleicht etwas weniger grausam. Matt stand an der Tür.

„Ich denke, wir sollten uns unterhalten, Matthew", sagte Mrs Deverill. „Setz dich doch."

Sie deutete auf den zweiten Sessel. Matt zögerte, setzte sich dann aber. Seit sie ihn in Greater Malling gefunden hatte, waren sechs Stunden vergangen. Er hatte an diesem Nachmittag nicht mehr arbeiten müssen. Sie hatten schweigend zu Abend gegessen. Matt fragte sich, was nun kommen würde.

„Wir beide scheinen uns nicht richtig zu verstehen", begann Mrs Deverill. Ihre Stimme klang sanft und vernünftig. „Ich habe den Eindruck, dass du mich nicht magst. Das verstehe ich nicht. Ich habe dir nichts getan. Du lebst in meinem Haus. Du isst mein Essen. Was stimmt denn nicht?"

„Es gefällt mir hier nicht", sagte Matt nur.

„Es soll dir auch nicht gefallen. Man hat dich hergeschickt, um dich zu bestrafen, nicht, damit du hier Urlaub machst. Hast du das schon vergessen?"

„Ich will zurück nach London."

„Ist es das, was du den Leuten in Greater Malling erzählt hast? Den Leuten von der Zeitung? Was genau *hast* du ihnen erzählt?"

„Die Wahrheit."

Im Kamin zerplatzte ein brennendes Scheit und Funken flogen auf. Asmodeus schnurrte und Mrs Deverill streichelte ihm mit einer Fingerspitze über den Rücken.

„Du hättest nicht dorthin gehen sollen. Ich mag keine Reporter und auch keine Zeitungen. Die stecken ihre Nasen doch nur in die Angelegenheiten anderer Leute! Was hast du dir nur dabei gedacht, Matthew? Geschichten über mich und unser Dorf zu erzählen ... Das hilft dir auch nicht weiter. Hat man dir geglaubt?" Matt antwortete nicht. Mrs Deverill holte Luft und versuchte zu lächeln, doch ihr Blick blieb stählern. „Hast du ihnen von Tom Burgess erzählt?", fragte sie.

„Ja." Warum hätte er es abstreiten sollen?

„Nun, das ist genau der Punkt. Erst ziehst du die Polizei in die Sache hinein ... Ja, Miss Creevy hat mir erzählt, was du getan hast. Und als das nicht funktioniert, läufst du zur Presse. Und dabei bist du die ganze Zeit auf dem Holzweg. Du weißt gar nicht, was wirklich los ist."

„Ich weiß, was ich gesehen habe!"

„Das glaube ich kaum", widersprach Mrs Deverill. „Im Grunde ist das alles meine Schuld. Ich habe dich den Schweinestall ausmisten lassen und nicht darüber nachgedacht ... Einige der Chemikalien, die wir benutzen, sind nicht ungefährlich. Wenn man sie einatmet, können sie das Gehirn angreifen. Einem erwachsenen Mann wie Noah macht das nichts aus. Außerdem hat er nicht viel Gehirn, das angegriffen werden könnte. Aber bei einem Jungen wie dir ..."

„Was wollen Sie damit sagen?", fragte Matt aufgebracht. „Dass ich mir das alles nur eingebildet habe?"

„Genau das. Ich denke, dass du dir seit deiner Ankunft alles Mögliche eingebildet hast. Aber mach dir keine Sorgen. Du brauchst den Schweinestall nie wieder sauber zu machen. Jedenfalls nicht mit Desinfektionsmittel. In Zukunft wirst du nur noch Wasser und Seife benutzen."

„Sie sind eine Lügnerin!"

„Ich verbitte mir diesen Ton, junger Mann. So konntest du vielleicht mit deiner Tante in Ipswich reden, aber in meinem Haus dulde ich so etwas nicht!"

„Ich weiß, was ich gesehen habe! Er lag tot in seinem Schlafzimmer und das ganze Haus war verwüstet. Das habe ich mir nicht eingebildet. Ich war da!"

„Was muss ich tun, um dich vom Gegenteil zu überzeugen? Wie kriege ich dich nur dazu, einzusehen, dass du dich irrst?"

Das Telefon klingelte.

„Genau im richtigen Augenblick", sagte Mrs Deverill. Sie rührte sich nicht, sondern deutete nur mit einer Handbewegung auf das Telefon. „Es ist für dich."

„Für mich?"

„Warum nimmst du nicht ab?"

Matt hatte schon eine dunkle Vorahnung, als er aufstand und zum Telefon ging. Er nahm den Hörer ab. „Hallo?"

„Matthew – bist du das?"

Matt lief es eiskalt über den Rücken. Es war unmöglich. Das musste irgendein Trick sein.

Es war Tom Burgess.

„Ich wollte dir sagen, dass es mir leidtut", sagte der Farmer. Nein. Es war nicht der Farmer. Es war nur seine Stimme. Irgendwie war sie nachgemacht worden. „Ich fürchte, wir haben uns heute Morgen verpasst. Ich musste zum Markt in Cirencester. Ich werde ein paar Wochen fortbleiben, aber wenn ich wieder da bin, komme ich und besuche dich ..."

Bildete Matt sich das nur ein oder war es im Wohnzimmer plötzlich eiskalt? Das Feuer brannte zwar, aber die Flammen gaben keine Wärme ab. Wer – oder was – auch immer am anderen Ende der Leitung war, Matt sprach kein Wort mit ihm. Er knallte den Hörer auf die Gabel.

„Das war aber nicht sehr freundlich", stellte Mrs Deverill fest.

„Das war nicht Tom Burgess."

„Ich hatte ihn gebeten, dich anzurufen." Der Feuerschein flackerte in ihren Augen. Matt warf einen Blick auf das Porträt und schauderte. Es lächelte ihn an, genau wie die Frau, die daruntersaß. „Ich dachte, es wäre das Beste, wenn du selbst mit ihm sprichst."

„Wie haben Sie ...", begann Matt.

Aber es war sinnlos, Fragen zu stellen. Er dachte wieder an die Straßen, die in unmöglichen Kreisen herumführten, und den Kater, der erschossen worden war und trotzdem weiterlebte. Und jetzt rief ihn ein toter Farmer aus Cirencester an. Matt steckte in den Fängen einer Macht, die viel stärker war als er. Er war hilflos.

„Ich hoffe, dass dieses Thema damit abgeschlossen ist, Matthew", sagte Mrs Deverill. „Ich finde, du solltest es dir in Zukunft überlegen, solche Geschichten zu erfinden. Wer deine Vorgeschichte kennt, glaubt dir ohnehin nicht. Und noch mehr Ärger mit der Polizei kannst du ganz bestimmt nicht brauchen."

Matt hörte nicht mehr zu. Er ging schweigend hinauf in sein Zimmer.

Er war geschlagen – und er wusste es. Er zog sich aus, schlüpfte unter die Decke und fiel in einen traumlosen, unruhigen Schlaf.

Das Gebäude stand in Farringdon, in der Nähe des Stadtzentrums von London. Es stammte aus der Viktorianischen Zeit und war eines der wenigen Häuser in dieser Gegend, die die Bombenangriffe im Zweiten Weltkrieg überstanden hatten. Von außen sah es aus wie ein Privathaus oder vielleicht das Bürogebäude eines Anwalts. Es hatte eine schwarze Eingangstür mit einem Briefschlitz, doch die einzige Post, die hier landete, war Werbung. Einmal im Monat wurde die Fußmatte leer geräumt und die Post verbrannt. Zeitschaltuhren sorgten dafür, dass im Haus Licht brannte. Das Haus war unbewohnt. Es stand trotz der hohen Mieten in London fast das ganze Jahr über leer.

Doch an diesem Abend um acht Uhr fuhr ein Taxi vor, aus dem ein Mann ausstieg. Er war Inder, etwa fünfzig Jahre alt und trug einen leichten Regenmantel über seinem Anzug. Er bezahlte den Fahrer und wartete, bis das Taxi wieder fort war. Dann holte er einen Schlüssel aus der Tasche und schloss die Haustür auf. Er schaute sich kurz nach links und rechts um. Als niemand zu sehen war, betrat er das Haus.

Der schmale Flur war leer und makellos sauber. Eine Treppe führte in den ersten Stock. Der Mann war mehrere Monate nicht in dem Haus gewesen und er blieb einen Moment lang stehen, um sich an die Einzelheiten zu erinnern: die Holztreppe, die cremefarbenen Wände, den altmodischen Lichtschalter neben dem Geländer. Es hatte sich nichts verändert. Der Mann wünschte, er wäre nicht in das Haus gekommen. Jedes Mal, wenn er kam, hoffte er, nicht wiederkommen zu müssen.

Er ging nach oben. Der Flur im ersten Stock war moderner. Hier lag teure Auslegeware, Halogenlampen erhellten jeden Winkel und in allen Ecken hingen schwenkbare Überwachungskameras. Am Ende des Flurs war eine dunkle Glastür. Sie öffnete sich elektronisch, als der Mann näher kam, und schloss sich lautlos hinter ihm.

Der Nexus war wieder zusammengekommen.

Sie waren zwölf – acht Männer und vier Frauen, die aus allen Teilen der Welt angereist waren. Sie sahen sich nur selten, aber sie hielten ständig Verbindung zueinander, übers Telefon oder per E-Mail. Sie alle waren einflussreiche Leute mit Verbindungen zur Regierung, dem

Geheimdienst, der Wirtschaft und der Kirche. Sie hatten niemandem gesagt, dass sie an diesem Abend hier sein würden. Außerhalb dieses Raums gab es nur wenige Menschen, die von der Existenz ihrer Organisation wussten.

Abgesehen von dem großen Tisch und den zwölf Ledersesseln war der Raum fast leer. Drei Telefone und ein Computer standen nebeneinander auf einer hölzernen Konsole. Uhren zeigten die Zeit in London, Paris, New York, Moskau, Peking und merkwürdigerweise auch in Lima, der Hauptstadt von Peru, an. Weltkarten hingen an den Wänden, denen man nicht ansah, dass sie schalldicht und mit moderner Elektronik versehen waren, die ein Abhören des Raums unmöglich machte.

Der Inder nickte zur Begrüßung und setzte sich in den letzten freien Sessel.

„Vielen Dank, dass Sie gekommen sind, Professor Dravid." Die Sprecherin saß am Kopf des Tisches. Es war eine Frau Ende dreißig, die ein strenges schwarzes Kleid trug und darüber eine am Hals zugeknöpfte Jacke. Ihr schmales Gesicht wirkte wie gemeißelt, ihr schwarzes Haar war kurz geschnitten. Ihre Augen waren merkwürdig blicklos und sie sah den Professor beim Sprechen nicht an. Die Frau war blind.

„Es freut mich, Sie wiederzusehen, Miss Ashwood", antwortete Dravid. Er sprach langsam. Seine Stimme war tief und fast akzentfrei. „Zufällig bin ich ohnehin gerade in England. Ich arbeite zurzeit im Museum für Naturgeschichte. Aber ich danke allen anderen für ihr

Kommen. Dieses Treffen ist sehr kurzfristig anberaumt worden und ich weiß, dass viele von Ihnen eine weite Anreise hatten." Er nickte dem Mann neben sich zu, der aus Australien eingeflogen war. „Wie Sie alle wissen, hat mich Miss Ashwood vor drei Tagen angerufen und um eine Notfallsitzung des Nexus gebeten. Nach meinem Gespräch mit ihr war ich ebenfalls der Meinung, dass diese Sitzung notwendig ist. Ich möchte Ihnen noch einmal danken, dass Sie alle gekommen sind."

Dravid wandte sich an Miss Ashwood. „Erzählen Sie ihnen, was Sie mir erzählt haben, Miss Ashwood", sagte er.

„Natürlich." Miss Ashwood tastete nach ihrem Wasserglas und trank einen Schluck. „Seit unserem letzten Treffen sind sieben Monate vergangen", begann sie. „Damals habe ich Ihnen mitgeteilt, dass ich eine Gefahr gespürt habe. Ich hatte das Gefühl, dass etwas im Gange ist. Wir sind übereingekommen, die Situation zu beobachten, wie wir es immer tun. Wir sind die Augen der Welt. Obwohl ich natürlich auf andere Weise sehe als Sie."

Sie verstummte.

„Die Gefahr ist größer geworden", fuhr sie fort. „Ich verspüre schon seit Wochen den Drang, Sie herzurufen, und habe in dieser Zeit auch mehrmals mit Professor Dravid gesprochen. Nun, länger konnte ich es nicht aufschieben. Ich bin ganz sicher, dass das eintreten wird, was wir alle am meisten fürchten. Raven's Gate wird sich öffnen."

Es kam Bewegung in die Anwesenden, doch einige von ihnen machten zweifelnde Mienen.

„Was haben Sie für Beweise, Miss Ashwood?", fragte einer der Männer. Er war groß und dunkelhäutig und aus Südamerika angereist.

„Sie kennen meine Beweise sehr gut, Mr Fabian. Sie wissen, warum man mich eingeladen hat, dem Nexus beizutreten."

„Ja, natürlich … aber was hat man Ihnen gesagt?"

„Man hat mir gar nichts gesagt. Ich wünschte, es wäre so einfach. Ich kann Ihnen nur sagen, was ich fühle. Und zurzeit ist es, als wäre Gift in der Luft. Ich spüre es schon die ganze Zeit und es wird immer stärker. Die Dunkelheit kommt. Sie nimmt Form an. Sie müssen mir vertrauen."

„Ich hoffe, dass Sie uns nicht deswegen hergerufen haben", bemerkte ein älterer Mann, um dessen Hals ein goldenes Kreuz hing. Er war Bischof. Er nahm seine Brille ab und putzte sie beim Sprechen. „Ich bin mir Ihrer Fähigkeiten durchaus bewusst, Miss Ashwood, und ich respektiere sie. Aber sollen wir wirklich akzeptieren, dass etwas der Fall ist, nur weil Sie daran glauben?"

„Ich dachte, genau darum geht es beim Glauben", konterte Miss Ashwood.

„Der christliche Glaube ist in der Bibel niedergeschrieben. Aber niemand hat je die Geschichte der Alten niedergeschrieben."

„Das stimmt nicht", murmelte Dravid. Er hob einen Finger. „Sie vergessen den spanischen Mönch."

„Den heiligen Josef von Córdoba? Sein Buch ist verloren gegangen, abgesehen davon, dass seine Ausführungen schon vor Jahrhunderten angezweifelt worden sind." Der Bischof seufzte. „Das ist sehr schwierig für mich", sagte er. „Sie dürfen nicht vergessen, dass die Kirche offiziell nicht an Ihre Alten glaubt. Wenn bekannt würde, dass ich Mitglied des Nexus bin, müsste ich zurücktreten. Ich bin nur hier, weil ich dieselben Ziele verfolge wie jeder in diesem Raum. Wir fürchten alle dasselbe, wie auch immer wir es nennen wollen. Aber was ich nicht akzeptieren kann – und *will* –, sind Ahnungen und Aberglauben. Tut mir leid, Miss Ashwood. Sie müssen uns schon Beweise liefern."

„Vielleicht kann ich dazu beitragen", sagte ein anderer Mann. Er war Polizist, ein hochrangiger Beamter bei Scotland Yard. „Mir ist vor Kurzem etwas aufgefallen, das Sie vielleicht interessieren dürfte. Es schien mir nicht weiter von Bedeutung, deswegen habe ich es bisher nicht erwähnt, aber im Lichte dessen, was wir jetzt gehört haben ..."

„Fahren Sie fort", sagte Professor Dravid.

„Es geht um einen kleinen Ganoven, einen Drogensüchtigen namens Will Scott. Man hat ihn zuletzt gesehen, als er in Holborn, nicht weit von hier, einer Frau in eine Seitengasse gefolgt ist. Vermutlich sollte sie sein nächstes Opfer sein. Er hatte ein Messer und war wegen Raubüberfällen vorbestraft."

„Was ist passiert?"

„Es war nicht die Frau, die zum Opfer wurde. Sie verschwand. Es war Scott, den wir tot aufgefunden haben.

Er hat sich umgebracht, indem er sich sein Messer ins eigene Herz gestoßen hat."

„Was ist denn daran so ungewöhnlich?", fragte eine der Frauen.

„Er hat es am hellen Tag mitten in London getan. Aber es war nicht nur das. Ich habe sein Gesicht gesehen –" Der Polizeibeamte verstummte. „Ich wusste sofort, dass etwas nicht stimmte. Dieser Ausdruck des Entsetzens. Es sah aus, als hätte er versucht, dagegen anzukämpfen. Als wollte er nicht sterben. Es war grauenvoll."

„Die Macht der Alten", wisperte Miss Ashwood.

„Was hat ein Toter in Holborn mit dem Nexus zu tun?", fragte der Bischof.

„Ich stimme Ihnen zu", sagte Dravid. „Ein einzelner Zwischenfall. Ein möglicher Selbstmord. Aber es gibt noch etwas, das erst heute Mittag passiert ist. Allein das ist ziemlich merkwürdig, da ich natürlich wusste, dass wir heute Abend zusammenkommen würden. Ich war in meinem Büro im Museum, und mein Computer hat eine Anfrage bezüglich Raven's Gate aufgespürt." Er zögerte. „Ich habe ein Programm installiert", erklärte er. „Immer wenn irgendwo auf der Welt jemand diese Worte in eine Suchmaschine eingibt, erfahre ich davon. Im letzten Jahr ist es nur zwei Mal passiert – beide Male waren es Wissenschaftler. Aber diesmal war es anders. Es gelang mir, mit der Person am anderen Ende Kontakt aufzunehmen. Und ich habe das Gefühl, dass es ein Jugendlicher war, vielleicht sogar ein Kind."

„Hat er das gesagt?"

„Nein. Aber er hat mich geduzt, und seine Ausdrucksweise deutete auf einen jungen Menschen hin. Er hat gesagt, dass er Matt heißt."

„Nur Matt?"

„Er hat keinen Nachnamen angegeben. Aber es gibt noch etwas Interessantes. Die Anfrage kam von einem Computer in der Leihbücherei von Greater Malling."

Wieder kam Bewegung in die Anwesenden. Diesmal sah sogar der Bischof besorgt aus.

„Hätten Sie uns nicht sofort informieren müssen, Professor?", erkundigte sich der Südamerikaner.

„Dazu war keine Zeit, Mr Fabian. Wie gesagt, es ist erst heute Mittag passiert und ich wusste, dass wir abends zusammenkommen. Für sich allein betrachtet ist es wahrscheinlich ohne Bedeutung. Ein Schuljunge könnte über die Worte Raven's Gate gestolpert sein und sich ohne besonderen Grund dafür interessieren. Aber wenn man bedenkt, was Miss Ashwood fühlt und was wir gerade gehört haben –" Er sprach den Satz nicht zu Ende. „Vielleicht sollten wir versuchen, diesen Matt aufzuspüren und herauszufinden, was er weiß."

„Und wie sollen wir das anstellen?", fragte ein grauhaariger Mann mit französischem Akzent. Sein Name war Danton, und er hatte Verbindungen zum militärischen Geheimdienst. „Geben Sie mir seinen vollen Namen und wir haben ihn in wenigen Sekunden. Aber Matt? Eine Abkürzung für Matthew? Vielleicht stammt er auch aus meinem Land … Matthieu. Oder es ist ein Mädchen … Matilda."

„Er wird uns finden", sagte Miss Ashwood. „Da bin ich mir sicher."

„Glauben Sie wirklich, dass er einfach hier hereinmarschieren wird?", fragte der Bischof kopfschüttelnd. „Für mich ist das Ganze eindeutig. Wenn Sie wirklich glauben, dass es in Yorkshire passiert, sollten wir hinfahren und versuchen, es zu verhindern. Wir müssten am Ort des Geschehens sein."

„Das geht nicht", wandte Dravid ein. „Es wäre viel zu gefährlich. Wir wissen nicht einmal, wonach wir suchen. Außerdem haben wir uns von Anfang an darauf geeinigt, nicht persönlich einzugreifen. Das ist nicht unsere Aufgabe. Wir haben uns zusammengefunden, um zu beobachten, Informationen auszutauschen und, wenn die Zeit gekommen ist, uns zu wehren. Erst dann werden wir gebraucht. Wir dürfen diese Mission nicht in Gefahr bringen, indem wir uns einmischen."

„Also sitzen wir nur herum und tun nichts?"

„Er wird uns finden", wiederholte Miss Ashwood. „Sie dürfen nicht vergessen, dass alles vorherbestimmt ist. Die gesamte Weltgeschichte hat sich auf diesen Augenblick vorbereitet, auf die Rückkehr der Fünf und den letzten großen Kampf. Es gibt keinen Zufall. Alles ist geplant. Und wenn wir das nicht sehen, verlieren wir eine unserer wichtigsten Waffen."

„Matt." Es war der Franzose, der das eine Wort aussprach. Besonders beeindruckt klang er nicht.

Miss Ashwood nickte langsam. „Wir können nur beten, dass er uns bald findet."

UNERWARTETER BESUCH

Matt hackte wieder einmal Holz. Er hatte Blasen an den Händen, und der Schweiß lief ihm über den Rücken, doch der Holzhaufen schien nicht kleiner zu werden. Noah saß ein paar Schritte entfernt auf einem Holzklotz und beobachtete ihn. Matt spaltete ein weiteres Scheit und warf die Axt hin. Er wischte sich mit dem Handrücken über die Stirn.

„Wie lange bist du schon hier, Noah?", fragte er.

Noah zuckte nur die Schultern.

„Wo hat Mrs Deverill dich aufgetrieben? Bist du hier geboren oder bist du aus der Irrenanstalt abgehauen?"

Noah funkelte ihn an. Matt wusste, dass es ihm schwerfiel, Sätze mit mehr als vier oder fünf Worten zu verstehen. „Du sollst keinen Spaß mit mir machen", sagte er schwerfällig.

„Warum nicht? Anderen Spaß habe ich ja nicht."

Matt hob einen Armvoll Holz auf und warf es in die Schubkarre. „Warum gehst du nie weg?", fragte er. „Du hängst immer nur hier herum. Hast du keine Freundin?"

Noah schniefte. „Ich mag keine Mädchen."

„Ziehst du Schweine vor? Ich glaube, eins von denen steht auf dich."

Matt bückte sich, um die Axt aufzuheben. Diesen Moment nutzte Noah, um ihn zu packen. „Was weißt du denn schon", schnaufte er. Er war Matt so nah, dass er Noahs verfaulte Zähne riechen konnte. Seine fetten Lippen verzogen sich zu einem gehässigen Grinsen. „Manchmal lässt mich Mrs Deverill eines töten", sagte er. „Ein Schwein. Ich steche mit dem Messer rein und hör, wie es quiekt. Dasselbe machen wir mit dir …"

„Lass mich los!" Matt versuchte, sich loszureißen, aber Noah war unglaublich stark und seine Finger umklammerten Matts Arm wie ein Schraubstock.

„Du lachst über Noah. Aber bald kommt das Ende, dann wird Noah über dich lachen …"

„Du sollst mich loslassen!" Matt fürchtete, dass Noah ihm den Arm brechen würde.

In diesem Moment fuhr ein Auto auf den Hof. Noah ließ los und Matt trat rasch zurück und hielt sich den Arm. Es waren vier Striemen zu sehen, wo sich Noahs Finger in den Muskel gekrallt hatten. Das Auto hielt an, und ein Mann stieg aus. Er trug einen Anzug und ein weißes Hemd, aber keine Krawatte. Matt erkannte ihn sofort. Es war Stephen Mallory, der Detective, der ihn nach dem Einbruch in Ipswich verhört hatte.

Noah hatte ihn ebenfalls gesehen. Als Mallory sich umsah, verschwand er hastig. Matt ging auf den Detective zu. Er war aufgeregt, doch er bemühte sich, es sich nicht anmerken zu lassen. Auch wenn Mallory in gewisser Weise dafür verantwortlich war, dass man ihn hierher geschickt hatte, war er doch genau der Mann, auf den Matt all seine Hoffnungen setzte.

„Matthew!" Der Detective nickte ihm zu. „Wie geht's dir?"

„Mir geht's gut."

„Du siehst aber nicht gut aus. Du bist dünn geworden."

„Was machen Sie hier?" Matt war nicht in der Stimmung zu plaudern.

„Ich war bei einer Konferenz in Harrogate. Das ist nicht weit von hier und da dachte ich, ich komme mal vorbei und sehe nach dir." Mallory reckte sich. „Ich muss sagen, dieser Ort ist nicht gerade leicht zu finden."

„Wenn Sie glauben, dass es schwer ist herzukommen, sollten Sie mal versuchen wegzugehen."

„Wie bitte?"

„Ach, nichts." Matt warf einen Blick über Mallorys Schulter. Mrs Deverill war irgendwo im Haus. Er wusste genau, dass sie gleich herauskommen würde, und er wollte mit Mallory reden, bevor sie auftauchte. „Ich wollte Sie schon anrufen", sagte er.

„Warum?"

„Ich will hier nicht bleiben. Sie haben gesagt, dass die Teilnahme am FED-Programm freiwillig ist. Nun, ich steige freiwillig aus. Mir ist es egal, wohin Sie mich schicken. Meinetwegen können Sie mich in Alcatraz einsperren. Aber das hier ist das Letzte und ich will weg."

Der Detective sah ihn neugierig an. „Was hast du gerade gemacht, als ich ankam?"

„Wonach sah es denn aus?" Matt zeigte ihm die Blasen an seinen Händen. „Ich habe Holz gehackt."

„Gehst du zur Schule?"

„Nein."

Mallory schüttelte den Kopf. „So sollte das nicht laufen", sagte er. „Das war ganz anders geplant."

„Dann tun Sie was dagegen. Holen Sie mich hier raus."

In der Tür hinter ihnen bewegte sich etwas. Mrs Deverill war aufgetaucht und Noah stand hinter ihr. Sie trug eine bunte Schürze und hatte einen Korb Äpfel unter dem Arm. Matt fragte sich, ob sie das tat, um Mallory zu beeindrucken, so wie sie in London in einem Kostüm aufgetaucht war.

„Sag nichts", wies Mallory ihn leise an. „Überlass das mir."

Mrs Deverill kam auf sie zu. Sie schien überrascht, jemanden auf ihrem Hof zu sehen. „Kann ich Ihnen helfen?", fragte sie.

„Kennen Sie mich nicht mehr? Detective Superintendent Mallory. Wir haben uns in London kennengelernt. Ich bin vom FED-Programm."

Mrs Deverill nickte. „Natürlich erinnere ich mich an Sie, Mr Mallory", sagte sie. „Und es ist mir eine Freude, Sie wiederzusehen, auch wenn es höflicher gewesen wäre, Ihr Kommen vorher anzukündigen. Wenn ich mich recht entsinne, sollten Sie sich vierundzwanzig Stunden vor einem offiziellen Besuch anmelden."

„Haben Sie etwas zu verbergen, Mrs Deverill?"

„Nein, natürlich nicht." Ihre harten Augen bohrten sich in die des Detectives. „Sie sind hier jederzeit willkommen."

„Es geht um einen Bericht der hiesigen Polizei", sagte

Mallory. „Anscheinend gab es da einen falschen Alarm auf einer Farm namens Glendale, in den Matthew verwickelt war."

„Ach, das." Mrs Deverill setzte einen besorgten Gesichtsausdruck auf. „Matthew und ich haben schon darüber gesprochen. Es tut mir sehr leid, dass er die Zeit dieser Polizeibeamten verschwendet hat. Aber es ist ja weiter nichts passiert. Ich denke, wir haben die Angelegenheit zur allgemeinen Zufriedenheit geklärt."

Matt wollte etwas sagen, aber Mallory warf ihm einen warnenden Blick zu.

„Warum ist Matthew nicht in der Schule?", fragte er.

„Weil ich das Gefühl habe, dass es noch zu früh ist", antwortete Mrs Deverill. „Ich habe mit meiner Schwester darüber gesprochen. Sie ist hier die Lehrerin. Wir sind beide der Meinung, dass er den Unterricht stören würde. Er kann zur Schule gehen, sobald er bereit dazu ist." Mrs Deverill lächelte. Sie gab sich große Mühe, freundlich zu erscheinen. „Warum kommen Sie nicht herein? Ich finde, wir sollten das nicht vor dem Jungen besprechen. Kann ich Ihnen eine Tasse Tee anbieten?"

„Nein, vielen Dank." Mallory sah sich auf dem Hof um. „Ich habe zwar nicht viel gesehen", fuhr er fort, „aber ich bin schon jetzt überzeugt davon, dass die Verhältnisse auf dieser Farm in keiner Weise Matthews Bedürfnissen entsprechen –"

„Die Farm wurde besichtigt, bevor er herkam", unterbrach ihn Mrs Deverill.

„Und ich bin, ehrlich gesagt, entsetzt über Matthews körperlichen Zustand. Er sieht aus, als müsste er sich hier halb zu Tode schuften. Und dass Sie ihn nicht in die Schule schicken, verstößt gegen das Gesetz."

„Der Junge ist hier absolut glücklich. Stimmt's nicht, Matthew?"

„Nein." Matt war froh, dass er endlich auch etwas sagen konnte. „Ich hasse es hier. Ich hasse diese Farm. Und vor allem hasse ich Sie!"

„Ist das Dankbarkeit?", fauchte Mrs Deverill.

„Ich fahre heute nach London zurück", sagte Mallory. „Und Sie sollen wissen, dass ich sofort nach meiner Rückkehr Kontakt zum FED-Komitee aufnehmen werde. Ich werde empfehlen, dass man Ihnen die Vormundschaft über Matthew mit sofortiger Wirkung entzieht."

Mrs Deverills Gesicht wurde dunkel. Ihre Augen funkelten wie Rasierklingen. „Das würde ich an Ihrer Stelle lieber lassen."

„Drohen Sie mir, Mrs Deverill?"

Einen langen Moment herrschte Schweigen.

„Nein. Warum sollte ich das tun? Ich bin eine gesetzestreue Bürgerin. Und wenn Sie meinen, dass es besser für Matthew ist, wenn man ihn in ein Jugendgefängnis steckt, ist das Ihre Sache. Trotzdem haben Sie hier nichts zu suchen, Mr Mallory, denn ich habe Sie nicht eingeladen. Geben Sie Ihren Bericht ab, wenn Sie unbedingt wollen. Aber ich schwöre Ihnen, dass Sie am Ende derjenige sein werden, der mit einem roten Kopf dasteht."

Sie machte auf dem Absatz kehrt und verschwand im Haus. Matt sah ihr mit einem Gefühl der Erleichterung nach. Mallory hatte gewonnen. Jetzt konnte er tatsächlich darauf hoffen, dass seine Gefangenschaft auf der Farm bald ein Ende hatte.

Mallory beugte sich zu ihm. „Hör zu, Matt", sagte er. „Wenn ich könnte, würde ich dich ins Auto setzen und mitnehmen –"

„Ich wünschte, das würden Sie", unterbrach ihn Matt.

„Es geht nicht. Ich habe kein Recht dazu und es verstößt gegen das Gesetz. Mrs Deverill könnte behaupten, ich hätte dich entführt, und auf lange Sicht würde es wahrscheinlich mehr schaden als nützen. Gib mir vierundzwanzig Stunden, dann bin ich wieder da und hole dich aus diesem Dreckloch raus. Einverstanden?"

„Klar." Matt nickte. „Danke."

Mallory seufzte. „Wenn du die Wahrheit wissen willst, ich war immer gegen das FED-Programm", sagte er. „Das ist nur Augenwischerei – ein weiterer Trick der Regierung. Im Grunde wollen sie Kindern wie dir gar nicht helfen. Sie interessiert nur ihre Statistik. Es sieht nicht gut aus, wenn zu viele Jugendliche im Knast sitzen." Er ging zu seinem Auto und öffnete die Tür. „Aber sobald ich meinen Bericht einreiche, müssen sie mir zuhören. Und was auch immer passiert, ich kann dir versprechen, dass Mrs Deverill nie wieder ein Pflegekind bekommt."

Matt sah ihm nach, als er abfuhr. Dann drehte er sich um und sah das Farmhaus an. Mrs Deverill stand in der Tür. Sie hatte die Schürze abgenommen und war jetzt ganz in Schwarz gekleidet. Auch sie hatte den Detective abfahren sehen, doch sie sagte nichts. Sie trat zurück und verschwand im Haus. Die Tür schlug hinter ihr zu.

Es war dunkel, als Stephen Mallory die Autobahn erreichte. Tief in Gedanken versunken fuhr er in Richtung Ipswich.

Er hatte Matt nicht die ganze Wahrheit gesagt. Es hatte nie eine Konferenz in Harrogate gegeben.

Stephen Mallory war auf Jugendkriminalität spezialisiert. Er hatte viele jugendliche Straftäter gesehen, manche erst zehn oder elf Jahre alt, und wie viele von ihnen erschien ihm auch Matt eher als Opfer denn als Täter. Er hatte mit Kelvin gesprochen, der in Untersuchungshaft saß und auf seinen Prozess wartete. Er hatte auch Gwenda Davis und ihren Lebensgefährten Brian besucht. Er hatte alle Berichte über Matt gelesen. Trotzdem hatte er das Gefühl gehabt, dass etwas fehlte. Der Junge, den er kennengelernt hatte, war ganz anders gewesen als der, über den er gelesen hatte.

Und sofort, nachdem Matt Mrs Deverill übergeben worden war, hatte er beschlossen, die fehlenden Teile des Puzzles zu finden, zumal er ohnehin in London war. Es ging niemanden etwas an, wie er den Nachmittag verbrachte.

Er war mit dem Taxi in das Zentralarchiv der Polizei gefahren. Alles, was er suchte, steckte dort in einem Pappkarton, einem von mehreren Hundert, abgelegt unter einer Aktennummer und dem Namen Freeman, M. J. In dem Karton waren Ausschnitte aus der Lokalzeitung von Ipswich, Berichte sowohl der dortigen als auch der Londoner Polizei, die beiden Obduktionsberichte von Matts Eltern und die Beurteilung eines Psychologen, der zu diesem Fall hinzugezogen worden war. Die Geschichte war genauso abgelaufen, wie man es ihm erzählt hatte. Die Eltern waren bei einem Autounfall ums Leben gekommen. Der achtjährige Junge war allein zurückgeblieben. Seine Tante in Ipswich hatte ihn bei sich aufgenommen. Das alles hatte Mallory schon gelesen. Aber dann war er ganz unten in dem Karton auf eine Zeugenaussage gestoßen, die er noch nicht kannte. Sie änderte alles.

Es war die unterschriebene Aussage der Frau, die im Nachbarhaus gewohnt hatte. Sie war diejenige, die auf Matthew aufgepasst hatte, als sich der Unfall ereignete. Ihr Name war Rosemary Green. Mallory las ihre Aussage zweimal, dann fuhr er mit dem Taxi nach Dulwich. Es war vier Uhr nachmittags. Er bezweifelte, dass sie zu Hause sein würde.

Doch er hatte Glück. Rosemary Green war Lehrerin, und sie kam genau in dem Moment nach Hause, als er aus dem Taxi stieg. Er unterhielt sich vor ihrem kleinen, hübschen Haus mit dem gepflegten Garten mit ihr. Es war ein merkwürdiger Gedanke, dass Matthew Freeman einst in dem Garten nebenan gespielt hatte. Dies war eine ganz andere Welt als die in Ipswich, in die man ihn später hineingestoßen hatte.

Mrs Green hatte ihrer ursprünglichen Aussage nicht viel hinzuzufügen. Sie bestätigte, wie unglaubwürdig ihre Geschichte klang, versicherte ihm aber, dass es sich tatsächlich so zugetragen hatte. Sie hatte es damals so vor der Polizei ausgesagt, und sie stand noch heute, sechs Jahre später, dazu.

Auf der Zugfahrt zurück nach Ipswich hatte Mallory zwei Miniaturflaschen Whisky getrunken. Vor ihm lagen eine Kopie von Matthews Akte und die Spätausgabe des *Evening Standard*. Die Zeitung hatte dem Mann gehört, der ihm gegenübersaß. Mallory hatte sie ihm fast aus der Hand gerissen, als er die Story auf der Titelseite sah.

Ein bizarrer Selbstmord in Holborn. Ein zwanzigjähriger Krimineller namens Will Scott war tot aufgefunden worden. Todesursache war ein Messerstich ins Herz, den Scott sich laut Polizeiangaben selbst beigebracht hatte. Scott hatte einige Vorstrafen, überwiegend Raubüberfälle und Drogenhandel. Drei Zeugen hatten beobachtet, wie er eine ältere Frau verfolgte, die ein graues Kostüm und eine Brosche in Form einer Eidechse trug. Die Polizei bat die Frau, sich zu melden.

Konnte das ein Zufall sein?

Mallory erinnerte sich gut an die Brosche, die Mrs Deverill getragen hatte. Sie war zu spät zu ihrem Termin gekommen, und sie hätte durchaus durch diese Gasse gegangen sein können. Er war sicher, dass sie die Frau war, die in dem Artikel erwähnt wurde, wenn er auch nicht wusste, was sie mit Will Scotts Tod zu tun haben sollte. Aber von diesem Moment an war Mallory beunruhigt gewesen. Er hatte immer öfter an Matthew gedacht und war zu der Überzeugung gekommen, dass er nicht in ihrer Obhut sein sollte.

Ein paar Tage später hatte er dann zufällig einen Funkspruch von einer Polizeistation in York mitgehört: etwas über einen Todesfall, den ein vierzehnjähriger Junge aus dem FED-Programm gemeldet hatte. Da hatte es Mallory gereicht. Er hatte Platz in seinem Terminkalender geschaffen und war nach Norden aufgebrochen.

Und jetzt, auf der Rückfahrt von Lesser Malling, war er froh, dass er hingefahren war. Was er gesehen hatte, war eine Schande. Der Junge sah krank aus. Vor allem aber wirkte er traumatisiert. Und auch die Striemen an seinem Arm hatte Mallory sofort entdeckt. Er würde dafür sorgen, dass das aufhörte. Er würde seinen Bericht gleich am nächsten Tag einreichen.

Mallory warf einen Blick auf den Tachometer. Er fuhr genau hundert Stundenkilometer. Er war auf die mittlere Spur übergewechselt, und rechts und links rasten Autos an ihm vorbei, die alle das Tempolimit überschritten. Er sah ihren verschwimmenden Rücklichtern nach. Es regnete wieder einmal, und feine Tropfen nahmen ihm die Sicht. Bildete er sich das ein oder war es plötzlich wirklich eiskalt im Wagen? Er drehte die Heizung auf. Luft blies aus den Öffnungen im Armaturenbrett, aber wärmer wurde es trotzdem nicht. Er schaltete die Scheibenwischer auf eine schnellere Stufe. Die Straße vor ihm schimmerte vor Nässe.

Mallory warf einen Blick auf die Uhr. Es war halb zehn. Bis Ipswich hatte er noch mindestens zwei Stunden Fahrt vor sich. Es würde Mitternacht werden, bevor er heimkam. Er schaltete das Radio ein, um Nachrichten zu hören. Die Stimme würde ihn wach halten.

Das Radio war auf einen Nachrichtensender eingestellt, aber es kamen keine Nachrichten. Anfangs dachte Mallory, das Radio wäre vielleicht kaputt ... genau wie die Heizung. Es war wirklich eisig im Auto. Vielleicht war eine Sicherung durchgebrannt. Er würde das Auto in die Werkstatt bringen müssen, wenn er wieder zu Hause war. Aber dann funktionierte das Radio doch. Zuerst kam ein Knistern und dann noch etwas anderes.

Ein leises Flüstern.

Verblüfft streckte Mallory die Hand aus und drückte die Taste für den nächsten eingespeicherten Sender, einen, der nur klassische Musik spielte. Er mochte Klassik. Vielleicht gab es ein Konzert, das er sich anhören konnte. Doch es kam keine Musik. Er hörte wieder nur das merkwürdige Geflüster. Es waren eindeutig dieselben Stimmen. Er verstand sogar einige der Worte.

„LEMMIH ... MITSIB ... UDRED ... RESNU ... RETAV ..."

Was zum Teufel war das? Hektisch drückte Mallory eine Taste nach der anderen, ohne den Blick von der Straße zu nehmen. Das war doch nicht möglich. Die Stimmen kamen über jeden Sender und sie wurden immer lauter und eindringlicher. Er schaltete das Radio aus. Aber das Flüstern blieb. Es schien jetzt von überall im Auto zu kommen.

Im Auto wurde es immer kälter. Es war, als säße man in einem Kühlschrank – nein, in einem *Gefrier*schrank.

Mallory beschloss, auf die Standspur zu fahren und anzuhalten. Der Regen war noch stärker geworden. Er konnte kaum noch etwas sehen. Rote Lichter sausten an ihm vorbei. Blendende weiße Lichter schossen auf ihn zu.

Er stellte den Fuß auf die Bremse und schaltete den Blinker ein. Doch der Blinker funktionierte nicht und das Auto wurde auch nicht langsamer. Mallory geriet in Panik. Er war kein ängstlicher Typ, aber jetzt hatte er Angst, denn ihm war klar, dass er keine Kontrolle mehr über seinen Wagen hatte. Er trat hart auf die Bremse. Nichts passierte. Das Auto wurde schneller.

Und dann war es, als wäre er auf eine unsichtbare Rampe gefahren. Er fühlte, wie die Reifen die Bodenhaftung verloren und der ganze Wagen abhob. Sein Blickfeld drehte sich um dreihundertsechzig Grad. Aus dem Flüstern war irgendwie ein unglaublicher Lärm geworden, der sein ganzes Bewusstsein erfüllte.

Mallory schrie.

Sein Auto flog auf dem Kopf stehend mit hundertdreißig Stundenkilometern über die Mittelleitplanke. Das Letzte, was Mallory, im Sicherheitsgurt hängend, sah, war ein Tanklaster, dessen Fahrer ihn entsetzt anstarrte. Dann prallte der Wagen gegen den Laster. Reifen quietschten. Es gab eine Explosion. Ein kurzes, unglaublich lautes Hupen. Dann nichts mehr.

Matt schlief fest, als ihm plötzlich die Decke weggerissen wurde und er in der Morgenkälte hochschrak. Mrs Deverill stand in einem schwarzen Morgenmantel über ihn gebeugt. Er sah auf seine Uhr. Zehn nach sechs. Draußen war der Himmel noch grau. Regen prasselte an die Fensterscheibe, und die Bäume bogen sich im Wind.

„Was ist los?", fragte er.

„Ich habe es gerade im Radio gehört", sagte Mrs Deverill. „Ich dachte, du solltest es wissen. Ich fürchte, es ist eine schlechte Nachricht, Matthew. Offenbar hat es letzte Nacht auf der Autobahn eine Massenkarambolage gegeben. Sechs Tote. Detective Superintendent Mallory war einer von ihnen. Das ist wirklich eine Tragödie. Es sieht so aus, als würdest du doch hierbleiben müssen."

WILDE HUNDE

Die nächsten Tage waren die schlimmsten, die Matt seit seiner Ankunft in Yorkshire erlebt hatte.

Mrs Deverill ließ ihn noch härter schuften als vorher, und Noah wich nie von seiner Seite. Matt verbrachte Stunde um Stunde damit, Mist zu schaufeln, zu streichen, Holz zu hacken, Dinge zu reparieren und alles Mögliche herumzuschleppen.

Er war der Verzweiflung nahe. Er hatte versucht, nach London zu fliehen, und es nicht geschafft. Er hatte herausfinden wollen, was im Wald vor sich ging, und nichts erreicht. Zwei Leute hatten versucht, ihm zu helfen, und sie waren beide tot. Niemand interessierte sich noch für ihn. Eine Art Nebel hatte sich über sein Bewusstsein gesenkt. Er hatte aufgegeben. Er würde in Hive Hall bleiben, bis Mrs Deverill mit ihm fertig war. Vielleicht hatte sie vor, ihn sein ganzes Leben dazubehalten, und er würde als sabbernder Sklave enden, ausgehöhlt und leer wie Noah.

Dann, eines Abends – Matt glaubte, dass es ein Samstag war, aber er wusste es nicht genau, weil ein Tag wie der andere war –, kam Mrs Deverills Schwester Claire zum Abendessen. Er hatte die Lehrerin seit ihrem Zusammentreffen in Lesser Malling nicht mehr gesehen. Als er neben ihr am Küchentisch saß, fiel es ihm schwer, seine Augen von ihrem Feuermal abzuwenden, der Verfärbung, die ihr halbes Gesicht bedeckte. Einerseits faszinierte ihn dieses Mal, andererseits stieß es ihn ab.

„Jayne hat mir erzählt, dass du nicht in die Schule gehst", bemerkte sie mit ihrer schrillen Stimme.

„Ich gehe nicht in die Schule, weil sie mich nicht lässt", erwiderte Matt. „Ich muss hier arbeiten."

„Und als du noch zur Schule gegangen bist, hast du ständig geschwänzt. Du hast es vorgezogen, Ladendiebstähle zu begehen und heimlich zu rauchen. Zumindest habe ich das gehört."

„Ich habe noch nie geraucht", knurrte Matt.

„Die Jugend von heute hat keine Erziehung", verkündete Jayne Deverill. Sie schaufelte eine Art Gulasch auf die Teller. Die Fleischstücke waren groß und fettig, und sie schwammen in einer blutroten Soße. Das Essen sah aus wie etwas, das auf der Straße überfahren worden und dann in einem prähistorischen Sumpf gelandet war. „Die Kinder lungern in ihren unförmigen Kleidern überall auf der Straße herum und hören etwas, was sie Musik nennen, was für dich und mich aber eher ein unerträglicher Lärm ist. Sie haben keinen Respekt, keinen Verstand und keinen Geschmack. Und trotzdem glauben sie, die Welt gehöre ihnen!"

„Aber nicht mehr lange ...", murmelte Claire Deverill.

Es klopfte an der Tür und Noah erschien in etwas, das fast wie ein Anzug aussah, wenn man davon absah, dass das Kleidungsstück mindestens fünfzig Jahre alt und vollkommen aus der Form geraten war. Er trug ein bis zum Hals zugeknöpftes Hemd, aber keine Krawatte.

Für Matt sah er in dieser Aufmachung aus wie ein arbeitsloser Bestattungsunternehmer.

„Der Wagen steht vor der Tür", verkündete er.

„Wir essen noch, Noah", fuhr ihn Jayne Deverill an. „Warte draußen auf uns."

„Es regnet." Noah schnupperte hoffnungsvoll nach dem Essen.

„Dann warte im Auto. Wir kommen gleich."

Matt wartete, bis Noah verschwunden war. „Gehen Sie aus?", fragte er.

„Kann schon sein."

„Wohin?"

„Als ich noch jung war, haben Kinder keine Fragen gestellt", verkündete Claire Deverill.

„War das vor oder nach dem Ersten Weltkrieg?", fragte Matt.

„Bitte?"

„Vergessen Sie's …"

Matt aß schweigend seinen Teller leer. Jayne Deverill stand auf und ging zum Teekessel. „Ich werde dir einen ordentlichen Kräutertee kochen", erklärte sie. „Und ich möchte, dass du ihn trinkst, Matthew. Er wirkt aufbauend. Mir scheint, dass du seit dem Tod dieses armen Detectives ein wenig nervös und unruhig bist."

„Haben Sie die Absicht, ihn morgen hier anrufen zu lassen?"

„Oh nein. Mr Mallory wird nicht zurückkommen." Sie goss kochendes Wasser in eine dicke, schwarze Teekanne, rührte es um und schenkte Matt eine Tasse voll ein. „Nun trink das. Es wird dir helfen, dich zu entspannen."

Es wird dir helfen, dich zu entspannen.

Vielleicht war es die Art, wie sie die Worte aussprach. Oder es war die Tatsache, dass Mrs Deverill ihm noch nie Tee gekocht hatte. Auf jeden Fall war Matt fest entschlossen, das Zeug nicht anzurühren. Er nahm die Tasse in beide Hände und roch daran. Der Tee war grün und roch bitter.

„Was ist da drin?", fragte er.

„Blätter."

„Was für Blätter?"

„Löwenzahn. Er ist voller Vitamin A."

„Nein danke", sagte Matt so beiläufig er konnte. „Ich war noch nie ein großer Fan von Löwenzahn."

„Trotzdem wirst du den Tee trinken. Du stehst erst vom Tisch auf, wenn die Tasse leer ist."

Claire Deverill ließ ihn nicht aus den Augen. Jetzt war Matt sicher. Wenn er diesen Tee trank, würde er frühestens am nächsten Morgen wieder aufwachen.

„Also gut", sagte er. „Wenn Sie darauf bestehen."

„Das tue ich."

Die Frage war nur – wie sollte er den Tee verschwinden lassen?

Es war Asmodeus, der ihn rettete. Der Kater musste in die Küche geschlichen sein, während sie aßen. Er sprang auf den Küchenschrank und erwischte den Milchkrug mit seinem Schwanz. Der Krug fiel und zerplatzte auf dem Boden. Beide Schwestern sahen sich um und passten einen Augenblick lang nicht auf Matt auf.

Blitzschnell kippte er den Tee unter den Tisch. Als sich die beiden Frauen wieder zu ihm umdrehten, hielt er die Tasse mit beiden Händen, als wäre nichts gewesen. Er hoffte nur, dass sie den Dampf nicht sahen, der vom Teppich aufstieg.

Er tat so, als ob er trank, bis die Tasse leer war, und stellte sie auf den Tisch. Etwas regte sich in Jayne Deverills Augen und er wusste, dass sie zufrieden war. Um zu prüfen, ob seine Theorie richtig war, gähnte er und reckte die Arme.

„Müde, Matthew?" Die Worte kamen zu schnell.

„Ja."

„Dann brauchst du heute nicht beim Abwaschen zu helfen. Du darfst gleich ins Bett gehen."

„Ja, das mache ich."

Er stand auf und ging auf die Treppe zu, wobei er sich absichtlich schwerfällig und langsam bewegte. In seinem Zimmer machte er kein Licht an, sondern legte sich gleich aufs Bett, schloss die Augen und fragte sich, was wohl als Nächstes passieren würde.

Er brauchte nicht lange zu warten. Die Tür ging auf und Licht fiel ins Zimmer.

„Schläft er?" Das war Claire Deverills Stimme.

„Natürlich. Er wird zwölf Stunden schlafen und mit höllischen Kopfschmerzen aufwachen. Bist du bereit?"

„Ja."

„Dann lass uns aufbrechen."

Matt hörte, wie die Frauen gingen. Er lauschte ihren Schritten auf der Treppe. Die Haustür wurde geöffnet und wieder geschlossen. Der Landrover sprang an und der Kies knirschte, als er wendete und vom Hof fuhr. Erst als Matt sicher war, dass sie nicht zurückkamen, setzte er sich im Bett auf. Alles war genauso abgelaufen, wie er vermutet hatte. Er war allein in Hive Hall.

Eine halbe Stunde später gingen in Omega Eins die Lichter an. Auch damit hatte Matt gerechnet.

In schwarze Jeans und ein dunkles Hemd gekleidet holte er das Fahrrad aus der Scheune und fuhr vom Hof.

Es war Zeit, wieder in den Wald zu gehen.

Matt brauchte nicht lange, um die richtige Stelle zu finden. Das kleine Fähnchen, das er von seinem T-Shirt abgerissen hatte, war noch da, angebunden an einen Ast. Froh über den Teppich aus Tannennadeln unter seinen Füßen schlich er an der Baumreihe entlang und konzentrierte sich darauf, nicht von dem asphaltierten Streifen abzuweichen, den Tom Burgess ihm bei ihrem letzten Treffen gezeigt hatte. Der Mond war von Wolken verdeckt, aber er orientierte sich an dem Lichtschein des Kraftwerks. Als er sich umsah, war der Wald hinter ihm stockdunkel. Eine Eule schrie. Ein Nachtvogel flog raschelnd auf.

Matt hörte die Dorfbewohner, bevor er sie sah. Etwas knisterte laut und er vernahm auch Stimmen. Sie waren ganz nah. Er schob ein paar Tannenzweige beiseite und bemerkte erst da, dass er an dem Zaun angekommen war, der das Kraftwerk umgab. Er ließ sich auf die Knie sinken und spähte durch den Zaun. Ein unglaublicher Anblick bot sich ihm.

Auf dem flachen Gelände rund um das Kraftwerk wimmelte es von Menschen. Vor dem runden Gebäude loderte ein riesiges Feuer, dessen Flammen himmelwärts zuckten. Dicker schwarzer Rauch stieg daraus auf. Vier oder fünf Leute warfen immer neue Äste und Gestrüpp ins Feuer und das nasse Holz zischte, als die Flammen danach griffen. Eine Reihe von Bogenlampen warf gleißendes Licht auf die gesamte Anlage. Es war eine merkwürdige Mischung: Das Gebäude mit seiner elektrischen Beleuchtung war modern, aber das Feuer, um das sich die Leute scharten, ließ Matt an Höhlenmenschen denken.

Zwischen dem Feuer und dem Zaun stand ein Auto – Matt vermutete, dass es ein Saab war oder vielleicht ein Jaguar. Ein Mann stieg aus, doch Matt konnte gegen das Licht nicht erkennen, wer es war. Der Mann hob eine Hand und der goldene Siegelring, den er am Finger trug, blitzte im Schein des Feuers rot auf.

Er hatte ein Zeichen gegeben. Ein Lastwagen, der auf der anderen Seite der Lichtung parkte, rollte rückwärts zu dem Gang, der die riesige Kugel von Omega Eins mit dem anderen Gebäudeteil verband. Die Türen des Lasters flogen auf, und mehrere Männer in merkwürdig unförmigen Kleidern stiegen aus. Sie standen kurz zusammen, dann hoben sie etwas von der Ladefläche: einen großen, etwa fünf Meter langen silbernen Kasten. Er schien sehr schwer zu sein, denn es dauerte eine Weile, bis sie ihn auf dem Boden abgesetzt hatten.

Matt konnte nicht genau erkennen, was dort vor sich ging. Er musste näher heran. Vorsichtig folgte er dem

Zaun bis zu der Lücke, die er beim letzten Mal entdeckt hatte, und wartete. Er musste sichergehen, dass niemand in seine Richtung sah. Glücklicherweise konzentrierten sich alle Dorfbewohner auf den Lastwagen. Matt nutzte die Gelegenheit und hechtete mit dem Kopf voran durch den Zaun. Er spürte, wie der Zaundraht sein Hemd zerriss und ihm über den Rücken kratzte, aber er hatte Glück und blieb unverletzt. Mit dem Gesicht nach unten landete er im Gras und rührte sich nicht.

Ein großer, bärtiger Mann ging auf den Laster zu. Es war der Fleischer aus Lesser Malling. Der rothaarige Apotheker war ebenfalls da. Matt erkannte auch Joanna Creevy, die Frau, die auf der Glendale Farm gewesen war, als er mit der Polizei zurückkam. Sie sprach mit Jayne Deverill. Matt sah wieder zum Feuer. Die Dorfkinder standen dort, stocherten mit Stöcken in den Flammen herum und ließen Funken fliegen. Es waren vierzig oder fünfzig Leute um Omega Eins versammelt und Matt wurde klar, dass er das ganze Dorf vor sich hatte. Jung oder Alt, sie alle waren in den Wald gekommen. Sie steckten allesamt mit drin.

Sein Instinkt sagte ihm, dass er verschwinden sollte, bevor man ihn entdeckte, doch ihm war auch klar, dass das, was er hier beobachtete, wichtig war. Er musste herausfinden, was diese Leute hier machten, warum sie hergekommen waren. Und was befand sich in dem silbernen Kasten? Die Männer waren im Gebäude verschwunden. Nun stellten sich die Dorfbewohner in einer Reihe auf, um ihnen zu folgen. Der Mann mit dem

Siegelring sprach mit Mrs Deverill. Matt brannte darauf, zu hören, worüber sie redeten.

Er robbte vorwärts und wagte nicht, den Kopf zu heben. Je näher er kam, desto größer wurde die Gefahr, dass man ihn entdeckte. Er hoffte, dass das hohe Gras ihm Deckung geben würde, aber der Schein des Feuers schien förmlich nach ihm zu greifen, als gierten die Flammen darauf, allen zu zeigen, dass er da war. Inzwischen spürte er schon die Hitze auf seinen Schultern und dem Hinterkopf. Er hörte Gelächter. Der Mann mit dem Ring hatte einen Witz gemacht. Matt kroch weiter vor. Seine Hand berührte etwas und zog es beiseite. Erst jetzt – zu spät – sah er den dünnen Plastikdraht, der sich über den Boden zog. Sofort war ihm klar, dass er ihn nicht hätte berühren dürfen.

Die Stille der Nacht wurde durch das Schrillen einer Sirene zerrissen. Die Dorfbewohner fuhren herum und starrten in die Dunkelheit. Drei Männer rannten los. Sie hielten plötzlich Schrotflinten in den Händen. Die Kinder ließen ihre Stöcke ins Feuer fallen und rannten zum Lastwagen. Der Mann mit dem Siegelring schritt langsam durch die Menschenmenge und ließ seinen Blick über das Gelände schweifen. Matts Hände verkrallten sich im Boden, und er presste sich ins Gras. Aber es war sinnlos, sich zu verstecken.

Mrs Deverill stand am Feuer. Sie rief einen kurzen Satz in einer fremden Sprache und holte etwas aus der Tasche. Dann schwenkte sie die Hand über die Flammen. Ein weißes Pulver wehte aus ihrer Faust und hing einen Moment lang in der Luft, bevor es ins Feuer fiel.

Die Flammen explodierten und waren plötzlich fast so hoch wie das Kraftwerk. Grelles rotes Licht überflutete das Gelände. Im Feuer bildete sich etwas Schwarzes, das aus den Schatten zusammenzufließen schien. Sekunden später hatte sich die Schwärze verfestigt und jetzt sprang sie wie in Zeitlupe aus den Flammen auf den Boden. Es war eine Art Tier und gleich darauf erschien ein zweites. Hinter ihnen schrumpfte das Feuer auf seine ursprüngliche Größe zusammen. Das Heulen der Sirene brach plötzlich ab.

Es waren Hunde, doch solche Hunde hatte Matt noch nie gesehen.

Sie waren riesig – zwei- oder dreimal so groß wie Rottweiler – und unglaublich wild. Die Flammen des Feuers, dem sie entsprungen waren, flackerten immer noch in ihren schwarzen, haifischähnlichen Augen. Ihre Mäuler waren weit aufgerissen und die Zähne, die aussahen wie zwei Reihen Küchenmesser, ragten über ihre Lippen hinaus. Ihre Köpfe waren breit und klobig und auf den massigen Schädeln trugen sie zwei winzige Ohren, die aussahen wie Hörner.

Langsam hob einer von ihnen seine hässliche Schnauze zum Himmel und stieß ein grausiges Heulen aus. Dann setzten sie sich wie auf Kommando in Bewegung. Beide hielten den Kopf unnatürlich schief, als horchten sie den Boden ab.

Matt hatte keine Wahl. Er musste fliehen. Wenn die Hunde ihn aufspürten, würden sie ihn in Stücke reißen.

Er sprang auf und rannte los – jetzt war es ihm egal, ob er gesehen wurde oder nicht. Seine Beine waren schwer wie Blei, aber die Verzweiflung trieb ihn voran. Der Zaun war noch rund zehn Meter entfernt. Mit ausgestreckten Armen rannte er darauf zu. Er wollte sich nicht umsehen, aber er konnte nicht anders. Er musste es wissen. Wo waren die Hunde? Wie nah waren sie? Mit angstverzerrtem Gesicht sah er über seine Schulter. Und bereute es.

Die erste der Kreaturen hatte schon die halbe Strecke zu ihm zurückgelegt, obwohl sie sich nicht schnell zu bewegen schien. Es sah aus, als würde die Bestie nach jedem Sprung kurz in der Luft schweben und kaum den Boden berühren, bevor sie einen weiteren Satz vorwärts machte. Ihre Art, sich zu bewegen, war irgendwie grauenhaft. Panther oder Leoparden hatten etwas Majestätisches an sich, wenn sie sich auf ihre Beute stürzten. Aber dieser Hund war missgebildet, irgendwie schief und über alle Maßen abscheulich. An einer seiner Flanken war das Fleisch verrottet, und die nackten Knochen ragten heraus. Das Tier hielt seinen Kopf tief gesenkt, als wollte es dem Gestank der Wunde entgehen. Speichelfäden troffen ihm vom Maul. Und jedes Mal, wenn seine Pfoten den Boden berührten, bebte sein ganzer Körper, als würde er gleich auseinanderbrechen.

Matt erreichte den Zaun und griff hektisch danach. Seine Finger krallten sich in den Draht. Er war sicher, denselben Weg zurückgerannt zu sein, auf dem er gekommen war, doch das schien nicht zu stimmen. Er fand die Lücke nicht wieder. Hektisch sah er sich um.

Noch zwei Sprünge und die Hunde hätten ihn erreicht. Er zweifelte nicht daran, dass sie ihn zerreißen würden. Er spürte schon fast, wie sich ihre Zähne in ihn gruben, ihm die Haut zerfetzten und das Fleisch von den Knochen rissen. Er hatte noch nie etwas so Bestialisches gesehen, nicht im Zoo, nicht im Film, nirgendwo in der realen Welt.

Wo war die Lücke? In blinder Panik warf er sich gegen den Zaun und hätte vor Erleichterung beinahe aufgeschrien, als der Zaun nachgab und sich das gezackte Loch öffnete. Ohne zu zögern, hechtete er vorwärts. Sein Kopf und seine Schultern rutschten durch, doch diesmal blieb er mit der Hose hängen. Er schlug verzweifelt um sich und zappelte wie ein Fisch im Netz, überzeugt, dass ihm die Bestien in den nächsten Sekunden die Zähne in die Beine schlagen würden. Aus dem Augenwinkel sah er einen riesigen schwarzen Schatten auf sich zuspringen. Er zerrte mit aller Kraft. Dann riss seine Jeans, er war frei und rollte sich auf der anderen Zaunseite zu einer Kugel zusammen.

Blut strömte aus dem Riss in seinem Bein, aber er war in Sicherheit ... zumindest im Augenblick. Er kämpfte sich auf die Beine und stolperte erschrocken zurück, als sich einer der Hunde gegen den Zaun warf. Er hatte Schaum vor dem Maul und schlug geifernd die Zähne in den Draht. Die beiden Bestien waren eingesperrt. Das Loch war kaum groß genug für Matt gewesen und sie waren viel größer und breiter als er. Doch noch während er nach Luft rang, sah er, wie die Hunde zu graben begannen und die weiche Erde mit ihren Pfoten nach hinten scharrten. Sie würden sich von dem Zaun nicht aufhalten lassen. Sie gruben sich unter ihm durch.

Matt flüchtete in den Wald. Tief hängende Äste schlugen ihm ins Gesicht. Tannennadeln regneten herab. Er blinzelte immer wieder, um seine Augen vor ihnen zu schützen. Es gab kein Versteck und er hatte keine Ahnung, ob er den richtigen Weg eingeschlagen hatte. Er war in einem riesigen Raster aus Bäumen gefangen und alles sah gleich aus. Aber die Hunde waren im Vorteil. Sie brauchten ihn nicht zu sehen. Sie konnten ihn riechen …

Matt war es egal, wohin er rannte. Er wollte nur weg, so viel Abstand wie möglich zwischen sich und die Bestien bringen. Wie viel Zeit blieb ihm noch? Dreißig Sekunden? Höchstens ein oder zwei Minuten. Dann würden sie auf der anderen Zaunseite auftauchen, als entstiegen sie einem Grab. Und dann würden sie ihm in den Wald folgen, ihn einholen und ihn in Stücke reißen.

Er rannte gegen einen Baum und torkelte benommen weiter. Die Lichter des Kraftwerks waren jetzt schon weit weg und durch die Zweige kaum noch zu sehen. Matt war erschöpft, aber er konnte es sich nicht leisten, sich auszuruhen. Er musste Wasser finden, einen Bach oder einen Fluss. Vielleicht konnte er so die Hunde von seiner Fährte abbringen. Aber in dem künstlichen Wald gab es keine Flüsse. Er erstreckte sich bis in die Unendlichkeit und Wasser war nirgendwo zu sehen.

Er blieb kurz stehen, um nach Luft zu schnappen. Seine Brust und seine Kehle brannten, und in seinem

Kopf hämmerte es. Genau in diesem Moment ertönte ein grausiges Gebell und ein triumphierendes Heulen. Die Hunde hatten den Zaun bezwungen. Fast hätte Matt aufgegeben. Er war am Ende. Er konnte nicht mehr. Er würde einfach stehen bleiben und auf die Hunde warten. Er konnte nur hoffen, dass sie ihn schnell töteten.

Nein! Er zwang sich, nicht aufzugeben. Noch war er nicht tot. Mit letzter Kraft rannte er wieder los, in Schlangenlinien zwischen den Bäumen hindurch.

Nur das veränderte Geräusch unter seinen Füßen verriet ihm, dass er nicht mehr auf Tannennadeln lief, sondern auf Asphalt. Er konnte es nicht fassen – er hatte eine Straße gefunden. Es war jedoch nicht die Straße nach Lesser Malling. Diese hier war breiter und hatte einen weißen Mittelstreifen. Einen kurzen Moment lang war Matt erleichtert. Er war wieder in der modernen Welt, vielleicht kam ein Auto. Er sah nach rechts und links. Nichts. Plötzlich wurde ihm bewusst, dass sich seine Lage keineswegs verbessert hatte. Er stand vollkommen ungeschützt da, ohne jede Deckung vor den Hunden.

Wohin sollte er gehen? Die Straße trennte zwei Welten. Hinter ihm war der Wald. Auf der anderen Straßenseite lag eine Art Heidelandschaft. Ihm fiel wieder ein, was er im Wald gedacht hatte. Ein Bach oder ein Fluss. Matt rannte über die Straße und in das hohe Gras. Er merkte sofort, dass der Boden feucht war. Er fühlte ihn weich und klebrig unter seinen Füßen. Obwohl er spürte, dass es immer mooriger wurde, rannte er weiter. Kaltes Wasser drang in seine Turnschuhe.

Die Gefahr erkannte er erst, als es zu spät war. Er blieb ruckartig stehen, doch in diesem Moment gab auch schon der Boden unter ihm nach und er wurde in die Tiefe gezogen, ohne etwas dagegen tun zu können.

Ein Sumpf. Und er war direkt hineingerannt.

Matt schrie. Er versank unglaublich schnell. Der Schlamm stieg ihm über die Knie und an seinen Oberschenkeln hoch. Dann war er an seinem Bauch. Er versuchte, sich zu befreien, aber seine hektischen Bewegungen ließen ihn nur schneller versinken. Der Moorboden umklammerte seinen Bauch, und er konnte sich gut vorstellen, was als Nächstes passieren würde, in den letzten, grauenvollen Momenten seines Lebens. Der Schlamm würde über sein Gesicht steigen und er würde einen letzten Schrei ausstoßen. Und dann, wenn der stinkende Schlamm in seinen Mund und seine Kehle drang, würde er für immer still sein.

Matt zwang sich zur Ruhe. Er wusste, dass das Ende nur schneller kam, wenn er weiter herumzappelte. Fast hätte er gelächelt. Er hatte die Hunde überlistet. Er war an dem einen Ort, an dem sie ihm nicht folgen konnten. Und wenn er sterben musste, war diese Art vermutlich die bessere.

Er entspannte sich und im selben Moment glaubte er etwas zu riechen, sehr nah und doch weit entfernt. Es roch nach etwas Verbranntem. Ob es das Feuer der Dorfbewohner war? Nein, das war zu weit weg. Hatte vielleicht jemand irgendwo im Moor ein Feuer entzündet? Er schöpfte neue Hoffnung, doch sie schwand schnell wieder. Es war niemand da. Der Brandgeruch verschwand. Er hatte ihn sich nur eingebildet.

Der Schlamm brodelte und stieg bis zu seinen Achselhöhlen. Er fühlte sich kalt an und irgendwie endgültig. Der Geruch von Schlamm und vermoderten Blättern stieg ihm in die Nase. Matt schloss die Augen und wartete auf das Ende. Doch jetzt spielte der Sumpf mit ihm und kroch nur noch zentimeterweise an ihm hoch.

Der Lichtstrahl traf ihn, noch bevor er das Motorengeräusch hörte. Ein Auto war aus dem Nichts aufgetaucht. Es war von der Straße abgebogen und parkte nun am Rand des Sumpfgeländes. Ein Mann stieg aus, doch er war hinter den gleißenden Scheinwerfern kaum zu erkennen.

„Nicht bewegen!", befahl eine Stimme. „Ich habe ein Seil."

Aber der Sumpf, der anscheinend fürchtete, sein Opfer zu verlieren, verstärkte seinen Griff. Gierig kroch er an Matt hoch bis über die Schultern.

„Schnell!", schrie Matt.

Jetzt hatte der Schlamm sein Kinn erreicht. Verzweifelt hielt er den Kopf hoch und starrte hinauf zu dem blassen Mond, der endlich hinter den Wolken hervorgekommen war. Ihm blieben nur noch Sekunden.

Der Sumpf zog noch einmal an ihm. Die schlammige Brühe stieg über seinen Kopf und drang ihm in Nase und Augen. Nur seine Hände ragten noch heraus. Doch dann traf sie das fliegende Ende eines Seils. Halb erstickt und blind griff Matt danach und bekam es zu fassen.

Und dann wurde er wieder an die Oberfläche gezogen. Zentimeter um Zentimeter. Seine Lungen drohten zu platzen. Mit einem Schrei riss er den Mund auf und holte Luft, als sein Kopf endlich wieder über der Oberfläche war. Als sein Bauch aus dem Sumpf auftauchte, gab es ein ekliges schmatzendes Geräusch. Er strampelte mit den Füßen und hielt weiterhin das Seil umklammert. Eine starke Hand packte ihn und zog ihn ganz heraus. Erschöpft brach er auf dem festen Boden zusammen.

Einen Moment lang lag er nur da und hustete das Schmutzwasser aus sich heraus. Dann schaute er auf und erkannte Richard Cole, den Reporter der *Greater Malling Gazette*.

„Sie!", schnaufte er.

„Was zum …?" Richard war genauso verblüfft.

„Wie …?"

„Was machst du hier?"

Die unvollendeten Fragen hingen zwischen ihnen in der Luft.

Dann übernahm Matt das Kommando. „Nicht jetzt", sagte er, denn er dachte an die Hunde. Auch wenn sie seine Fährte verloren hatten, als er im Sumpf steckte, würden sie sie schnell wiederfinden. „Wir müssen hier weg."

„Ist gut. Schaffst du es bis zum Auto?" Richard bückte sich und half Matt auf. Matt spürte, wie das schlammige Wasser an ihm herunterlief und er fragte sich, wie er wohl aussah.

Das Auto stand mit laufendem Motor am Straßenrand. Richard lehnte Matt gegen die Motorhaube und öffnete die Beifahrertür. Auf dem Sitz lagen Unmengen von alten Zeitungen und Zeitschriften und er warf sie auf den Rücksitz, um Platz für Matt zu schaffen. Matt wollte gerade einsteigen, als er sie sah.

Die Hunde waren aus dem Wald gekommen. Sie standen mitten auf der Straße. Wartend. Beobachtend.

„Da ...", flüsterte Matt.

„Was?"

Richard drehte sich um und sah sie. Sie waren nur noch zehn Meter entfernt. Ihre Zungen hingen heraus, und ihr Atem kam in weißen Wölkchen. In ihren Augen flackerte es. Richard hob eine Hand. „Brave Hundchen! Macht schön Sitz!", murmelte er. Dann griff er ins Auto und holte einen Kanister heraus. „Steig ein", sagte er zu Matt.

„Was wollen Sie tun?"

„Ich schaffe uns diese Viecher vom Hals."

Mühsam rutschte Matt auf den Beifahrersitz, ohne die wartenden Hunde aus den Augen zu lassen. Wasser quoll aus seinen Sachen und tropfte auf den Teppich. Richard holte ein Taschentuch heraus. Langsam, fast bedächtig schraubte er den Kanister auf und stopfte das Taschentuch in die Öffnung. Matt konnte die Benzindämpfe riechen. Richard hatte plötzlich ein Feuerzeug in der Hand. Die Hunde waren sofort misstrauisch und krochen näher heran. Matt war klar, dass sie im nächsten Moment abspringen würden. Richard entzündete das Taschentuch und schleuderte den Kanister auf die Hunde.

Der erste Hund war gerade abgesprungen, als ihn der Kanister traf und zu einem Feuerball explodierte. Brennendes Benzin spritzte über den zweiten Hund und setzte ihn sofort in Brand. Die Flammen hüllten die Bestien vollständig ein. Mit einem grauenvollen Heulen fielen sie zurück. Die beiden Monster waren dem Feuer entsprungen, nun tötete das Feuer sie.

Richard glitt über die Motorhaube und landete neben der Fahrertür. Er sprang ins Auto, schlug die Tür zu und riss den Schalthebel auf Rückwärts. Die Hinterräder drehten durch, doch dann griffen sie und der Wagen schoss zurück. Matt spürte ein Rumpeln, als sie über eine der sterbenden Bestien fuhren. Aber wo war die andere? Er sah sich um und schrie entsetzt auf, als das Monster plötzlich wie aus dem Nichts auftauchte und sich, immer noch brennend, mit unglaublicher Wucht gegen die Windschutzscheibe warf. Es war ein schauriger Anblick. Ein paar Sekunden lang war es direkt vor ihm, seine mörderischen Zähne nur Zentimeter von seinem Gesicht entfernt. Es brannte und kreischte. Dann legte Richard den Vorwärtsgang ein und riss das Lenkrad kräftig herum. Der Hund flog von der Motorhaube, schlug am Straßenrand auf und landete neben den brennenden Überresten des anderen Monsters.

Sie rasten minutenlang durch die Nacht, ohne ein Wort zu sprechen. Das ganze Auto stank nach dem Sumpf. Wasser tropfte aus Matts Kleidern auf den Sitz und den Teppich. Richard verzog das Gesicht und kurbelte das Fenster herunter.

„Würdest du mir jetzt freundlicherweise erzählen, was da los war?", verlangte er.

Matt wusste nicht, womit er anfangen sollte. „Ich glaube, in Lesser Malling geht irgendetwas vor", sagte er.

Richard nickte. „Den Eindruck hatte ich auch."

MATTS GESCHICHTE

Richard Cole lebte in der Innenstadt von York. Seine Wohnung lag in einer mittelalterlichen Gasse über einem Souvenirladen und hatte drei Ebenen. Die Räume erweckten den Eindruck, als wären sie aufeinandergetürmt wie die Bauklötze eines Kindes. Im ersten Stock befanden sich die Küche und das Wohnzimmer. Darüber kamen Schlafzimmer und Bad und über eine schmale Treppe erreichte man eine kleine Abstellkammer unter dem Dach.

In der Wohnung herrschte das Chaos. Die Möbel sahen aus, als kämen sie von der Müllkippe – und genau von dort stammten die meisten tatsächlich. Überall lagen Kleidungsstücke herum, im Ausguss stapelte sich schmutziges Geschirr, CDs, Bücher, Zeitschriften und halb fertige Artikel bildeten unordentliche Haufen, die aussahen, als könnte man in ihnen unmöglich etwas wiederfinden. An allen Wänden hingen Poster, überwiegend Plakate von amerikanischen Filmen. Richards Laptop stand auf dem Küchentisch neben einer offenen Packung Kekse, einer halb leeren Dose mit gebackenen Bohnen, in der noch die Gabel steckte, und zwei Stücken vertrocknetem Toast.

Sehr verlegen betrat Matt die Wohnung. Ihm war bewusst, wie sehr er stank. Richard ließ ihn in der Küche stehen und kam mit einem großen Handtuch zurück.

„Wir können später reden", sagte er. „Erst mal musst du unter die Dusche. Und wir müssen deine Klamotten loswerden."

„Haben Sie eine Waschmaschine?"

„Machst du Witze? Die Waschmaschine, die mit diesem Dreck fertig wird, muss erst noch gebaut werden! Deine Klamotten wandern in den Müll und morgen kaufen wir dir neue. Bis dahin kannst du welche von meinen Sachen anziehen." Richard zeigte nach oben. „Die Dusche ist leicht zu finden. Aber ich habe nichts zu essen im Haus. Ich gehe und hole uns was, während du duschst."

Eine halbe Stunde später saßen sie im Wohnzimmer, umgeben von Schachteln mit chinesischem Essen aus einem Restaurant am Ende der Straße. Matt hatte zwanzig Minuten unter der Dusche verbracht und das Wasser erst abgestellt, als aller Schlamm abgewaschen war. Jetzt trug er ein altes T-Shirt von Richard und hatte sich ein Handtuch um die Hüften geschlungen. Bis er angefangen hatte zu essen, war ihm nicht bewusst gewesen, wie hungrig er war. Er stopfte sich so voll, wie er konnte.

„Sie haben eine tolle Wohnung, Mr Cole", sagte er anerkennend.

„Ich hatte Glück, sie zu kriegen", erwiderte Richard. „Und hör mit diesem blöden Sie auf – ich heiße Richard, okay? Die Wohnung kostet nicht viel. Nicht dass ich mich oft hier aufhalten würde – normalerweise esse ich in der Kneipe."

„Wohnst du allein hier?"

„Bis vor einer Woche hatte ich noch eine Freundin. Leider hat sie ihre Leidenschaft für klassische Musik entdeckt."

„Was ist daran so schlimm?"

„Sie geht jetzt mit einem Opernsänger." Richard ging zum Kühlschrank und holte eine Dose Bier heraus. „Willst du auch was trinken?"

„Nein danke." Einen Moment lang herrschte Schweigen, als Richard sich wieder hinsetzte. Matt war klar, dass sie beide einiges zu erklären hatten.

„Wie hast du mich vorhin gefunden?"

Richard zuckte die Schultern. „Da gibt's nicht viel zu erzählen. Nachdem du neulich die Redaktion verlassen hattest, habe ich noch einmal über das nachgedacht, was du gesagt hast. Wenn du die Wahrheit wissen willst, klang das alles ziemlich verrückt. Aber einiges an deiner Geschichte … Ich bekam es einfach nicht aus dem Kopf. Und ich hatte heute Abend nichts Besseres zu tun."

„Also bist du losgefahren, um dir Omega Eins anzusehen?"

„Sagen wir mal, ich kam zufällig vorbei."

„Du wusstest, wo es ist?"

Richard nickte. „Der Mann, der es gebaut hat, lebt immer noch in York. In den Sechzigerjahren war er technischer Berater der Regierung, aber jetzt ist er natürlich in Rente. Sein Name ist Michael Marsh."

„Hast du mit ihm gesprochen?"

„Vor etwa sechs Monaten. Er ist von der Königin zum Ritter geschlagen worden und ich musste eine Story über ihn schreiben. Er ist ein unglaublich langweiliger Typ. Wohnt in einem Riesenhaus am Fluss. Er sammelt Streichholzschachteletiketten. Wenn alle Stricke reißen, kann ich ihn anrufen, und dann können wir zu ihm fahren und mit ihm reden. Vielleicht kann er uns weiterhelfen."

„Du hattest also beschlossen, Omega Eins mitten in der Nacht einen Besuch abzustatten ..."

„Ich war auf dem Rückweg von der Kneipe. Was ist schon dabei? Ich war in der Nähe und da dachte ich, ich fahre mal vorbei. Und dann habe ich Hilferufe gehört und dich gefunden."

„Das kann nicht sein", widersprach Matt. „Ich habe nicht um Hilfe gerufen."

„Aber ich habe dich gehört."

„Ich habe vielleicht ein Mal geschrien. Aber dein Auto habe ich nicht gehört. Du warst plötzlich da."

„Vielleicht hast du geschrien, ohne es zu merken. Du warst schließlich in Panik. Wahrscheinlich wusstest du gar nicht, was du tust. Ich hätte es jedenfalls nicht gewusst."

„Wie schnell bist du gefahren?"

„Ungefähr siebzig. Keine Ahnung."

„Waren die Fenster offen?"

„Nein."

„Wie hättest du mich dann hören sollen, selbst wenn ich geschrien hätte? Das ist doch unmöglich."

„Hm, das ist wohl wahr", gab Richard zu. „Aber wie willst du dann erklären, dass ich an genau der richtigen Stelle angehalten habe und zu dir gekommen bin?"

„Das kann ich nicht", antwortete Matt leise.

„Hör zu, ich habe jemanden gehört. Alles klar? Ich habe angehalten und da warst du, bis zum Hals in der –" Er verstummte. „Du kannst nur froh sein, dass ich mir heute Abend kein zweites Bierchen genehmigt habe. Aber wo du schon hier bist, solltest du mir ein bisschen mehr über dich erzählen."

„Was denn?"

„Ich weiß nicht mal deinen vollen Namen. Du hast gesagt, dass deine Eltern tot sind, aber du hast mir nie erzählt, wie du zu dieser Frau gekommen bist, dieser Mrs Deverill."

Matt schaute weg.

„Du kannst es mir ebenso gut jetzt erzählen", fuhr Richard fort. „Vielleicht hilft es mir zu entscheiden, was ich tun soll."

„Willst du mich in deine Zeitung bringen?"

„Das hatte ich allerdings vor."

Matt schüttelte den Kopf. „Das kannst du vergessen. Ich will nicht, dass über mich geschrieben wird. Mein Leben geht keinen was an."

„Ich glaube, du vergisst etwas, Matt. Du bist zu mir in die Redaktion gekommen. Du hast mir gesagt, dass du eine Story hast ..."

„Ich brauchte deine Hilfe."

„Vielleicht brauchen wir einander."

„Ich will aber nicht in die Zeitung."

„Dann solltest du nicht in meiner Wohnung sein." Richard stellte seine Bierdose ab. „Also gut, das war nicht fair von mir. Ich werde dich nicht rauswerfen. Jedenfalls nicht heute Nacht. Aber um ehrlich zu sein, kann ich zurzeit wirklich keinen vierzehnjährigen Jungen gebrauchen. Ich sage dir, wie wir es machen. Du erzählst mir deine Geschichte und ich verspreche dir hoch und heilig, dass sie erst in die Zeitung kommt, wenn du es erlaubst. Einverstanden?"

„Das wird nie passieren", meinte Matt. Doch er nickte. „Einverstanden."

Richard griff nach Notizblock und Bleistift, wie er es auch bei ihrem ersten Treffen in der Redaktion getan hatte. Er saß da und wartete.

„Ich weiß nicht, wo ich anfangen soll", sagte Matt. „Aber da du gefragt hast, mein voller Name ist Matthew Freeman. Ich wurde zu Mrs Deverill geschickt, weil ich an etwas teilnehme, das FED-Programm heißt."

„Das FED-Programm?" Richard blickte auf. „Ist das nicht eine neue bekloppte Idee der Regierung? Irgendein Programm für jugendliche Straftäter?"

„Stimmt. Ich wurde beim Einbruch in ein Lagerhaus geschnappt. Dabei wurde ein Wachmann niedergestochen."

„Hast du ihn niedergestochen?"

„Nein. Aber ich war dabei, als es passierte. Also bin ich mitschuldig." Matt zögerte. „Jetzt bist du wahrscheinlich nicht mehr so scharf darauf, mir zu helfen."

„Wieso? Mir ist es vollkommen egal, was du getan hast. Mich interessiert viel mehr, warum du es getan hast." Richard seufzte. „Warum fängst du nicht am Anfang an? Dann ist es vielleicht leichter für dich."

Matt zögerte. Jill Hughes, seine Sozialarbeiterin, hatte

ihn immer gedrängt, über sich selbst zu sprechen. „Du musst lernen, Verantwortung für das zu übernehmen, was du bist." So etwas hatte sie dauernd zu ihm gesagt. Aber je mehr sie ihn bedrängt hatte, desto widerspenstiger war er geworden und zum Schluss hatte zwischen ihnen nur noch feindseliges Schweigen geherrscht. Und jetzt verlangte dieser Reporter dasselbe von ihm. Hatte er jetzt endlich einen Erwachsenen gefunden, dem man tatsächlich vertrauen konnte? Matt hoffte es, aber sicher war er nicht.

„Ich erinnere mich kaum noch an meine Eltern", sagte Matt. „Ich hätte nie gedacht, dass das passieren würde. Sie sind vor sechs Jahren gestorben, aber seitdem ist die Erinnerung an sie ... irgendwie verblasst. Es ist kaum noch etwas von ihnen übrig. Ich glaube, wir waren glücklich. Wir haben in einer ganz normalen Straße in Dulwich gewohnt. Kennst du das? Es ist im Süden von London. Mein Vater war Arzt. Ich glaube, meine Mutter hat nicht gearbeitet. Wir hatten ein schönes Haus, also nehme ich an, dass mein Vater ganz gut verdient hat. Aber reich waren wir wohl nicht. Das letzte Mal, als meine Eltern mit mir in die Ferien gefahren sind, waren wir zum Zelten in Frankreich. Da muss ich ungefähr sieben gewesen sein."

„Hast du Geschwister?"

„Nein. Es gab nur uns drei. Und auch kaum Verwandte. Mein Vater stammte aus Neuseeland und ein paar seiner Verwandten leben heute noch da. Meine Mutter hatte eine Halbschwester namens Gwenda, die in Ipswich wohnt. Sie hat uns ein paarmal besucht, aber die beiden mochten sich nicht besonders. Als ich noch klein war, fand ich Gwenda immer total langweilig. Ich hätte mir nie träumen lassen ..."

Matt holte tief Luft.

„Also, meine Eltern starben. Sie wollten zu einer Hochzeit in Oxford fahren. Ich sollte auch mit, aber im letzten Moment fühlte ich mich nicht wohl und blieb deshalb bei der Nachbarin."

Matt verstummte. Richard spürte, dass er ihm nicht die ganze Wahrheit über diese Hochzeit gesagt hatte. Das konnte Matt ihm ansehen. Aber Richard unterbrach ihn nicht.

„Sie hatten einen Unfall", fuhr Matt fort. „Als sie über eine Brücke fuhren, platzte ein Reifen. Mein Vater verlor die Kontrolle über das Auto, und sie sind in den Fluss gestürzt. Sie sind beide ertrunken." Wieder verstummte Matt. „Ich erfuhr erst davon, als die Polizei vor der Tür stand. Ich war zwar erst acht, aber als ich die Polizisten sah, wusste ich es.

Danach war alles ziemlich verworren. Ich habe eine Weile – vielleicht drei oder vier Wochen – in einer Art Kinderheim gelebt. Alle dort haben versucht, mir zu helfen, aber im Grunde gab es nichts, was sie tun konnten. Das eigentliche Problem war, dass es niemanden gab, bei dem ich hätte wohnen können. Sie haben versucht, Kontakt zur Familie meines Vaters in Neuseeland aufzunehmen, aber die war nicht interessiert.

Und dann tauchte die einzige Verwandte meiner Mutter auf. Gwenda Davis aus Ipswich. Sie war so etwas wie meine Tante. Wir haben uns getroffen und sind zusammen zu McDonald's gegangen. Das weiß ich noch, weil mein Vater nie erlaubt hat, dass ich da esse. Er hat immer gesagt, das Zeug wäre das Schlimmste, was man essen könnte. Gwenda hat mir einen Hamburger und Pommes gekauft und wir saßen da und sie hat mich gefragt, ob ich zu ihr ziehen will. Ich habe Nein gesagt. Aber natürlich spielte es keine Rolle, was ich wollte, denn es war längst alles entschieden. Ich zog also bei ihr ein." Er machte eine kurze Pause. „Bei ihr und Brian."

Matt sah Richard direkt in die Augen. „Versprich mir, dass du nichts darüber schreibst", verlangte er.

„Ich habe doch gesagt, dass ich erst darüber schreibe, wenn du es erlaubst."

„Das werde ich nie tun. Ich will nicht, dass jemand davon erfährt."

„Erzähl weiter, Matt."

„Gwendas Haus war das wirklich Letzte. Es war ein total baufälliges Reihenhaus mit einem winzigen Garten voller Flaschen. Brian war Milchmann. Das ganze Haus hat gestunken. Die Wasserleitungen waren undicht, deshalb waren die Wände feucht und meistens ging nur die Hälfte der Lampen. Gwenda und Brian hatten kein Geld. Zumindest hatten sie keins, bis ich kam. Und genau darum ging es ihnen. Meine Eltern hatten mir alles hinterlassen, was sie besaßen, und Gwenda hat es geschafft, sich das Geld zu krallen. Natürlich hat sie es ausgegeben. Es ist alles weg."

Matt verstummte. Es war deutlich zu erkennen, dass er mit seinen Gedanken noch in der Vergangenheit war, und auch, wie verletzt er war.

„Das Geld war ziemlich schnell weg", fuhr er fort. „Die beiden haben es für Autos und Urlaubsreisen und so was ausgegeben. Und als es weg war, fingen sie an, gemein zu werden. Vor allem Brian. Er sagte, es wäre besser gewesen, wenn ich nie zu ihnen gekommen wäre. An allem, was ich tat, hatte er etwas auszusetzen. Er hat mich angeschrien und ich habe zurückgeschrien. Und dann fing er an, mich zu vermöbeln. Er hat aber immer darauf geachtet, keine blauen Flecken zu hinterlassen. Jedenfalls nicht da, wo andere sie sehen konnten.

Und dann habe ich Kelvin kennengelernt, der ein paar Häuser weiter wohnte. Kelvin hatte immer Ärger in der Schule. Sein Bruder sitzt im Gefängnis und die anderen Jungs hatten Angst vor ihm. Aber wenigstens war er auf meiner Seite – zumindest dachte ich das. Es war cool, mit ihm abzuhängen.

Aber eigentlich wurde durch ihn alles noch schlimmer. Ich bin kaum noch zur Schule gegangen und die Lehrer, die mir helfen wollten, haben es aufgegeben. Kelvin und ich sind zusammen in Läden gegangen und haben geklaut. Natürlich sind wir dabei erwischt worden und von da an musste ich zu einer Sozialarbeiterin. Wir haben Sachen aus Supermärkten geklaut. Es waren nicht einmal Sachen, die wir haben wollten. Es ging uns nur um den Kick. Kelvin fand es auch toll, neue Autos zu zerkratzen. Er ist mit seinem Schlüsselring über den Lack gegangen ... nur so, zum Spaß. Wir haben alles Mögliche zusammen gemacht. Und dann sind wir in dieses Lagerhaus eingebrochen, um ein paar CDs zu klauen, und wurden von einem Wachmann erwischt. Es war Kelvin, der ihn niedergestochen hat, aber es war genauso meine Schuld wie seine. Ich hätte nicht mitgehen sollen. Ich wünschte, ich hätte versucht, ihm das Ganze auszureden."

Matt rieb sich die Augen.

„Den Rest kennst du. Ich wurde verhaftet und dachte, sie würden mich ins Gefängnis stecken, aber sie haben mich nicht einmal vor Gericht gestellt. Sie haben mich nach Lesser Malling geschickt, damit ich an diesem FED-Ding teilnehme. Freiheit und Erziehung … das soll es angeblich heißen. Doch seit ich da angekommen bin, war davon nicht mehr die Rede. Ich habe dir schon von Mrs Deverill und allem anderen erzählt und du hast mir nicht geglaubt. Das kann ich verstehen. Schätze, ich hätte es auch nicht geglaubt. Aber ich habe es erlebt. Und was ich dir in der Redaktion erzählt habe, war die Wahrheit."

„Was meinst du, warum sie dich haben will?", fragte Richard.

„Ich weiß es nicht. Ich habe nicht die leiseste Ahnung. Aber ich glaube, ich weiß, was sie ist. Was sie alle in dem Dorf sind."

„Was denn?"

„Du wirst mich auslachen."

„Werde ich nicht."

„Ich glaube, sie sind Hexen."

Richard lachte.

„Du hast die Hunde doch gesehen!", protestierte Matt. „Glaubst du, die kamen aus dem Tierheim? Ich habe gesehen, wie Mrs Deverill sie gemacht hat. Sie hat irgendein Pulver ins Feuer gestreut und da sind sie erschienen. Es war wie ... Hexerei."

„Das muss eine Täuschung gewesen sein", sagte Richard.

„Richard, das war nichts aus dem Fernsehen. Da war kein Mädchen in einem Glitzerkostüm. Ich habe die Hunde gesehen. Sie sind aus dem Feuer gekommen. Und was ist damit?"

Matt riss sich den steinernen Talisman vom Hals, den er immer noch trug, und warf ihn auf den Tisch. Der goldene Schlüssel funkelte im Licht.

Richard sah ihn sich an. „Hexen – ja, klar", sagte er. „Zugegeben, früher hat es in Yorkshire nur so von ihnen gewimmelt. Aber das war vor fünfhundert Jahren."

„Ich weiß. Sie hat ein Gemälde in ihrem Haus ... irgendeine Vorfahrin von ihr. Und Mrs Deverill hat gesagt, dass sie verbrannt ist. Vielleicht wurde sie wirklich verbrannt – als Hexe!" Matt überlegte kurz. „Wenn es vor fünfhundert Jahren Hexen gab, warum kann es dann nicht auch heute noch welche geben?"

„Weil wir erwachsen geworden sind. Wir glauben nicht mehr an Hexen."

„Ich glaube auch nicht an Hexen. Aber dieser Kater wurde erschossen und kam zurück. Tom Burgess ist tot, und trotzdem habe ich seine Stimme am Telefon gehört. Und dann war da dieser Detective aus Ipswich ..."

„Was?"

„Sein Name war Mallory. Er kam und sagte, er würde

mir helfen. Er hat mit Mrs Deverill gestritten. Und das Nächste, was ich gehört habe, war, dass er auch tot ist. Er hatte einen Unfall auf der Autobahn."

Einen Moment lang herrschte Schweigen. Dann sprach Richard wieder.

„Matt, sie sind keine Hexen", sagte er. „Sie glauben vielleicht, dass sie welche sind. Und sie haben dich dazu gebracht, es zu glauben. Aber was auch immer in Lesser Malling vorgeht, ist echt. Es hat mit dem Kraftwerk zu tun. Das ist Physik und keine Hexerei."

„Und was ist mit den Hunden?"

„Genetisch verändert. Mutanten. Keine Ahnung. Vielleicht waren sie irgendeiner Strahlung ausgesetzt."

„Dann glaubst du also nicht an Zauberei?"

„Ich mag Harry Potter, wie jeder andere auch. Aber ob ich daran glaube? Nein."

Matt stand auf. „Ich bin müde. Ich würde gern ins Bett gehen."

Richard nickte. „Du kannst das Gästezimmer unter dem Dach haben."

Das Gästezimmer war voller Gerümpel. Richard nutzte es als Abstellkammer für alles, was er nicht mehr brauchte. Matt lag auf einer Schlafcouch, warm zugedeckt mit einer Steppdecke. Er schaute hinauf zu der schrägen Decke, als es an der Tür klopfte und Richard hereinkam.

„Ich wollte nur nachsehen, ob du alles hast, was du brauchst", meinte er.

„Ja, danke." Matt drehte sich auf die Seite, um ihn

besser ansehen zu können. „Wie geht es jetzt weiter?", fragte er. „Wie lange kann ich hierbleiben?"

„Ich weiß nicht. Vielleicht ein paar Tage." Matt war seine Enttäuschung deutlich anzusehen. „Aber das habe ich dir gleich gesagt. Du kannst nicht bei mir bleiben. Das geht nicht. Ich kenne dich ja nicht einmal. Aber ich will dir helfen." Richard seufzte. „Ich muss verrückt sein, denn anscheinend sind die beiden letzten Menschen, die dir helfen wollten, gestorben und ich persönlich hatte eigentlich andere Pläne. Aber zumindest können wir Nachforschungen über Omega Eins anstellen. Vergiss die Hexen und all das Zeug. Dieses alte Kraftwerk ist es, um das es hier geht."

„Du hast doch gesagt, dass du den Mann kennst, der es gebaut hat."

„Ich rufe ihn morgen an. Zufrieden?"

Matt nickte.

„Dann schlaf jetzt." Richard wandte sich zum Gehen.

„Warte!", sagte Matt. „Es gibt noch etwas, das ich dir noch nicht erzählt habe."

Richard blieb in der Tür stehen.

„Du wolltest wissen, wer ich bin, also kannst du genauso gut alles erfahren. Meine Mutter hat immer gesagt, dass ich anders bin. Schon mein ganzes Leben passieren mir merkwürdige Dinge. Mrs Deverill und all das ... Manchmal glaube ich, dass es vorherbestimmt war. Ich bin aus einem bestimmten Grund hier, aber ich kenne ihn nicht.

In der Nacht, bevor meine Eltern starben, habe ich

schlecht geträumt. Das ist oft passiert, aber diesmal war es anders. Ich sah die Brücke. Ich sah den Reifen platzen. Ich sah sogar das Wasser, das durch die Fenster strömte und das Auto überflutete. Es war, als säße ich bei ihnen im Auto, und es war grauenvoll. Ich konnte nicht atmen." Matt verstummte. Das hatte er noch nie jemandem erzählt. „Und als ich am nächsten Morgen aufgewacht bin, wusste ich, dass sie nie bei dieser Hochzeitsfeier ankommen würden. Ich wusste, dass sich der Unfall genau so ereignen würde, wie er dann auch passiert ist ..."

Matt zögerte. Jetzt kam der schwierige Teil.

„Mein Vater war wie du. Er glaubte nicht an solche Sachen wie Hexen oder Zauberei oder Dinge, die er nicht verstand. Ich nehme an, das lag daran, dass er Arzt war. Ich wusste, dass er sauer werden würde, wenn ich ihm von meinem Traum erzählen würde. Das war schon ein oder zwei Mal passiert ... als ich noch sehr klein war. Mein Vater sagte dann, dass meine Fantasie mit mir durchgegangen wäre. Und vielleicht hatte er recht. Das habe ich mir jedenfalls eingeredet. Ich wollte mir keinen Ärger mit Dad einhandeln.

Also habe ich nichts gesagt.

Aber ich hatte Angst, zu ihnen ins Auto zu steigen. Ich habe behauptet, es ginge mir nicht gut. Ich habe ein Riesentheater gemacht, bis sie mich schließlich bei Mrs Green von nebenan gelassen haben. Ich war noch klein. Ich wusste nicht, was da vorging. Ich weiß es heute noch nicht. Aber ich weiß, dass ich anders bin. Manchmal kann ich Dinge tun, die unmöglich scheinen. Du wirst mir nicht glauben, Richard. Ich kann Glas zerbrechen, indem ich es nur ansehe. Ehrlich! Ich habe es schon getan. Ich weiß oft schon vorher, dass etwas Schlimmes passieren wird. Als ich in diesem Lagerhaus war, wusste ich, dass der Wachmann da war. Und heute Abend! Vielleicht habe ich dich wirklich gerufen, als ich in diesem Sumpf steckte – aber ohne den Mund aufzumachen. Ich weiß es nicht. Es ist wie eine Kraft, aber ich kann sie nicht kontrollieren. Sie schaltet sich von selbst an und ab."

Matt gähnte. Er war plötzlich vollkommen erledigt. Er hatte genug.

„Ich habe es Mrs Green gesagt", fuhr er fort. „Ich habe ihr gesagt, dass meine Eltern nicht von dieser Fahrt zurückkommen würden. Ich habe ihr von dem Reifen erzählt. Auch von der Brücke und dem Fluss. Sie wurde wütend. Sie wollte das alles nicht hören. Was hätte sie auch tun sollen? Sie konnte schließlich nicht meine Eltern anrufen und ihnen sagen, dass sie nicht fahren sollten. Sie hat mich dann zum Spielen in den Garten geschickt, weil sie nichts mehr davon hören wollte.

Ich war immer noch im Garten, als die Polizei kam. Mrs Greens Blick werde ich nie vergessen. Sie war total entsetzt. Mehr als das. Sie hat sich sogar übergeben. Und das lag nicht an dem, was meinen Eltern passiert ist. Sie war so entsetzt wegen mir.

Und das Komische daran ist, dass ich auch nicht an Hexerei geglaubt habe. Ich habe nicht an mich selbst geglaubt. Und seitdem frage ich mich jeden Tag, warum ich nicht versucht habe, meine Eltern zu retten. Warum ich geschwiegen habe. Ich habe sie einfach losfahren lassen. Jeden Tag, an dem ich aufwache, weiß ich, dass es meine Schuld ist. Ich bin schuld daran, dass sie nicht mehr da sind."

Matt drehte sich um und rührte sich nicht mehr.

Richard betrachtete den Jungen eine lange Zeit. Dann schaltete er das Licht aus und schlich auf Zehenspitzen die Treppe hinunter.

WISSENSCHAFT UND MAGIE

Matt wachte langsam und nur widerwillig auf. Er hatte so gut geschlafen wie seit Wochen nicht mehr – und diesmal sogar, ohne zu träumen.

Er brauchte einen Moment, um die ungewohnte Umgebung in sich aufzunehmen und sich wieder daran zu erinnern, wo er war. Sein Blick wanderte über die schrägen Wände, das schmale Fenster, durch das die Sonne schien, einen Karton mit alten Taschenbüchern und einen Wecker, der auf zehn Uhr stand. Dann fielen ihm die Ereignisse der vergangenen Nacht wieder ein. Das Kraftwerk, die Hunde und wie sie ihn durch den Wald gehetzt hatten. Und dass er Richard alles erzählt hatte, sogar die Wahrheit darüber, wie seine Eltern gestorben waren. Sechs Jahre lang lebte er nun schon mit dem Gefühl seiner Schuld.

Ich hätte sie warnen können. Aber ich habe es nicht getan.

Und jetzt hatte er sich einem Reporter anvertraut, der ihm wahrscheinlich sowieso nicht glaubte. Matt wünschte, es nicht getan zu haben. Es war ihm peinlich. Er musste wieder daran denken, wie Richard seine Theorie über Hexerei abgetan hatte. Eigentlich kein Wunder. Wäre es andersherum gewesen, hätte er Richard auch kein Wort geglaubt.

Und doch ...

Er wusste, was passiert war. Er hatte es erlebt. Die Hunde *waren* aus dem Feuer gekommen. Tom Burgess und Stephen Mallory *hatten* den Versuch, ihm zu helfen, mit dem Leben bezahlt.

Und dann war da noch die Frage, was es mit seiner eigenen Kraft auf sich hatte.

Er hatte den Autounfall seiner Eltern vorhergesehen. Das war der Grund, warum er noch lebte. Und da waren auch andere Dinge gewesen. Der Wasserkrug, den er in der Haftanstalt zerbrochen hatte. Und letzte Nacht hatte er Richard irgendwie dazu gebracht, sein Auto anzuhalten. Mal angenommen ...

Matt streckte sich im Bett aus. Seine Hände lagen flach auf der Bettdecke.

Mal angenommen, er hatte wirklich irgendwelche besonderen Fähigkeiten. In dem Polizeibericht, den er in Mrs Deverills Schrank gefunden hatte, hatte etwas von präkognitiven Fähigkeiten gestanden. Damit war wohl seine Fähigkeit gemeint, die Zukunft vorauszusehen. Irgendwie war Mrs Deverill in den Besitz dieses Berichts gekommen und deshalb wollte sie ihn. Sie interessierte nicht, *wer* er war, sondern *was* er war.

Aber das war lächerlich. Matt hatte *X-Men* und *Spiderman* im Kino gesehen. Superhelden. Er mochte auch die Comics. Aber bildete er sich wirklich ein, auch solche Superkräfte zu haben? Er war nie von einer radioaktiven Spinne gebissen oder von einem verrückten Wissenschaftler ins Weltall geschossen worden. Er war nur ein ganz normaler Junge, der sich durch seine Blödheit selbst in Schwierigkeiten gebracht hatte.

Aber er hatte diesen Wasserkrug zerbrochen. Er hatte ihn quer durchs Zimmer angesehen und da war er zerplatzt.

Auf dem Fensterbrett stand eine etwa fünfzehn Zentimeter hohe Vase aus Glas, die mit Kugelschreibern gefüllt war. Matt starrte sie an. Also gut. Warum nicht? Er konzentrierte sich, atmete langsam ein und aus. Ohne sich zu bewegen, richtete er seine ganze Willenskraft auf diese Vase. Er konnte es. Wenn er der Vase befahl, zu zerspringen, würde sie es tun. Er hatte es schon einmal getan. Er würde es wieder tun. Und dann würde er es für Richard noch einmal machen, dann musste der Reporter ihm glauben.

Er spürte, wie die Gedanken aus seinem Kopf strömten. Er sah nur noch die Vase. Zerbrich! Los, du Mistding, brich endlich!

Er versuchte sich vorzustellen, wie das Glas zerplatzte, als würde seine Vorstellung es tatsächlich geschehen lassen. Aber es passierte nichts. Matt konzentrierte sich so sehr, dass er mit den Zähnen knirschte und den Atem anhielt.

Schließlich gab er es auf und schnappte nach Luft. Wem machte er hier eigentlich etwas vor? Er war kein Superheld – eher eine Nullnummer.

Am Fußende des Bettes entdeckte er neue Sachen: Jeans und ein Sweatshirt. Richard musste irgendwann an diesem Morgen in seinem Zimmer gewesen sein. Und obwohl er gedroht hatte, sie wegzuwerfen, hatte er sogar Matts Turnschuhe gewaschen. Sie waren zwar noch feucht, aber wenigstens sauber. Matt zog sich an und ging nach unten. Richard war in der Küche und kochte Eier. Auf dem Frühstückstisch standen Toast, Brötchen, Butter und Marmelade.

„Ich habe mich schon gefragt, wann du aufwachst", sagte er. „Hast du gut geschlafen?"

„Ja, danke. Wo hast du die Klamotten her?"

„Ein paar Häuser weiter ist ein Laden. Ich musste deine Größe schätzen." Er deutete auf das brodelnde Wasser im Topf. „Ich mache Frühstück. Willst du deine Eier hart oder weich?"

„Ist mir egal."

„Sie sind jetzt zwanzig Minuten drin. Ich denke mal, dass sie hart sein werden."

Sie setzten sich an den Küchentisch und aßen. „Und was machen wir jetzt?", fragte Matt.

„Wir werden uns bedeckt halten. Mrs Deverill und ihre Freunde suchen sicher schon nach dir. Vielleicht haben sie auch die Polizei angerufen und dich als vermisst gemeldet, und wenn sie dich hier finden, haben wir beide ein Problem. Heutzutage kann man keine vierzehnjährigen Jungen auflesen und mit ihnen herumhängen. Nicht dass ich die Absicht hätte, mit dir herumzuhängen. Sobald wir rausgefunden haben, was los ist, heißt es Adios. Nimm es nicht persönlich, aber in dieser Wohnung ist nur Platz für mich."

„Klar, kein Problem."

„Ich war heute Morgen schon fleißig. Als du noch geschlafen hast, habe ich ein paar Leute angerufen. Sir Michael Marsh war der Erste."

„Der Wissenschaftler."

„Er hat sich bereit erklärt, sich um halb zwölf mit uns zu treffen. Und danach fahren wir nach Manchester."

„Wozu?"

„Neulich in der Redaktion hast du mir von einem Buch erzählt, das du in der Bücherei entdeckt hast. Geschrieben von einer Elizabeth Ashwood. Sie ist ziemlich bekannt. Und das wird dir sicher gefallen – sie schreibt über schwarze Magie und Hexerei ... solches Zeug eben. Wir haben eine Akte über sie in unserem Archiv und ich habe eine unserer Mitarbeiterinnen angerufen, die mir ihre Adresse herausgesucht hat. Leider keine Telefonnummer. Aber wir können hinfahren und hören, was sie uns zu sagen hat."

„Das ist super", freute sich Matt. „Danke."

„Dank mir nicht. Wenn ich dadurch zu einer Story komme, bin ich derjenige, der dir danken muss."

„Und wenn nicht?"

Richard überlegte kurz. „Dann werfe ich dich zurück in den Sumpf."

Sir Michael Marsh sah noch immer aus wie der Wissenschaftler im Auftrag der Regierung, der er einst gewesen war. Er war zwar schon weit über siebzig, aber seine Augen hatten nichts von ihrer Intelligenz verloren und schienen Respekt zu verlangen. Obwohl es Sonntagmorgen war, trug er einen dunklen Anzug, ein weißes Hemd und eine blaue Seidenkrawatte. Seine Schuhe waren auf Hochglanz geputzt und seine Fingernägel maniküırt. Sein Haar war sicher schon vor langer Zeit weiß geworden, aber es war immer noch dicht und akkurat geschnitten. Er saß mit übereinandergeschlagenen Beinen da, eine Hand auf dem Knie, und hörte sich an, was seine Besucher zu berichten hatten.

Richard übernahm das Reden. Er war ordentlicher gekleidet als sonst. Er hatte sich rasiert und ein sauberes Hemd und ein Jackett angezogen. Matt saß neben ihm. Sie befanden sich in einem gemütlichen Raum im ersten Stock, durch dessen große Fenster man einen schönen Blick auf den Fluss hatte. Das Haus war wirklich eindrucksvoll. Das Zimmer hatte mit dem polierten Tisch, den langen Reihen ledergebundener Bücher, dem Kamin aus Marmor und den antiken Stühlen fast etwas Bühnenhaftes an sich. Und Richard hatte recht gehabt, was die Streichholzschachteletiketten anging. Es waren Hunderte. Sie stammten aus allen Ländern der Erde, und sie hingen in schmalen Vitrinen an den Wänden.

Richard hatte eine Kurzfassung von Matts Geschichte erzählt. Er hatte Sir Michael nicht gesagt, wer Matt war oder wie er nach Lesser Malling gekommen war, sondern nur berichtet, was Matt bei Omega Eins beobachtet hatte. Matt war gespannt, wie Sir Michael reagieren würde.

„Sie sagen, dass im Kraftwerk elektrisches Licht gebrannt hat?", vergewisserte er sich. „Und der Junge hat ein Summen gehört?"

„Das stimmt."

„Er hat einen Lastwagen gesehen, aus dem irgendein Kasten ausgeladen wurde?"

„Ja."

„Und welche Schlüsse ziehen Sie daraus, Mr Cole?"

„Matt konnte im Dunkeln nicht viel sehen. Aber er konnte erkennen, dass die Leute, die den Kasten schleppten, merkwürdige, unförmige Kleidung trugen. Ich frage mich, ob das Strahlenschutzanzüge gewesen sein können."

„Sie glauben, dass jemand versucht, Omega Eins wieder in Betrieb zu nehmen?"

„Das wäre doch möglich."

„Nein, ist es nicht." Sir Michael sah Matt an. „Was weißt du über Kernenergie, junger Mann?"

„Nicht viel", musste Matt zugeben.

„Dann werde ich dir kurz erklären, worum es dabei geht. Ich kann verstehen, dass du nicht an einer Physikstunde interessiert bist, aber du solltest zumindest wissen, wie ein Atomkraftwerk funktioniert." Sir Michael überlegte kurz. „Lass uns mit der Atombombe anfangen. Du weißt natürlich, was das ist."

„Ja."

„Eine Atombombe hat eine ungeheure Kraft. Sie kann eine ganze Stadt zerstören, wie es im Zweiten Weltkrieg in Hiroshima geschehen ist. Bei Versuchen in der Wüste von Nevada hat eine kleine Atombombe einen so tiefen Krater hinterlassen, dass das größte Hochhaus der Welt darin verschwunden wäre. Die Kraft der Bombe besteht in der Energie, die bei der Explosion freigesetzt wird. Kannst du mir noch folgen?"

Matt nickte. Wäre dies eine Schulstunde gewesen, hätte er sicher längst abgeschaltet, aber hier war er fest entschlossen, aufmerksam zuzuhören.

„Ein Atomkraftwerk arbeitet ganz ähnlich. Es spaltet

die Atome in einem Metall, das Uran heißt, aber dabei kommt es nicht zu einer Explosion, die unkontrollierbar ist, sondern die Energie wird allmählich in Form von Hitze abgegeben. Diese Hitze ist unglaublich. Sie verwandelt Wasser in Dampf, der dann die Turbinen eines Generators antreibt, und am Ende kommt Strom heraus. Das ist alles, was ein Atomkraftwerk macht. Es verwandelt Hitze in elektrischen Strom."

„Und was spricht gegen Kohle?", fragte Matt.

„Kohle, Erdgas, Öl ... Das ist alles viel zu teuer. Und eines Tages werden die Vorräte erschöpft sein. Aber bei Uran ist das anders. Schon ein winziges Stück davon, ein Stück, das du in der Hand halten könntest, hat genug Kraft, um eine Million elektrischer Heizungen vierundzwanzig Stunden ohne Pause betreiben zu können."

„Nur dass es einen umbringen würde ... wenn man es in der Hand hielte", fügte Richard hinzu.

„Ganz recht, Mr Cole. Die Strahlung wäre tatsächlich tödlich. Deswegen wird Uran grundsätzlich in schweren, mit Blei verkleideten Behältern transportiert."

„Wie der Kasten, den ich gesehen habe!", triumphierte Matt.

Sir Michael ignorierte ihn. „Das Herz jedes Kernkraftwerks ist der Reaktor", fuhr er fort. „Der Reaktor ist im Grunde ein Kasten aus dickem Beton, in dem kontrollierte Explosionen stattfinden. Das Uran ist von langen Stäben, den sogenannten Brennstäben, umgeben. Wenn man die Brennstäbe hochfährt, beginnt die

Explosion. Und je höher sie sind, desto kraftvoller ist die Explosion.

Der Reaktor ist der gefährlichste Teil der Anlage. Du weißt vielleicht, was in Tschernobyl passiert ist. Ein Fehler und es kommt zu einem radioaktiven Ausschlag, der Hunderte oder sogar Tausende von Menschen das Leben kosten und ganze Landstriche auf Jahre hinaus unbewohnbar machen kann."

War es das, was sie planten, überlegte Matt. Waren Mrs Deverill und die anderen Dorfbewohner Terroristen? Nein. Das ergab keinen Sinn. Wenn das der Fall war, wozu brauchten sie dann ihn?

Sir Michael Marsh fuhr fort. „Als die Regierung vor fünfzig Jahren begann, sich mit Atomkraftwerken zu beschäftigen, wurden einige Versuchsreaktoren gebaut, weil man sehen wollte, wie so etwas funktioniert und ob es sicher ist. Omega Eins war die erste dieser Anlagen, und ich habe geholfen, sie zu entwerfen und zu bauen. Sie war nicht einmal achtzehn Monate in Betrieb. Und nachdem wir fertig waren, haben wir sie geschlossen und im Wald ihrem Schicksal überlassen."

„Vielleicht will jemand den Reaktor wieder in Betrieb setzen", beharrte Richard auf seiner Theorie.

„Das ist unmöglich – aus mehreren Gründen." Sir Michael seufzte. „Lassen Sie uns mit dem Uran anfangen. Wie Sie sicher wissen, kann man Uran nicht einfach kaufen. Selbst Diktatoren in Ländern wie dem Irak mussten feststellen, dass sie keins bekommen konnten. Aber lassen Sie uns mal annehmen, dass diese Dörfler, von denen Sie mir erzählt haben, eine eigene Uranmine hätten. Das würde ihnen auch nichts nützen. Wie sollten sie das Uran aufbereiten? Woher sollten sie das technische Wissen und die nötigen Anlagen nehmen?"

„Aber Matt hat doch etwas gesehen …"

„Er hat einen Kasten gesehen, ja. Aber nach allem, was wir wissen, kann auch ein Picknick darin gewesen sein." Sir Michael sah auf seine Uhr. „Ich habe Omega Eins zuletzt vor ungefähr zwanzig Jahren besucht", sagte er. „Und es ist vollkommen ausgeräumt. Bei der Stilllegung haben wir alles ausgebaut, was eventuell gefährlich sein könnte. Es war ein ziemlicher Aufwand, das alles durch den Wald zu transportieren."

„Warum ist es dort gebaut worden?"

Der Wissenschaftler schien die Frage nicht zu verstehen. „Wie bitte?"

„Warum haben Sie es mitten in den Wald gestellt?"

„Ach so. Nun, es musste in eine abgelegene Gegend. Und in diesem Wald gibt es einen unterirdischen Fluss. Das war der Hauptgrund für die Wahl des Standorts. Atomkraftwerke brauchen eine ständige Wasserversorgung."

Mehr war nicht zu sagen.

„Es tut mir leid, Sir Michael", sagte Richard beim Aufstehen. „Mir scheint, wir haben Ihre Zeit verschwendet."

„Aber nein, nicht doch! Ich finde es sehr beunruhigend, was Sie und Ihr junger Freund mir erzählt haben. Zumindest deutet es darauf hin, dass sich jemand unbefugt auf Regierungseigentum aufhält, und ich werde das auf jeden Fall an die zuständige Behörde weiterleiten." Er stand auf. „Ich war ja dafür, das Gebäude abzureißen, als wir die Versuche beendet hatten, aber das war zu teuer. Wie der Minister damals sagte, ist die Natur der beste Abrissexperte. Doch ich kann Ihnen versichern, dass man in dem feuchten Gemäuer nicht einmal ein anständiges Feuer entzünden könnte, geschweige denn eine Kernreaktion auslösen."

Sir Michael brachte sie zur Tür. Bevor er sie öffnete, sah er Matt noch einmal an. „Interessierst du dich für Phillumenie?"

„Für was bitte?" Matt hatte keine Ahnung, wovon er redete.

„Für das Sammeln von Streichholzschachteletiketten. Ich habe fast tausend davon." Er zeigte auf eine der Vitrinen an der Wand. „Die Marke Tekka aus Indien. Und die dort stammen aus Russland. Ich finde es faszinierend, dass etwas so Gewöhnliches so wunderschön sein kann."

Er öffnete die Tür.

„Lassen Sie es mich wissen, wenn Sie etwas Neues erfahren", sagte er. „Und ich melde mich, sobald ich mit der Polizei gesprochen habe."

Elizabeth Ashwood, die Autorin von *Wanderungen rund um Greater Malling*, lebte in Didsbury, einem Vorort von Manchester. Die Adresse, die Richard ermittelt hatte, führte sie zu einem Einfamilienhaus in einer breiten, baumgesäumten Straße. Der Vorgarten war sehr gepflegt und die Blumenbeete waren tadellos in Schuss. An der Haustür hing ein altmodischer Türklopfer. Richard hob ihn an und ließ ihn gegen die Tür fallen. Das Geräusch hallte durchs ganze Haus und eine Minute später wurde die Tür geöffnet.

Eine schlanke dunkelhaarige Frau stand vor ihnen. Sie sah sie nicht an, sondern an ihnen vorbei und sie trug eine Brille mit schwarzen Gläsern. Matt schätzte sie auf etwa fünfunddreißig. Er hatte noch nie zuvor einen blinden Menschen gesehen und fragte sich, wie es wohl sein mochte, in ewiger Dunkelheit zu leben.

„Ja?", sagte sie ungeduldig.

„Hi." Richard lächelte, obwohl sie es nicht sehen konnte. „Sind Sie Elizabeth Ashwood?"

„Ich bin Susan Ashwood. Elizabeth war meine Mutter."

„War?" Richard gelang es nicht, seine Enttäuschung zu verbergen.

„Sie ist vor einem Jahr gestorben."

Das war es dann also. Sie waren die weite Strecke umsonst gefahren. Matt wollte schon kehrtmachen und zum Auto zurückgehen, als die Frau noch etwas sagte. „Wer sind Sie?"

„Mein Name ist Richard Cole. Ich bin Journalist und arbeite bei der *Greater Malling Gazette* in Yorkshire."

„Es ist noch jemand bei Ihnen."

„Ja."

Woher wusste sie das? Matt hatte keinen Laut von sich gegeben.

„Ein Junge ..." Ihre Hand schoss hervor und irgendwie schaffte sie es, ihn am Arm zu packen. „Woher kommst du?", fragte sie. „Warum bist du hier?"

Matt fand es peinlich, wie sie ihn festhielt. „Ich komme aus Lesser Malling", sagte er. „Wir wollten etwas über ein Buch wissen, das Ihre Mutter geschrieben hat."

„Komm ins Haus", sagte die Frau. „Ich kann dir weiterhelfen. Aber dazu musst du hereinkommen."

Matt warf Richard einen fragenden Blick zu. Richard zuckte nur mit den Schultern. Sie betraten das Haus.

Miss Ashwood führte sie einen breiten, hellen Flur entlang. Das Haus war schon älter, aber es war mit Eichenböden, indirekter Beleuchtung und deckenhohen Fenstern geschickt modernisiert worden. An den Wänden hingen Bilder – überwiegend abstrakte Gemälde, die sehr teuer aussahen. Matt fragte sich, was das sollte, da ihre Besitzerin sie doch nicht sehen konnte. Natürlich war es denkbar, dass die Frau einen Mann und Kinder hatte. Allerdings hatte Matt schon an der Haustür das Gefühl gehabt, dass sie jemand war, der viel Zeit allein verbrachte.

Sie führte sie in ein Wohnzimmer mit flachen Ledersofas und bedeutete ihnen mit einer Handbewegung, sich zu setzen. In einer Ecke stand ein schwarzes glänzendes Klavier.

„Welches Buch meiner Mutter hat Sie hergeführt?", fragte sie.

„Es war ein Buch über Lesser Malling", sagte Richard.

Matt entschied, sofort zur Sache zu kommen. „Wir wollen wissen, was Raven's Gate ist."

Die Frau war plötzlich ganz still. Durch die schwarze

Brille war schwer zu erkennen, was sie dachte, aber Matt spürte ihre Aufregung. „Also hast du mich gefunden ...", wisperte sie.

„Wissen Sie, was es ist?"

Die Frau antwortete nicht. Die schwarzen Gläser waren auf ihn gerichtet, bis er ganz verlegen wurde. Er wusste genau, dass sie nichts sehen konnte, und trotzdem starrte sie ihn an. „Ist dein Name Matt?", fragte sie.

„Ja."

„Woher wissen Sie das?", fragte Richard.

„Ich wusste, dass du kommen würdest", sagte Miss Ashwood, die Richard nicht beachtete. Ihre ganze Aufmerksamkeit galt Matt. „Ich wusste, dass du mich finden würdest. Es war so vorherbestimmt und ich bin froh, dass du rechtzeitig den Weg hierher gefunden hast."

„Wovon reden Sie da?", fragte Richard wütend. „Ich glaube, wir reden aneinander vorbei", fuhr er fort. „Wir sind hergekommen, um mit Ihrer Mutter zu sprechen ..."

„Ich weiß. Sie hat mir erzählt, dass du ihr Buch gesehen hast."

„Sagten Sie nicht, dass sie gestorben ist?"

Zum ersten Mal sprach Miss Ashwood jetzt Richard an. „Wissen Sie nicht, wer ich bin?"

„Doch, klar." Richard sah Matt an und zuckte mit den Schultern. „Sie sind Susan Ashwood."

„Sie haben noch nie von mir gehört?"

„Ich will ja nicht unhöflich sein, aber sollte ich das?

Sind Sie berühmt? Was machen Sie? Spielen Sie Klavier? Oder Geige?"

Anstelle einer Antwort tastete die Frau auf einem Tischchen neben der Couch herum. Sie fand eine Visitenkarte und hielt sie Richard hin. Er drehte sie um und las:

Susan Ashwood
Hellseherin und Spiritistin
Ihre Verbindung zur anderen Seite

„Sie sind ein Medium?"

„Was?", fragte Matt.

„Miss Ashwood spricht mit Geistern", erklärte Richard verächtlich. „Zumindest glaubt sie, dass sie das tut."

„Ich spreche mit den Verstorbenen genau so, wie ich jetzt mit euch spreche. Und wenn du sie hören könntest, wüsstest du, dass die Welt der Geister in Aufruhr ist. Schreckliche Dinge werden passieren. Genau genommen passieren sie schon jetzt. Das ist es auch, was euch zu mir geführt hat."

„Was uns zu Ihnen geführt hat", fuhr Richard sie an, „war die Autobahn. Und ich denke, wir verschwenden hier unsere Zeit." Er stand auf. „Komm, Matt, lass uns gehen."

„Wenn Sie dieses Haus verlassen, ohne sich anzuhören, was ich zu sagen habe, machen Sie den größten Fehler Ihres Lebens."

„Das behaupten Sie!"

„Matt, du bist in etwas Größeres und Unglaublicheres verwickelt, als du dir vorstellen kannst. Ob es dir gefällt oder nicht – du hast eine Reise angetreten, ohne es zu wissen und ohne die Möglichkeit der Umkehr."

„Also, *ich* werde jetzt umkehren", sagte Richard.

„Sie können gern Witze machen, aber Sie haben keine Ahnung, was vorgeht. Sie tun mir leid, Mr Cole. Sie wissen anscheinend nicht, dass es zwei Welten gibt. Sie existieren nebeneinander, manchmal nur wenige Zentimeter voneinander entfernt, und die meisten Leute verbringen ihr ganzes Leben in einer von beiden, ohne etwas von der Existenz der anderen zu ahnen. Es ist, als lebte man auf einer Seite eines Spiegels: Man glaubt, auf der anderen Seite ist nichts, bis eines Tages ein Schalter umgelegt wird und der Spiegel plötzlich durchsichtig ist. Dann sieht man die andere Seite. Das ist mit dir passiert, Matt, an dem Tag, als du von Raven's Gate gehört hast. Dein Leben wird nie wieder so sein, wie es war. Wie ich schon sagte – du hast eine Reise angetreten. Und jetzt musst du weitermachen, bis du am Ziel bist."

„Was genau ist denn Raven's Gate?", fragte Matt.

„Das kann ich dir nicht sagen. Ich weiß, wie unsinnig das klingt, aber du musst das verstehen." Miss Ashwood holte tief Luft. „Ich gehöre zu einer Organisation", fuhr sie fort. „Man könnte sagen, wir sind so etwas wie eine Geheimgesellschaft. Aber genauer gesagt sind wir eine Gesellschaft, die Geheimnisse bewahrt."

„Sie meinen ... so etwas wie der Geheimdienst?", murmelte Richard abschätzig.

„Wir nennen uns Nexus, Mr Cole. Und wenn Sie mehr über uns wüssten, wer wir sind und was wir tun, wären Sie vielleicht weniger sarkastisch. Aber so gern ich es tun würde, ich kann nicht allein mit dir sprechen, Matt. Du musst mit mir nach London kommen. Dort ist ein Mann, den du treffen musst. Sein Name ist Professor Sanjay Dravid."

„Dravid!" Matt kannte diesen Namen. Er hatte ihn schon irgendwo gehört.

„Das ist doch lächerlich!", empörte sich Richard. „Warum wollen Sie uns erst nach London schleppen? Warum können Sie uns nicht hier und jetzt sagen, was wir wissen wollen?"

„Weil ich einen Eid geschworen habe, niemals mit jemandem über dieses Thema zu sprechen. Das haben wir alle. Aber wenn Sie mit mir nach London kommen und den Nexus treffen, können wir Ihnen helfen. Sie wollen alles über Raven's Gate erfahren? Wir werden Ihnen alles sagen, was Sie wissen wollen ... und noch mehr."

„Und wie viel Kohle müssen wir lockermachen, um diesem Nexus-Verein beizutreten?", fragte Richard bissig.

Miss Ashwood richtete sich kerzengerade auf und Matt spürte, wie wütend sie war. Ihre Fäuste waren geballt. Als sie wieder sprach, war ihre Stimme eisig. „Ich weiß, was Sie über mich denken", fuhr sie Richard an. „Sie halten mich für eine Betrügerin, die hier herumsitzt und die Leute um ihr Geld bringt. Ich nenne mich selbst Hellseherin, also muss ich eine Schwindlerin sein.

Ich erzähle Geschichten über Geister und dumme, schwache Menschen fallen auf mich herein." Sie verstummte kurz. „Aber der Junge versteht es", fuhr sie fort und drehte ihr Gesicht zu Matt. „Du glaubst mir, nicht wahr, Matt? Du weißt über Magie Bescheid. Ich habe deine Kraft sofort gespürt. So etwas wie sie habe ich noch nie gefühlt."

„Wo ist Professor Dravid?", fragte Matt.

„In London. Das sagte ich doch. Wenn ihr nicht mit mir hinfahren wollt, gebt mir wenigstens eure Telefonnummer, damit er mit dir sprechen kann."

„Ich gebe Ihnen ganz sicher nicht meine Telefonnummer", widersprach Richard. „Und es ist mir egal, was Sie sagen, Miss Ashwood. Wir sind mit einer einfachen Frage zu Ihnen gekommen. Und wenn Sie nicht bereit sind, uns eine Antwort zu geben, können wir ebenso gut wieder gehen."

„Professor Dravid ist im Museum für Naturgeschichte in South Kensington. Dort findest du ihn."

„Klar. Wir schicken Ihnen eine Postkarte." Richard stand auf und zerrte Matt aus dem Zimmer.

Das Auto stand auf der anderen Straßenseite. Sie blieben stehen und Richard suchte in seinen Taschen nach dem Schlüssel. Matt spürte, wie aufgebracht er war.

„Ich hatte schon Kontakt mit einem Mann namens Dravid", bemerkte Matt.

„Was?"

„Das war in der Bücherei von Greater Malling. Ich war im Internet und da tauchte er plötzlich auf. Du weißt schon, in einem dieser Pop-up-Fenster."

„Was wollte er?"

„Ich habe nach Raven's Gate gesucht und er wollte wissen, warum."

„Was hast du ihm geantwortet?"

„Gar nichts."

„Nun, du kannst ihn vergessen." Richard hatte den Schlüssel gefunden, und sie stiegen ein. Dann startete er den Wagen. „Wir werden ganz sicher nicht nach London fahren. Ich kann kaum fassen, dass wir den ganzen Weg hierher gefahren sind, nur um mit einer Frau zu sprechen, bei der offensichtlich ein paar Schrauben locker sind. Du willst mir doch nicht wirklich erzählen, dass du ihr geglaubt hast, oder?"

Matt sah durchs Rückfenster auf das Haus, bis es nicht mehr zu sehen war. „Ich weiß nicht …", murmelte er.

EINER DER FÜNF

Das Taxi setzte sie vor dem Museum für Naturgeschichte ab. Richard bezahlte den Fahrer.

„Ich weiß wirklich nicht, wie du mich dazu überredet hast", sagte er zu Matt.

„Ich habe gar nichts gesagt", protestierte Matt.

„Du wolltest doch diesen Dravid treffen."

„Aber du hast ihn angerufen."

Das stimmte. Als sie wieder in York waren, hatte Richard Professor Dravid im Internet überprüft und festgestellt, dass dieser weltweit großes Ansehen genoss. Er war in der indischen Stadt Madras geboren und ein international anerkannter Experte für Völkerkunde, Vorgeschichte und eine ganze Reihe verwandter Fachgebiete. Er hatte Bücher geschrieben und war auch schon oft im Fernsehen gewesen. Sein Name führte zu mehr als hundert Websites, von denen die aktuellsten im Zusammenhang mit einer Dinosaurier-Ausstellung standen. Sie sollte in weniger als einer Woche im Museum für Naturgeschichte in London eröffnet werden. Dravid hatte sie organisiert und den Katalog geschrieben.

Richard hatte schließlich doch beschlossen, ihn anzurufen. Er hatte fest damit gerechnet, dass der Professor ihn abwimmeln würde. Vielleicht hatte er es sogar gehofft. Aber Dravid war ganz begierig darauf gewesen, sich mit ihnen zu treffen. Sie hatten einen Termin für den folgenden Tag vereinbart – um achtzehn Uhr, wenn das Museum schloss.

Matt betrachtete das riesige Museumsgebäude. Mit seinen rötlichen und blauen Ziegeln, den Türmen und den unzähligen in Stein gemeißelten Tieren, die die gesamte Fassade bevölkerten, sah es aus wie etwas aus einem Märchen. Unzählige Menschen strömten zum Haupttor hinaus.

„Lass uns reingehen", sagte Richard.

Sie kamen bis zum Tor, wo ihnen ein Wachmann den Weg versperrte. „Tut mir leid", sagte er. „Aber das Museum hat schon geschlossen."

„Wir haben einen Termin bei Professor Dravid", sagte Richard.

„Professor Dravid? Ja, natürlich. Bitte melden Sie sich am Empfang."

Sie stiegen die Stufen hoch und betraten das Museum. Es waren wirklich Unmengen von Dinosauriern da. Als Matt die Halle betrat, begrüßte ihn der riesige schwarze Schädel eines gigantischen Ungeheuers. Der Schädel schwebte über einem langen Hals, befestigt an einem massiven Bogen, der den Haupteingang überspannte. Matt sah sich um. Der Dinosaurier war der Mittelpunkt in einer riesigen Halle, die mit ihren vielen Stützbögen, dem Dach aus Glas und Stahl, der breiten Treppe und dem Mosaikfußboden aussah wie eine Kreuzung zwischen einer Kathedrale und einem Bahnhof.

Sie gingen zum Empfangstresen, der genau wie der Rest des Museums gerade geschlossen wurde.

„Mein Name ist Richard Cole. Ich habe eine Verabredung mit Professor Dravid."

„Ah ja, der Professor erwartet Sie. Sein Büro ist im ersten Stock."

Ein zweiter Wachmann zeigte auf eine Steintreppe, die zu einer Galerie hinaufführte, von der aus man in die große Halle hinuntersehen konnte. Auf dem Weg zur Treppe kamen Richard und Matt noch an vielen anderen Dinosaurierskeletten vorbei, von denen einige frei standen und andere in Vitrinen untergebracht waren. Die letzten Besucher waren auf dem Weg zum Ausgang. Jetzt, wo das Museum leer war, wirkte es riesig und geheimnisvoll. Sie stiegen die Treppe hinauf und folgten der Galerie bis zu einer Holztür. Richard klopfte an und sie traten ein.

Professor Sanjay Dravid saß in der Mitte eines Raums, in dem sich Bücher, Zeitschriften, Akten und loses Papier zu Bergen stapelten. An den Wänden hingen überall Landkarten und Grafiken. Der Professor tippte etwas in einen Laptop. Auch sein Schreibtisch war überladen mit Papieren, Dutzenden von Objekten in Gläsern, Knochenstückchen und Kristall- und Steinbrocken. Matt schätzte Dravid auf Ende vierzig. Er hatte schwarze, glatt zurückgekämmte Haare und seine dunklen Augen wirkten müde. Sein Jackett hing über der Stuhllehne.

„Professor Dravid?", fragte Richard.

Der Mann schaute auf. „Sind Sie Richard Cole?" Er tippte seinen Satz zu Ende und klappte den Laptop zu. „Susan Ashwood hat mich angerufen, nachdem Sie bei ihr waren." Seine Stimme war warm und klang sehr gebildet. „Ich bin froh, dass Sie doch entschieden haben, Kontakt zu mir aufzunehmen."

„Woher kennen Sie Miss Ashwood?"

„Wir kennen uns schon seit vielen Jahren." Dravid richtete seinen Blick auf Matt und musterte ihn prüfend. „Bitte setzen Sie sich. Leider kann ich Ihnen keine Erfrischung anbieten. Es gibt zwar ein Café hier, doch das hat jetzt natürlich geschlossen. Aber Sie haben sicher im Zug etwas gegessen …"

Richard und Matt setzten sich auf die Stühle vor dem Schreibtisch. „Was ist das für eine Ausstellung, die hier gerade vorbereitet wird?", fragte Richard.

„Es ist die größte Ausstellung von Dinosaurierfossilien, die jemals in London zu sehen war", antwortete Dravid. „Sie haben den Diplodocus in der Halle gesehen?" Er sprach sehr schnell und wandte dabei den Blick kein einziges Mal von Matt ab. Matt spürte genau, dass es ein prüfender, taxierender Blick war. „Er ist ja auch nicht zu übersehen. Er ist rund hundertfünfzig Millionen Jahre alt und war wahrscheinlich das größte Landtier aller Zeiten. Er ist Knochen für Knochen aus den USA gekommen, nur für unsere Ausstellung. Und dann haben wir noch diesen fantastischen Ceratosaurus – ein neuerer Fund. Wäre er noch am Leben, würde er Sie in Sekundenschnelle in Fetzen reißen. Und dann sind natürlich noch die museumseigenen Stücke zu sehen, darunter ein nahezu vollständiges Skelett eines Paracyclotosaurus. Er ähnelt einem Krokodil, obwohl er nicht mit ihm verwandt ist."

Er brach plötzlich ab.

„Aber deswegen sind Sie wohl nicht gekommen."

„Wir wollten etwas über Raven's Gate erfahren", bestätigte Richard.

„Das sagte mir Miss Ashwood."

„Sie wollte uns nicht weiterhelfen. Sie sagte, wir müssten mit Ihnen sprechen."

„Wissen Sie, was es ist?", fragte Matt.

„Raven's Gate? Ja, ich weiß es."

„Können Sie es uns sagen?"

„Ich weiß nicht – ich bin noch nicht sicher ..."

Matts Geduld war erschöpft. „Warum will uns niemand helfen?", rief er. „Sie sitzen hier, tippen auf Ihrem Laptop herum und reden über Dinosaurier. Sie wissen nicht, was ich durchgemacht habe! Ich wurde nach Yorkshire geschleppt. Ich bin herumgeschubst und terrorisiert worden und die einzigen Leute, die mir helfen wollten, sind tot. Richard will mich loswerden und jetzt sind wir den ganzen Weg hierher gefahren und Sie wollen uns auch nichts sagen. Sie waren es doch, der uns sehen wollte. Warum sagen Sie uns nicht, was wir wissen wollen?"

„Er hat recht", unterstützte ihn Richard. „Wir haben stundenlang im Zug gesessen, ganz zu schweigen davon, was die Fahrkarten gekostet haben. Jetzt erwarten wir, dass sich der ganze Aufwand lohnt."

Dravid hörte sich ihre Ausbrüche schweigend an. Dann sah er Matt erneut prüfend an.

„Matt ... ich nehme an, du warst der Junge im Internet."

„In der Bücherei von Greater Malling, ja." Matt nickte. „Woher wussten Sie, dass ich nach Raven's Gate gesucht habe?"

„Durch eine einfache Software. Immer wenn irgendjemand irgendwo auf der Welt diese zwei Worte eingibt, werde ich sofort informiert."

„Warum?"

„Das kann ich dir nicht sagen. Noch nicht. Und es tut mir leid, dass ich dir misstraut habe, Matt. Wir leben in einer Welt mit so vielen Gefahren, dass man vorsichtig sein muss, wem man traut. Bitte hab noch ein wenig Geduld. Es gibt noch einiges, was ich dich fragen muss." Er verstummte. „Du warst in Greater Malling. Lebst du da?"

„Nein, ich wohne in Lesser Malling. Das ist ein Dorf in der Nähe von –"

„Ich kenne Lesser Malling", unterbrach Dravid ihn. „Wie lange bist du schon dort?"

„Ich weiß nicht genau. Zwei oder drei Wochen, glaube ich."

Dravid presste die Hände unter dem Kinn zusammen. „Du musst mir alles erzählen", verlangte er. „Ich will alles wissen, was du erlebt hast. Ich muss erfahren, was dich heute zu mir geführt hat." Er lehnte sich in seinem Stuhl zurück. „Fang am Anfang an und lass nichts aus."

Im Museum hatte nur ein Wachmann Nachtschicht. Es hätten eigentlich vier sein sollen, aber dafür war kein Geld da. Zwei der anderen Wachleute waren entlassen worden und der dritte war krank. Der einzige Wächter im Dienst war Anfang zwanzig. Er war Bulgare und erst vor Kurzem nach England gekommen. Sehr gut beherrschte er die Sprache noch nicht, aber er lernte sie. London gefiel ihm, wenn er auch auf den Job gern verzichtet hätte.

Er fand es unheimlich, Kontrollgänge durch das dunkle Museum machen zu müssen. Überall waren diese Dinosaurierknochen – das war schon schlimm genug. Aber die Viecher in den Glaskästen waren noch viel ekliger: ausgestopfte Ratten, Leoparden, Adler und Eulen. Spinnen, Skorpione und riesige geflügelte Käfer. Er spürte, wie ihre Augen ihm folgten, wenn er seine Runde machte. Hätte er sich doch einen Job bei McDonald's gesucht! Viel weniger hätte er da auch nicht verdient.

Er hatte das Museum gerade durch den Haupteingang verlassen und ging auf die Umzäunung zu, als er ein leises Geräusch hörte, wie das Brechen eines Zweigs. Was war das? Es wurde schon dunkel und es war eine mondlose Nacht.

„Wer ist da?", rief er.

Er schaute auf, lächelte unwillkürlich und schaltete seine Taschenlampe wieder aus. Bei einer der schmiedeeisernen Lampen war die Birne durchgebrannt. Das war das Geräusch gewesen, das er gehört hatte.

„Ich habe Angst", murmelte er vor sich hin. Diesen Satz hatte er erst am vergangenen Tag im Sprachkurs gelernt. „Du hast Angst. Er hat Angst."

Eine zweite Glühbirne verlosch. Dann eine dritte und

eine vierte. Blitzschnell breitete sich die Dunkelheit über die ganze Reihe aus und erstickte das Leben in den Glühbirnen, bis keine von ihnen mehr brannte. Der Wachmann drückte die Arme fester an seinen Körper. Es war plötzlich kalt geworden. Er atmete aus und sah den Hauch seines Atems. Es war fast Ende April, aber anscheinend war der Winter noch einmal zurückgekommen.

Er drückte auf den Schalter seiner Taschenlampe. Die Glühbirne explodierte und grauer Rauch kräuselte sich unter dem Glas. Das war der Moment, in dem der Wachmann entschied, dass er genug hatte. Das Museum hatte eine Alarmanlage. Es konnte auf sich selbst aufpassen. Und wenn er gefeuert wurde, war es ihm auch egal. Er konnte jederzeit einen neuen Job kriegen.

Der Wachmann schloss das Tor auf und rannte über die Straße auf die U-Bahn-Station zu. Die Schatten, die auf das Museum zustrebten, und den zarten grauen Nebel, der über den Rasen kroch, sah er nicht mehr. Er wollte nur weg und drehte sich nicht um.

Matt hatte seine Geschichte erzählt. Er fröstelte in der plötzlichen Kälte, aber Richard und der Professor schienen sie nicht zu spüren.

„Nun, was sagen Sie dazu?", fragte Richard.

Professor Dravid schaltete seine Schreibtischlampe ein. „Es ist eine unglaubliche Geschichte", sagte er. „Von einem Lagerhaus in Ipswich nach Lesser Malling und dann hierher. Das würde dir bestimmt niemand glauben. Aber eines kann ich dir sagen, Matt, es war vorherbestimmt, dass du hier bist. Es gibt keine Zufälle. Alles passiert genau so, wie es passieren soll."

„Aber was passiert denn?", fragte Matt. „Was machen Mrs Deverill und die anderen in Lesser Malling? Und was ist Raven's Gate?"

„Wir gehen nicht, bevor Sie es uns gesagt haben", fügte Richard hinzu.

„Natürlich sage ich es euch." Dravid sah Matt an, und ein Ausdruck des Erstaunens und der Verehrung lag in seinen Augen. Es war, als hätte Dravid sein ganzes Leben darauf gewartet, ihn kennenzulernen.

„Wenn ich jemand anderem das erzählen würde, was ihr gleich hören werdet", begann er, „könnte ich mich von meinem guten Ruf – von allem, wofür ich all die Jahre gearbeitet habe – verabschieden. Es ergibt nämlich keinen Sinn. Nicht in der wirklichen Welt. Susan Ashwood ist euch wahrscheinlich ziemlich verrückt vorgekommen. Vielleicht habt ihr sie auch für eine Betrügerin gehalten. Aber was sie gesagt hat, war die Wahrheit. Es *gibt* eine andere Welt. Wir sind umgeben von ihr. Es gibt eine zweite Geschichte, die in Londons Straßen des einundzwanzigsten Jahrhunderts genauso lebendig ist wie schon vor Tausenden von Jahren, als alles begann. Aber damit wir uns sicherer fühlen, tun wir alle, die daran glauben, als Verrückte ab …

Raven's Gate ist der Mittelpunkt dieser anderen Geschichte. Nur wenige Leute haben je davon gehört. Schau im Internet nach, wie du es getan hast, Matt, und du wirst nichts finden. Aber das macht diese zweite Welt nicht weniger real. Sie ist der Grund, warum du hier bist. Vielleicht war sie sogar der Grund für deine Geburt."

Dravid verstummte. Der Raum schien immer dunkler zu werden. Die Schreibtischlampe konnte die Schatten nur ein kleines Stück weit zurückdrängen. Matt und Richard warteten.

„Raven's Gate war der Name eines ungewöhnlichen Steinkreises, der bis ins Mittelalter in der Nähe von Lesser Malling stand. Er wurde namentlich in Elizabeth Ashwoods Buch erwähnt – soweit ich weiß, war das das einzige Mal, dass der Name in einem Druckwerk auftauchte. Steinkreise und einzelne aufrecht stehende Steine sind in Großbritannien keine Seltenheit. Der berühmteste Steinkreis ist Stonehenge in Wiltshire.

Ihr dürft nicht vergessen, wie geheimnisumwittert diese Steinkreise sind. Nehmen wir Stonehenge als Beispiel. Niemand weiß genau, wozu der Kreis errichtet wurde. Aber er muss einen Zweck gehabt haben. Immerhin haben die Menschen rund anderthalb Millionen Stunden daran gearbeitet. Die Steine, von denen einige bis zu fünfzig Tonnen wiegen, wurden durch ganz England herantransportiert, und um den Kreis zu errichten, mussten die Menschen über das Wissen ausgebildeter Ingenieure verfügen. Es ist wohl eindeutig, dass der Kreis nicht nur zur Zierde aufgestellt wurde.

Manche behaupten, Stonehenge wäre ein Tempel. Andere behaupten, es wäre eine Art steinerner Computer oder vielleicht ein magisches Aufzeichnungsgerät. Wieder andere halten es für eine Sternwarte, die es ermöglicht, das genaue Datum einer Sonnenfinsternis zu ermitteln. Es gibt Dutzende von Theorien. Aber Tatsache ist, dass die Menschen selbst heute, mit all ihrem Wissen, noch keine Ahnung haben, warum dieser Kreis wirklich errichtet wurde."

„Aber Sie wissen es", meinte Richard.

Dravid nickte ernst. „Ja." Er beugte sich vor. „Stonehenge ist vier- oder fünftausend Jahre alt. Aber es war keineswegs der erste Steinkreis, der je gebaut wurde. Genau genommen ist er nur eine Kopie eines anderen, den es schon viel länger gab. Raven's Gate war der erste Steinkreis und alle späteren waren nur Nachbildungen."

„Aber wo ist er?", fragte Matt. „Was ist daraus geworden?"

„Viele Steinkreise sind im Laufe der Jahrhunderte zerstört worden. Einige wurden von Bauern niedergerissen, die das Land nutzen wollten. Die Ausbreitung von Städten und Dörfern hat andere auf dem Gewissen. Und ein paar sind im Laufe der Zeit zusammengebrochen und zerbröckelt.

Aber bei Raven's Gate war das anders. Irgendwann im Mittelalter wurde der Kreis absichtlich zerstört. Und noch mehr als das – jeder seiner Steine wurde zu Pulver zermahlen. Das Pulver wurde auf Karren geladen, in alle vier Himmelsrichtungen befördert und ins Meer gekippt. Etwas an diesem Kreis hat den Menschen solche Angst gemacht, dass sie fest entschlossen waren, jedes Körnchen davon zu vernichten. Und danach hat nie wieder jemand darüber gesprochen. Es war, als hätte Raven's Gate nie existiert."

„Und wie haben Sie dann davon gehört?", fragte Richard. Matt hatte den Eindruck, dass er immer noch zweifelte.

„Sie sind Journalist, Mr Cole. Sie glauben offenbar, dass etwas, das nicht niedergeschrieben wurde, nicht wahr sein kann. Nun, es gibt einige Aufzeichnungen. Das Tagebuch eines spanischen Mönchs. Eine Inschrift an einem Tempel. Ein paar Briefe und andere Dokumente. Und natürlich viele mündliche Überlieferungen. Wie ich davon gehört habe?" Dravids Mund verzog sich zu einem kurzen Lächeln, aber seine Augen blieben ernst. „Ich gehöre zu einer Organisation – Sie würden es vielleicht eine Geheimgesellschaft nennen –, die diese Geschichte über Jahrhunderte bewahrt hat. Sie wurde von einer Generation an die nächste weitergegeben. Diese Organisation ist der Nexus."

Auf dem Schreibtisch stand ein Krug mit Wasser. Dravid schenkte sich ein Glas voll ein und trank es zur Hälfte leer, bevor er weitersprach.

„Der Nexus hat zwölf Mitglieder. Das war schon immer so. Er ist eine Verbindung und uns verbindet, was wir wissen. Susan Ashwood ist ein Mitglied und außer mir gibt es noch zehn weitere über die ganze Welt verstreut. Du wirst sie alle kennenlernen, Matt, wenn die Zeit dafür gekommen ist. Sie werden dich treffen wollen, denn der Nexus verfolgt nur ein Ziel. Er existiert nur, um dir bei dem zu helfen, was du tun musst."

„Aber was muss ich denn tun?", rief Matt. „Sie reden über Dinge, die vor Tausenden von Jahren passiert sind. Was habe ich damit zu tun?"

„Das erkläre ich dir gleich. Aber es wird nicht einfach für dich sein. Mir ist klar, wie schwierig das alles zu verstehen ist."

Professor Dravid leerte sein Wasserglas, während er seine Gedanken sammelte.

„Es gibt Leute, die glauben, dass es schon lange vor der Zeit der Griechen eine große Zivilisation auf diesem Planeten gab. Sogar schon vor den Ägyptern, deren Kultur zweitausend Jahre vorher blühte. Ich spreche von der Zeit von Atlantis, vielleicht sogar von der vor zehntausend Jahren. In gewisser Weise meine ich damit wohl die Zeit, in der die Welt entstand, wie wir sie heute kennen.

Diese erste Zivilisation wurde zerstört ... langsam und gezielt. Unglaublich mächtige und zugleich böse Kreaturen erschienen auf der Erde. Sie wurden ‚die Alten' genannt und strebten nur danach, Leid und Elend zu verbreiten. Die Bibel spricht von Satan, von Luzifer und von Dämonen. Aber sie sind nur Erinnerungen an das größte, das ursprüngliche Böse: die Alten. Sie lebten vom Chaos. Sie hatten kaum auf dem Planeten Fuß gefasst, da haben sie auch schon einen Krieg angezettelt. Wohin sie auch kamen, gab es Folter, Tod und Massenmorde. Das war ihr einziges Vergnügen. Wenn es nach ihnen gegangen wäre, hätten sie die Welt in einen öden und menschenleeren Sumpf verwandelt.

Aber der Überlieferung zufolge gab es ein Wunder, und es kam in Form von fünf jungen Leuten: vier Jungen und einem Mädchen.

Niemand weiß, woher sie kamen. Sie haben keine Namen. Sie sind nie beschrieben worden. Aber sie haben den Widerstand gegen die Alten angeführt. Was von der Menschheit noch übrig war, stellte sich hinter sie und gemeinsam kämpften sie in einer letzten, alles entscheidenden Schlacht, von der die Zukunft der Welt abhing.

Die fünf Kinder gewannen diese Schlacht. Die Alten wurden in eine andere Dimension vertrieben und eine Grenze, eine Art magisches Tor, verhinderte ihre Rückkehr. Dieses Tor hatte die Form eines Steinkreises und wurde später bekannt als Raven's Gate – das Tor des Raben."

„Moment mal", unterbrach ihn Richard. „Sagten Sie nicht, dass der Steinkreis zerstört wurde, weil er das Böse verkörperte?"

„Ich sagte, dass er zerstört wurde, weil die Menschen *dachten*, er wäre das Böse", widersprach der Professor. „Sie haben sich geirrt. Sie nannten es das Tor des Raben, weil der Rabe schon immer ein Symbol des Todes war. In ihrer Erinnerung waren die Steine mit etwas Schrecklichem verknüpft, aber im Laufe der Jahrhunderte hatten sie vergessen, was es war. Und so glaubten sie, dass es die Steine waren, von denen die Bedrohung ausging, und zerstörten sie."

„Also gibt es das Tor nicht mehr!", rief Matt aus.

Professor Dravid schüttelte den Kopf. „Die *Steine* wurden zerstört, nicht das Tor", sagte er. „Wie kann ich dir das erklären? Es ist wie eine Idee. Wenn du sie auf ein Stück Papier schreibst und das Papier verbrennst, verbrennt dann auch die Idee? Natürlich nicht! Die Steine sind zwar fort, aber das Tor, das ist noch immer da."

Richard seufzte. „Habe ich das alles richtig verstanden, Professor?", sagte er. „Vor sehr langer Zeit wurde die Erde von bösen Kreaturen beherrscht, die die Alten genannt wurden. Aber dann sind fünf Kinder erschienen und haben sie davongejagt. Diese Kinder haben eine Barriere errichtet, die später als Raven's Gate bekannt wurde. Dummerweise wurden die Steine, die das Tor markierten, im Mittelalter von Bauern zerbröselt. Doch das macht nichts, weil das Tor immer noch da ist. Stimmt das so weit?"

„Wenn Sie es so ausdrücken wollen", bestätigte Dravid.

„Weiß Miss Ashwood das alles?", fragte Matt.

„Ja. Wie ich dir bereits erklärt habe, teilen wir unser Wissen. Wir haben geschworen, es niemals preiszugeben. Deswegen konnte sie dir auch nichts sagen, als ihr bei ihr wart."

„Aber Sie haben es uns erzählt", fuhr Matt fort. „Sie haben gesagt, dass es die Hauptaufgabe des Nexus ist, mir bei etwas zu helfen, das ich tun muss. Aber ich weiß immer noch nicht, was das ist – oder was das alles überhaupt mit mir zu tun hat."

„Ich denke, das weißt du."

„Nein!" Matt sah ihm in die Augen. „Ich weiß es wirklich nicht."

„Dann musst du den Nexus treffen. Die anderen Mitglieder sind auf dem Weg nach London. Sie werden morgen Abend hier sein. Ihr seid bis dahin meine Gäste."

„Das können Sie vergessen", sagte Richard sofort. „Wir haben Rückfahrkarten und kehren heute Abend nach York zurück."

„Das ist das Letzte, was Sie tun sollten! Matt darf auf keinen Fall in die Nähe von Lesser Malling." Er sah Matt an. „Ich will dir nicht mehr Angst machen als unbedingt nötig, aber ich glaube, dass du in großer Gefahr schwebst."

„Wieso?"

„Ich habe dir doch erzählt, warum Raven's Gate gebaut wurde. Es war das Tor zwischen zwei Welten und es wurde geschlossen und versiegelt. Aber es gibt seit Jahrhunderten immer wieder Menschen, die versucht haben, es zu öffnen. Natürlich ist es ihnen nicht leichtgefallen. Sie mussten dazu spezielle Fähigkeiten entwickeln … eine besondere Macht."

„Sie meinen Zauberei", sagte Matt.

„Es sind nur noch zwei Tage bis zur Walpurgisnacht", sagte Dravid. „Sie beginnt bei Sonnenuntergang am dreißigsten April. Diese Nacht ist eine der wichtigsten im Hexenkalender. Es ist eine Nacht, in der die dunklen Mächte besonders stark sind. In dieser Nacht wird die schwarze Messe gefeiert und das Böse nimmt seinen Lauf."

„Mrs Deverill …", begann Matt.

„Ich bin absolut überzeugt davon, dass sie und die anderen Dorfbewohner von Lesser Malling eine Art schwarze Magie praktizieren. Es war mir klar, dass Sie das belächeln würden, Mr Cole. Aber schwarze Magie ist noch heute überall auf der Welt zu finden. In Yorkshire gab es schon immer Hexen, und auch wenn die des Mittelalters nicht mehr da sind, leben doch ihre Nachfahren, die Kinder ihrer Kinder, noch unter uns.

Eine schwarze Messe in der Walpurgisnacht erfordert in der Regel drei Dinge, dieselben, die zu jeder dieser Zeremonien gehören. Das erste ist das Ritual. Matt hat das Flüstern, das er gehört hat, bereits beschrieben. Das zweite ist das Feuer. Du hast die Hunde aus den Flammen steigen sehen. Und das dritte ist natürlich Blut. Sie müssen ein Opfer darbringen, und das beste Opfer von allen ist ein Kind …"

Matt sprang auf. Alle Farbe war aus seinem Gesicht gewichen. „Sie haben mich geholt, um mich zu töten!", stieß er hervor.

„Ich fürchte, das stimmt."

„Wir sollten zur Polizei gehen!", verlangte Richard. „Sie erzählen uns von einem Haufen Verrückter, der hinter Gitter gehört …"

„Matt hat bereits mit der Polizei gesprochen", erinnerte Dravid ihn. „Zwei Beamte haben ihm nicht geglaubt und der dritte, der es getan hat, ist tot."

„Warum ich?", fragte Matt. „Warum haben sie ausgerechnet mich ausgesucht? Warum nicht jemand anderen?"

„Ich denke, du kennst die Antwort, Matt", sagte Dravid ruhig. Er legte Matt eine Hand auf die Schulter. „Es tut mir leid. Ich weiß, wie schwer es für dich ist, das alles zu begreifen. Aber du hast Zeit. Ich werde euch heute Nacht in einem Hotel unterbringen. Der Nexus übernimmt die Kosten. Und von nun an werden wir auf dich aufpassen."

„Warum? Was wollen *Sie* von mir?"

„Wir wollen nur, dass du in Sicherheit bist."

„Ich wünschte, es wäre nicht so kalt hier drin", sagte Matt.

Gemeinsam verließen sie das Büro. Sie folgten der Galerie, vorbei an Wachsfiguren primitiver Völker, die sie aus Vitrinen anstarrten. Ihre Schritte hallten durch den Raum. Es klang, als würden unsichtbare Vögel mit den Flügeln schlagen. Auf der Treppe blieb Dravid plötzlich stehen. „Die Schlüssel!", sagte er. „Sie sind in dem Jackett in meinem Büro. Und ohne sie kommen wir nicht raus."

Er eilte die Stufen wieder hinauf und die Galerie entlang. Matt sah ihm nach. Ihm wurde erst jetzt richtig klar, wie riesig das Museum war. Professor Dravid war nur noch eine winzige Figur, die nur zu sehen war, nachdem er die Bürotür geöffnet und das Licht eingeschaltet hatte.

„Hör mal, Matt", sagte Richard. „Das ist alles nur ein schlimmer Traum. Dir wird nichts passieren."

Matt wich entgeistert zurück. „Du glaubst es immer noch nicht?", rief er aus.

„Natürlich nicht! Die Alten, Tore, Hexen und Blutopfer – ich bitte dich! Sieh dich doch um! Raketen fliegen zum Mars. Wir haben Satelliten, die Telefongespräche rund um den Erdball sausen lassen. Der genetische Code ist entschlüsselt. Und trotzdem gibt es immer noch Spinner wie Dravid, die von Teufeln und Dämonen faseln. Du kannst es mir glauben, Matt. Diese fünf Kids, die die Welt mit ihren magischen Kräften gerettet haben, gibt es nicht."

„Doch, es gibt sie", widersprach Matt. Und plötzlich wusste er es. Es war so einfach. „Ich bin eines von ihnen."

Sie hörten ein Geräusch. Etwas Unsichtbares war durch die Luft geworfen worden – oder von selbst geflogen. Matt und Richard hörten einen Aufschrei und starrten die Treppe hinauf. Sanjay Dravid war wieder aufgetaucht. Er ging sehr langsam und torkelte, als wäre er betrunken. Mit einer Hand umklammerte er seinen Hals. Er blieb stehen, und als seine Hand herunterfiel, schnappte Matt erschrocken nach Luft. Der Professor hatte eine klaffende Wunde am Hals. Blut strömte daraus hervor und tränkte sein Hemd und sein Jackett. Dravid hob mit letzter Kraft die Hände. Er versuchte, etwas zu sagen. Dann kippte er vornüber aufs Gesicht und rührte sich nicht mehr.

Richard fluchte. Matt riss seinen Blick von dem bewegungslos daliegenden Mann los und sah zum Haupteingang. Es war jetzt noch kälter geworden. Er wusste, dass sie in großer Gefahr schwebten, auch wenn er sie nicht sehen konnte.

Und alle Türen waren verschlossen.

ANGRIFF AUS DEM NICHTS

Richard und Matt standen wie angewurzelt da und starrten den bewegungslosen Körper an, der auf der Treppe lag. Eine Blutlache breitete sich um Dravids Kopf aus. Aber es war nirgendwo ein Angreifer zu sehen. Das Museum war so still und leer wie zuvor. Etwas hatte sich allerdings verändert. Es war eiskalt und die Luft schien irgendwie dicker als vorher. Sie ließ alles verschwommen und unscharf wirken, wie auf einem schlechten Foto.

Richard war der Erste, der sich von seinem Schock erholte. „Warte hier!", sagte er und rannte die Stufen hinauf.

„Wo willst du hin?", rief Matt ihm nach.

„Die Schlüssel holen!"

Er nahm immer zwei Stufen auf einmal. Eigentlich wollte er nicht in Professor Dravids Nähe gehen, aber er hatte keine Wahl. Das Blut hatte inzwischen die erste Stufe überwunden und tropfte auf die nächste. Richard kniete sich neben den Professor und versuchte, die grauenvolle Wunde nicht anzusehen. Plötzlich drehte Dravid den Kopf und öffnete die Augen. Wie durch ein Wunder war er noch am Leben.

„Fünf ..." Das einzelne Wort war alles, was er hervorbringen konnte.

„Sprechen Sie nicht. Ich hole Hilfe." Richard wusste

nicht, was er sonst sagen sollte. Natürlich log er. Dem Professor war nicht mehr zu helfen.

Dravid streckte ihm eine zitternde Hand entgegen, die die Schlüssel umklammert hielt. Richard nahm sie ihm sanft aus den Fingern. Einen Moment lang sahen sich die beiden in die Augen. Dravid versuchte noch einmal zu sprechen, doch er schaffte es nicht. Er hustete schmerzgepeinigt. Dann schlossen sich seine Augen, und er rührte sich nicht mehr.

Mit dem Schlüsselbund in der Hand richtete sich Richard auf. Er konnte Matt sehen, tief unter sich und beide dachten dasselbe. Irgendwo im Museum verbarg sich ein Mörder. Jemand – oder etwas – hatte Professor Dravid getötet und sie würden zweifellos die Nächsten sein. Aber wo war ihr Gegner? Warum konnten sie nichts sehen? Sehr langsam schritt Richard die Treppe wieder hinunter und jeder seiner Sinne war hellwach. Sie beide waren so winzig in diesem riesigen Gebäude. Er fühlte sich wie auf dem Präsentierteller.

„Hast du sie?", rief Matt.

„Ja." Richard hielt die Schlüssel hoch. „Lass uns verschwinden."

„Was ist mit Professor Dravid?"

„Er ist tot. Tut mir leid. Es gab nichts, was wir für ihn tun konnten."

„Aber was hat ihn umgebracht?"

„Keine Ahnung." Richard schaute nach oben und ließ seinen Blick über die gewölbte Decke schweifen. „Auf jeden Fall sollten wir nicht hierbleiben, um es herauszufinden."

Er drehte sich, und genau in diesem Augenblick gab es einen deutlichen Luftzug. Matt riss den Arm hoch, um sein Gesicht zu schützen, und stolperte gegen Richard.

„Was ist los?", fragte Richard.

„Da war etwas …" Matt sah sich um, aber da war nichts. „Etwas ist an meinem Kopf vorbeigeflogen!"

„Geflogen?"

„Ja."

„Hast du gesehen, was es war?"

„Nein, das nicht. Aber ich habe es gespürt. Es war ziemlich dicht … Ich habe gespürt, wie es vorbeigeflogen ist."

„Ich sehe nichts."

Aber dann sauste es zum zweiten Mal auf sie zu. Es stieß aus dem Nebel herab und diesmal war es deutlich zu erkennen, auch wenn es Matt wertvolle Sekunden kostete zu begreifen, was es war. Die Kreatur, dreieckig und weiß, war weder tot noch lebendig und stürzte sich auf sie wie ein Wesen aus einem furchtbaren Albtraum. Sie hatte Augenhöhlen, aber keine Augen, Flügel, aber keine Federn, und einen gewölbten Brustkorb, der vollständig leer war. Noch schneller als vorher stieß die Kreatur herab. Ihre Krallen waren ausgestreckt und die nadelspitzen Zähne zu einer grausigen Grimasse entblößt. Matt sprang zurück und fiel hin. Er spürte einen der Flügel an seinem Gesicht vorbeiwischen und ihm war klar, dass er geköpft worden wäre, wenn er nur einen Sekundenbruchteil langsamer gewesen wäre. Jetzt verstand er auch, was mit Professor Dravid geschehen war.

Richard half ihm auf. „Hast du das gesehen?", fragte er entsetzt.

„Klar."

„Hast du auch gesehen, was es war?"

„Ja!"

„Was denn?"

„Ich weiß es nicht." Matt hatte die Kreatur zwar erkannt, aber er konnte keine Worte dafür finden.

„Das ist ein Trick", sagte Richard. „Das muss einer gewesen sein. So etwas gibt es nicht."

Sie waren von etwas angegriffen worden, das nicht fliegen, ja nicht einmal existieren konnte. Es war eine Kreatur, die es schon seit Millionen von Jahren nicht mehr gab. Es war ein Flugsaurier. Oder besser: das versteinerte Skelett eines Flugsauriers, von Drähten zusammengehalten und im Museum für Naturgeschichte ausgestellt. Jemand hatte es zum Leben erweckt und jetzt war es irgendwo über ihnen.

„Pass auf!"

Matt schrie die Warnung, als der Flugsaurier zum dritten Mal aus den düsteren Höhen der Halle auf sie herabstieß. Matt zweifelte nicht daran, dass die Krallen ihm das Fleisch von den Knochen reißen würden, wenn das Vieh ihn erwischte. Es war genauso bösartig wie zu seinen Lebzeiten. Aber jetzt wurde es durch jemanden oder etwas gesteuert und als Waffe gegen sie eingesetzt. Seine Krallen verfehlten Matt nur um Zentimeter. Er dachte schon, er wäre entkommen, doch im Vorbeifliegen streifte eine Flügelspitze seine Wange und er spürte einen brennenden Schmerz, als der scharfkantige Knochen in sein Fleisch schnitt. Er schnappte erschrocken nach Luft und seine Hand zuckte hoch zu der Wunde. Als er sie wieder herunternahm, war sie blutig. Der Flugsaurier flog einen Looping und kam zurück. Es war kein Geräusch zu hören, keine Warnung. Das Museum war totenstill.

„Matt?" In Richards Stimme schwang Panik.

„Mir fehlt nichts", sagte Matt, der sich die Hand gegen die Wange presste.

„Du bist verletzt."

„Ich glaube nicht, dass es tief ist."

Richard starrte hektisch nach oben. „Wir sollten gehen."

Matt verzog das Gesicht. „Ich hatte nicht vor, noch zu bleiben."

Er hatte kaum ausgesprochen, als der Flugsaurier auch schon zurückkam.

Diesmal war Richard sein Ziel. Der ausgestreckte Flügel zerschnitt die Luft. Er war scharfkantig wie ein Schwert. Richard fluchte.

„Richard?" Einen schrecklichen Augenblick lang dachte Matt, Richard wäre getroffen worden.

„Alles klar. Das Vieh hat mich verfehlt. Es ist weg."

„Und was ist mit den anderen?"

„Wie?"

Professor Dravid hatte es als die größte Ausstellung von Dinosaurierfossilien bezeichnet, die jemals in London gezeigt worden war. Der Flugsaurier war nur eines der Ausstellungsstücke. Rund um sie herum waren noch Dutzende anderer. Richard und Matt standen mitten in einer Röntgenfassung von *Jurassic Park*.

Gerade als auch Richard erkannte, in welcher Gefahr sie tatsächlich schwebten, explodierte eine der Vitrinen nur wenige Meter von ihnen entfernt. Darin befand sich ein Skelett, das von einem Stahlrahmen aufrecht gehalten wurde. Schwerfällig kroch es aus dem geborstenen Glaskasten.

Es war schwer zu erkennen in dem Nebel und der Dunkelheit, aber es schien Matt, als ähnele das Skelett einem Krokodil. Es war lang und flach und hatte kurze Stummelbeine, die seinen Körper nur knapp über dem Boden hielten. In einem plötzlichen Wutanfall hatte es sich vorwärts geschleudert und dabei das Glas der Vitrine gesprengt. Das Einzige, was es nicht konnte, war brüllen. Es hatte keine Lunge. Aber seine Füße – Knochen ohne Fleisch – machten ein merkwürdiges klackendes Geräusch auf dem Mosaikfußboden. Es stürmte mit weit aufgerissenem Maul auf sie zu und seine schwarzen Zähne schnappten in die Luft. Sein peitschender Schwanz zertrümmerte den letzten Rest von dem, was bisher sein Zuhause gewesen war.

Der Flugsaurier ging zum fünften Mal in den Sturzflug und zielte mit seinem spitzen Schnabel auf Matts Kopf. Mit einem Aufschrei warf Matt sich auf den Boden und rollte sich weg, auch weg von dem Krokodil-Vieh, das auf ihn zustürmte.

Wie konnte es überhaupt sehen, fragte Matt sich, mit diesen leeren Augenhöhlen? Aber das Monster zögerte nicht. Es machte kehrt und kam wieder auf ihn zu. Matt lag auf dem Rücken. In wenigen Sekunden würde es über ihm sein.

Da reagierte Richard. Er schnappte sich einen Stuhl, holte aus und schlug ihn mit aller Kraft auf das Krokodil. Das massive Holz krachte in das Monster, brachte es vom Kurs ab und ließ eine Seite seines Brustkorbs zerbrechen. Es lag auf dem Boden, zuckend und rasselnd, und versuchte, wieder auf die Beine zu kommen. Sein Maul klappte immer wieder auf und zu, und es schleuderte den Kopf wild von einer Seite zur anderen.

„Beweg dich!", schrie Richard.

Eine zweite Vitrine platzte. Überall flogen Glassplitter herum. Die Dinosaurierskelette erwachten zum Leben – eines nach dem anderen. Knochen rasselten auf Marmor. Matt sprang auf und fragte sich, wie viele Ausstellungsstücke das Museum haben mochte. Und was war mit dem Riesenvieh, das sie gesehen hatten, als sie hereinkamen? Dem Diplodocus?

Matt drehte sich zu der riesigen Kreatur um und sah, dass auch ihre Knochen zu beben begonnen hatten. Der Diplodocus war mindestens zwanzig Meter lang. Sein mörderischer Schwanz schwang hin und her, angetrieben von der unerklärlichen Energie, die ihn plötzlich lebendig gemacht hatte. Eines seiner Beine bewegte sich und jedes Gelenk ächzte. Sein Kopf drehte sich auf der Suche nach der Beute.

„Die Tür!", brüllte Richard, und dann schrie er auf, als etwas gegen ihn prallte. Es war ein riesiges Echsenskelett, das auf den Hinterbeinen lief und die Arme ausgestreckt hielt. Es bestand aus mindestens hundert

Knochen, die alle an einer langen, geschwungenen Wirbelsäule befestigt waren.

Es schnappte nach Richards Kehle. Richard kippte mit rudernden Armen hintenüber. Matt sah, wie der Schlüsselbund aus seiner Hand flog und in der Dunkelheit verschwand. Die Echse sprang hoch. Richard rollte sich zur Seite und sie krachte auf den Boden. Hätte Richard eine Sekunde langsamer reagiert, wäre sie auf ihm gelandet. „Die Tür!", schrie er noch einmal. „Such nach einem Weg nach draußen!"

Der Nebel wurde immer dichter und Matt konnte nicht mehr von einem Ende der Halle zum anderen sehen. Es waren weitere Explosionen zu hören, als immer mehr Vitrinen von innen heraus gesprengt wurden. Nur verschwommen erkennbare Ausstellungsstücke flogen, sprangen oder krochen auf sie zu. Richard tastete hektisch nach den Schlüsseln. Aber vielleicht ließ sich die Tür auch anders öffnen. Es gab doch sicher einen Notausgang oder so etwas.

Matt rannte quer durch die Halle und erreichte den Haupteingang. Er kam schlitternd zum Stehen, packte den Griff und zog. Die Tür war verschlossen. Er versuchte es am Notausgang, doch auch er war verschlossen. Matt starrte durch das Glas auf die Büros und Wohnungen auf der anderen Straßenseite. Der Verkehr war dicht, wie gewöhnlich. Ganz normales Leben … aber es hätte ebenso gut auf einem anderen Planeten sein können. Beide Ausgänge waren verschlossen. Es gab keine Entriegelung für Notfälle. Sie saßen im Museum fest.

„Richard!", schrie Matt nervös, denn er konnte den Reporter nirgendwo entdecken.

„Sei leise!" Richards Stimme drang aus dem Nebel. „Sie können dich nicht sehen. Bleib, wo du bist, und mach kein Geräusch."

Stimmte das? Ein weiteres echsenähnliches Vieh – vielleicht ein Iguanodon – tappte auf ihn zu. Es überragte ihn um einiges. Matt erstarrte. Das Dinosaurierskelett war direkt vor ihm stehen geblieben. Er konnte durch seine Augenhöhlen direkt in den Schädel sehen. Sein Maul stand offen und es hatte hässliche weiße Zähne mit nadelscharfen Spitzen. Es atmete nicht – wie sollte es auch? –, doch Matt konnte seinen Atem trotzdem riechen. Er stank nach Abfällen und Fäulnis. Matt rührte sich nicht. Der Dinosaurier beugte sich vor und hielt den Kopf schief. Er schien ihn zu riechen oder vielleicht spürte er auch den Pulsschlag in seinem Hals. Er war jetzt nur noch Zentimeter von seinem Gesicht entfernt. Matt wollte wegrennen. Er wollte schreien. Er war sicher, dass ihn das Monster jeden Augenblick angreifen würde. Sollte er einfach stehen bleiben, wenn es ihm die Kehle herausriss?

„Matt? Wo bist du? Alles in Ordnung?" Richards Stimme hallte quer durch die Halle und die Echse machte kehrt und trottete in seine Richtung davon. Richard hatte also recht gehabt. Die Biester waren blind.

„Alles klar!", schrie Matt zurück. Mehr wagte er nicht zu sagen.

„Kommst du raus?"

„Nein! Wir brauchen die Schlüssel!"

Die Schlüssel mussten irgendwo am Fuß der Treppe liegen. Richard spähte suchend durch den Nebel, bis er sie endlich entdeckte und darauf zusprang. Zur gleichen Zeit stürmte eine schwere, massiv aussehende Kreatur auf ihn zu, aus deren unförmigem Schädel ein einzelnes Horn herausragte. Irgendwo in seinem Hinterkopf fand Richard den Namen der Kreatur. Es war ein Triceratops. Glücklicherweise war er langsamer als die anderen. Er bewegte sich schwerfällig und seine Knochenfüße rutschten haltlos auf dem Marmorboden herum. Richard schnappte sich den Schlüsselbund, bevor sich der Triceratops ihn schnappen konnte. Über ihm hatte sich ein zweiter Flugsaurier zum ersten gesellt. Die beiden vollführten einen geisterhaften Tanz.

Matt war immer noch an der Tür. Richard konnte ihn im Nebel nur kurz sehen, dann versperrten ihm noch mehr geisterhafte Kreaturen den Blick. Es war unmöglich abzuschätzen, wie viele der Bestien zum Leben erweckt worden waren, aber wie viele es auch sein mochten, keine von ihnen war so gefährlich wie der Diplodocus, der mitten in der Halle lauerte. Richard würde nie an ihm vorbeikommen können. Aber er musste etwas tun. Wenn er noch länger herumstand, würde einer der anderen Saurier ihn erwischen. Er würde sich von oben auf ihn stürzen oder ihn von hinten anspringen. Ein plötzliches Zuschnappen von Zähnen. Ein tödlicher Hieb mit einer Kralle. Der Tod war allgegenwärtig und Richard hatte die Hoffnung fast aufgegeben.

Und dann schwang der Diplodocus seinen Schwanz. Er bewegte ihn fast beiläufig. Die enorme Knochenmasse fuhr durch die Luft und krachte gegen eine der Säulen. Zerbrochener Marmor und Steinbrocken prasselten zu Boden. Erst jetzt erkannte Richard, wie groß die Gefahr tatsächlich war. Obwohl sie nur aus Knochen bestanden, waren die Dinosaurier genauso stark wie zu ihren Lebzeiten. Wenn sie es wollten, konnten sie das ganze Museum zum Einsturz bringen.

„Richard!", schrie Matt und der Diplodocus drehte sich um und suchte nach ihm. Die Flugsaurier trennten sich voneinander und beteiligten sich an der Jagd.

„Nimm die Schlüssel!", brüllte Richard. „Mach, dass du wegkommst!"

Er hob den Arm und schleuderte die Schlüssel mit aller Kraft in Matts Richtung. Sie flogen über den Diplodocus, knallten hinter ihm auf den Boden und rutschten das letzte Stück. Matt bückte sich und hob sie auf.

„Los, komm!", schrie er.

„Raus mit dir!"

„Nicht ohne dich!"

„Schließ die Tür auf!"

Matt wusste, dass Richard recht hatte. Vielleicht würde das Öffnen der Tür irgendwie die Magie kurzschließen, die die Dinosaurier zum Leben erweckt hatte. Vielleicht konnte er aber auch um Hilfe rufen. An dem Schlüsselring hingen sechs Schlüssel. Er zwang den ersten ins Schloss. Er ließ sich nicht drehen. Er riss ihn wieder heraus und probierte den zweiten, dann den dritten. Keiner davon war der richtige. Matt konnte sich kaum darauf konzentrieren, was er tat. Seine Hände zitterten. Jeder Nerv in seinem Körper schrie ihm zu, sich umzudrehen. Er schaffte es, den vierten Schlüssel ins Schloss zu fummeln. Doch bevor er ihn ausprobieren konnte, traf ihn die Schwanzspitze des Diplodocus mit solcher Wucht an der Schulter, dass er meterweit weggeschleudert wurde. Es fühlte sich an, als wäre er von einem Lastwagen angefahren worden. Benommen und unter Schmerzen rappelte er sich auf, taumelte zurück zur Tür und drehte den Schlüssel um. Sofort ging eine Sirene los und ein rotes Blinklicht flackerte irgendwo im Nebel. Er hatte den Alarm ausgelöst! Doch im selben Moment schwang die Tür auf. Er war frei.

Aber wo war Richard?

Der Reporter hatte sich nicht bewegt. Er hörte den Alarm und wusste, dass die Tür offen sein musste, aber er überlegte immer noch, wie er an dem riesigen Diplodocus vorbeikommen sollte. Der direkte Weg war blockiert. Ob er nach oben laufen sollte? Plötzlich schrie er auf. Etwas, das sich wie Stacheldraht anfühlte, umklammerte seinen Knöchel. Er sah nach unten und entdeckte ein winziges, krabbenähnliches Vieh, höchstens fünfzehn Zentimeter hoch, das sich mit seinen stecknadelartigen Zähnen in seinen Knöchel verbissen hatte. Richard fluchte und schüttelte es ab. Dann holte er aus, trat mit aller Kraft nach dem Kopf der Kreatur und grinste, als der Knochen zersprang. Das Grinsen verging ihm, als die Mutter des Kleinen, die zehnmal so groß war, auf ihn zukroch.

Er traf eine Entscheidung und rannte los. Natürlich hörte der Diplodocus ihn und sein langer Hals drehte sich zu ihm. Andere Skelette kamen aus den Schatten hervor und umringten ihn. Aber die Tür war offen. Der Weg nach draußen war frei.

„Du schaffst es!", feuerte Matt ihn an.

Der Diplodocus stand noch immer zwischen ihnen und Matt begriff erst jetzt, was Richard vorhatte. Richard tauchte unter dem Schwanz des Dinosauriers durch und rannte zwischen den Hinterbeinen hindurch unter seinen Bauch. Der Diplodocus war zu groß und zu schwerfällig, um ihn aufzuhalten, und die anderen Kreaturen kamen nicht mehr an ihn heran. Er würde es schaffen! Noch ein schneller Sprint zwischen den Vorderbeinen des Monsters hindurch und er wäre an der Tür.

Wutentbrannt stellte sich der Diplodocus auf die Hinterbeine. Sein schwerer Kopf traf die Galerie im ersten Stock.

Matt spürte, wie ihm ein eisiger Wind in den Nacken wehte, und er hörte von hinten Schritte näher kommen.

Richard war unter dem Diplodocus stehen geblieben und starrte Matt entsetzt an.

Die Galerie hatte den Zusammenstoß nicht überstanden. Einer der Stützpfeiler platzte auf, und die gesamte Galerie brach mit ohrenbetäubendem Getöse zusammen. Steine, Zement, Glas und Stahl krachten auf den Diplodocus. Dieses Gewicht konnte nicht einmal er tragen. Seine Beine gaben unter ihm nach.

Matt war im Begriff, in das Museum zurückzurennen, als er von zwei Händen am Hals gepackt wurde. Er schrie auf und drehte verzweifelt den Kopf hin und her.

Richard war in dem Staub und zwischen dem Geröll kaum noch zu sehen. Der Brustkorb des Dinosauriers umgab ihn wie ein Käfig. Es war, als wäre er lebendig verschluckt worden. Er war im Inneren des Diplodocus gefangen.

Matt konnte sich nicht bewegen. Mrs Deverill funkelte ihn an und in ihren Augen tanzten Flammen. Noah hielt ihn mit eisernem Griff um den Hals fest. Matt schlug um sich und schaffte es, Noah das Knie in den Magen zu rammen, doch im selben Moment hatte Mrs Deverill ein feuchtes Tuch herausgeholt, das sie ihm aufs Gesicht drückte. Es roch ekelhaft süßlich. Matt würgte. Er bekam keine Luft mehr.

Richard sah, wie sie Matt überwältigten. Matt sah Richard, wie er mit blutüberströmtem Gesicht in seinem grausigen Gefängnis kniete. Richard hob einen Arm und versuchte, den Staub und das Geröll wegzuschieben, die ihn zu ersticken drohten. Die Staubwolken wurden dichter und er verschwand. Ein Stahlträger krachte in den Schutthaufen. Matt hörte Richards Aufschrei.

Matt hatte keine Kraft mehr. Er ließ sich von der Dunkelheit überwältigen. Der Verkehr rauschte an ihm vorbei. Er hörte das Motorengeräusch der Straße, sah eine Ampel von Grün auf Rot springen, sah Menschen, die geschäftig hin- und herliefen, er hörte das Hupen der Autos und in der Ferne den Klang einer näher kommenden Sirene. Aber alles war unendlich weit entfernt und für ihn unerreichbar.

Und dann drehte sich alles um ihn, und er verlor das Bewusstsein.

WALPURGISNACHT

Die Wolken, die über Yorkshire hingen, waren düster und farblos. Sogar die Vögel in den Bäumen schwiegen. Es hatte die ganze Nacht geregnet und es regnete immer noch. Das Wasser plätscherte aus den rostigen Regenrinnen und fiel in Pfützen, in denen sich der graue, feindselige Himmel spiegelte.

Matt wachte auf und fröstelte.

Er war wieder in Hive Hall und lag auf einem verrosteten, durchhängenden Bett. Man hatte ihn in einer Kammer neben Noahs Zimmer auf dem Dachboden der Scheune eingesperrt. Es gab keine Heizung und er hatte nur eine dünne Wolldecke. Es war sieben Uhr morgens. Sehr langsam setzte er sich auf. Sein Genick tat weh, seine Schulter war so geprellt, dass er den Arm kaum bewegen konnte, und über dem Schnitt in seinem Gesicht, wo ihn der Flügel des Flugsauriers gestreift hatte, hatte sich Schorf gebildet. Seine Kleider waren schmutzig, zerrissen und feucht.

Matt streckte die Arme und ließ die Schultern kreisen, um wenigstens etwas Wärme in seine Muskeln zu zwingen. Es war Samstag, der dreißigste April. Professor Dravid hatte der kommenden Nacht einen Namen gegeben: Walpurgisnacht. Irgendein Hexenfeiertag, der Tag, auf den alles hinauslief. In vierundzwanzig Stunden würde alles vorbei sein, so oder so.

Matt stand auf und ging ans Fenster. Er konnte hinaussehen auf den Hof und die Schweine, die in ihrem Pferch herumwühlten. Sonst war niemand zu sehen. Es war der zweite Tag seiner Gefangenschaft. Sie hatten ihn nur hinausgelassen, damit er auf die Toilette gehen konnte, und Noah hatte die ganze Zeit vor der Tür Wache gehalten. Es war auch Noah, der ihm sein Essen brachte – auf Papptellern und mit Messer und Gabel aus Plastik. Mrs Deverill hatte sich nicht gezeigt, allerdings hatte Matt nachts Licht im Haus gesehen und wusste deshalb, dass sie da war.

Richard war tot. Das schmerzte ihn mehr als alles andere. Es kam Matt vor, als wären alle Menschen, die jemals gut zu ihm gewesen waren, tot. Jetzt war er auf sich allein gestellt. Aber er war fest entschlossen zu kämpfen. Wenn Mrs Deverill glaubte, sie könnte ihn so einfach in den Wald schleppen und mit einem Messer abstechen, irrte sie sich.

Er hatte schon angefangen. Er würde ausbrechen.

Matt lauschte auf Geräusche in der Scheune. Doch außer dem Grunzen der Schweine war nichts zu hören. Noah würde ihm das Frühstück frühestens in einer Stunde bringen. Er klappte die dünne Matratze hoch und griff nach dem rund zehn Zentimeter langen und an einem Ende abgeflachten Stück Eisen, das er dort versteckt hatte. Abgesehen von dem Bett, gab es in dem Raum keine Möbel, nichts, was er für einen Ausbruch benutzen konnte. Aber es war das Bett gewesen, das ihn mit einer Art Werkzeug versorgt hatte. Die Metallstrebe hatte eines der Beine gestützt. Matt hatte fast den ganzen ersten Tag dafür gebraucht, die Strebe zu lösen, und weitere zwei Stunden, das Ende flach zu drücken – mit seinem eigenen Gewicht und unter Mithilfe der Beine des Bettes. Jetzt ähnelte die Strebe einem Meißel. Erst hatte er geplant, die Gitter vor dem Fenster wegzuheben, doch sie waren zu massiv. Also hatte er begonnen, am Fußboden zu arbeiten.

Der Boden bestand aus Brettern, von denen jedes einzelne mit einem Dutzend Nägeln befestigt war. Matt hatte die Nacht durchgearbeitet und es geschafft, neun Nägel aus einem Brett herauszuziehen. Noch drei und er würde das Brett herausnehmen können. Wenn es ihm gelang, ein oder zwei weitere Bretter zu lösen, würde er sich durchquetschen und in die Scheune hinunterspringen können. Das war sein Plan.

Er zog den alten verblichenen Teppich weg und begann mit der Arbeit. Der selbst gemachte Meißel war nicht das ideale Werkzeug, um damit unter die Nagelköpfe zu kommen. Matt war schon unzählige Male abgerutscht und seine Fingerknöchel waren schon so oft auf den Boden geprallt, dass sie bluteten. Außerdem musste er aufpassen, dass er kein Geräusch machte. Das war das Schlimmste. Denn lautlos zu arbeiten, bedeutete auch, langsam zu arbeiten, und ihm lief die Zeit davon. Er biss die Zähne zusammen und zwang sich zur Konzentration. Erst löste sich ein Nagel, dann noch einer. Seit er aufgewacht war, war eine Stunde vergangen, aber wenigstens war das Bodenbrett jetzt lose. Er hob es an und spähte durch den schmalen Spalt.

Er sah sofort, wie hoffnungslos sein Plan war. Er war

zu hoch oben. Wenn er aus dieser Höhe heruntersprang, würde er sich mindestens den Knöchel verstauchen oder sich ein Bein brechen. Die Verzweiflung drohte ihn zu überwältigen, doch er kämpfte dagegen an. Er würde nicht aufgeben. Vielleicht gab es noch einen anderen Weg.

Seine Kraft.

Susan Ashwood, das blinde Medium, hatte etwas zu ihm gesagt, was er schon selbst wusste. *„Ich habe deine Kraft sofort gespürt. So etwas wie sie habe ich noch nie gefühlt."* Das hatte sie gesagt, kurz bevor sie ihr Haus verlassen hatten. Und er erinnerte sich auch daran, wie Professor Dravid ihn im Museum angesehen hatte. Da hatte er sich einen Moment lang gefragt, ob der Professor womöglich auf irgendeine Art Angst vor ihm hatte.

Matt war anders. Das wusste er schon sein ganzes Leben lang. Er hatte den Tod seiner Eltern vorausgesehen. Er hatte alle Einzelheiten geträumt, bis hin zu dem geplatzten Reifen und der Brücke. Er hatte gespürt, dass im Lagerhaus ein Wachmann war, und das, schon bevor er tatsächlich auftauchte. Er hatte im Jugendgefängnis einen Wasserkrug zerbrochen. Er hatte Richard gerufen, ohne den Mund aufzumachen. Und dann waren da die Träume, die eigentlich mehr als nur Träume waren. Vier Kinder ... Drei Jungen und ein Mädchen, die nach ihm riefen.

Und mit ihm waren sie fünf.

Er setzte sich aufs Bett und konzentrierte sich auf die Tür. Wenn er einen Krug zerbrechen konnte, warum sollte er dann kein Schloss öffnen können? Er musste nur die Kraft in sich finden und sie einschalten. Matt musste wieder daran denken, wie er es das letzte Mal versucht hatte, als er in Richards Wohnung aufgewacht war. Da hatte es nicht funktioniert, aber vielleicht hatte er sich nicht genug Mühe gegeben. Außerdem ging es jetzt um Leben und Tod. Vielleicht half das.

Bewusst atmete er langsamer, starrte das Schloss an und versuchte, an nichts anderes zu denken. Er konzentrierte sich auf das Schlüsselloch und stellte sich die Metallbolzen darin vor. Er konnte sie bewegen. Er konnte dieses Schloss mit einem Schlüssel öffnen, der nur in seiner Fantasie existierte. Das war leicht. Er hatte die Kraft dazu.

Er streckte die Hände aus, damit die Energie in Richtung Schloss strömen konnte. „Dreh dich!", flüsterte er.

Der Türknauf drehte sich.

Matt war außer sich vor Freude – aber nur eine Sekunde lang. Er war grausam getäuscht worden. Noah hatte die Tür aufgeschlossen, um Matt sein Frühstück zu bringen. Er trug ein Tablett mit einem Becher Tee und einer einzelnen Scheibe Toast. An seinem Gürtel hing etwas, das aussah wie eine Sichel. Sie hatte einen Holzgriff und eine gebogene Klinge, die erst vor Kurzem geschliffen worden war und silbern glänzte.

„Frühstück", knurrte Noah.

„Fettig und eklig", sagte Matt.

„Willst du es nicht?"

„Ich habe nicht das Frühstück gemeint, sondern dich."

Im Fußboden fehlte ein Brett. Matt hatte es noch nicht wieder zurückgelegt. Würde Noah es bemerken? Er musste mit ihm reden und seine Aufmerksamkeit vom Boden ablenken.

Noah stellte das Tablett aufs Bett.

„Ich will baden", sagte Matt.

„Kein Bad."

„Kann ich dann wenigstens duschen? Oder weißt du nicht, was das ist? So wie du stinkst, hast du wahrscheinlich noch nie geduscht, oder?"

Es funktionierte. Noah starrte ihn wütend an und hatte keinen Blick für den Rest des Raums übrig. Einen Moment stand er nur da und atmete schwer. Er zog die Sichel aus seinem Gürtel und hielt sie sich an die Lippen. Dann fuhr er mit der Zunge über die Schneide. „Ich werde es genießen, wenn sie dich töten", schnaufte er. „Du wirst kreischen wie ein Schwein. Du wirst kreischen und winseln und ich werde dabei sein!" Er steckte die Sichel zurück und ging zur Tür. „Heute kein Essen mehr", verkündete er. „Du kannst hungrig sterben." Er schlug die Tür zu und verschloss sie.

Matt wartete, bis er sicher sein konnte, dass Noah wirklich gegangen war, dann verschlang er sein Frühstück. Der Tee war kalt und der Toast weich, aber das war ihm egal. Ob warm oder kalt, das Essen würde ihm Kraft geben und die brauchte er. Insgeheim war er froh, dass Noah ihm kein Essen mehr bringen würde. Das verschaffte ihm mehr Zeit. Ihm war jetzt klar, dass er die Tür nicht durch Zauberei – oder auf irgendeine andere Art – öffnen konnte. Es gab nur einen Ausweg und der führte durch das Loch im Fußboden. Er musste es vergrößern und dazu hatte er nun den ganzen Tag Zeit.

Als Matt das nächste Mal auf die Uhr sah, war es drei Uhr nachmittags. Seine Knie schmerzten, sein Rücken war steif. Am Daumen hatte er eine tiefe Risswunde und seine Finger waren voller Blasen. Aber zwei weitere Bodenbretter waren lose und er musste nur noch sieben Nägel ziehen, bevor das Loch groß genug für seine Zwecke war. Er würde nicht in die Scheune hinunterspringen können, aber er hatte einen anderen Plan – und nur eine einzige Chance, ihn in die Tat umzusetzen.

Es wurde sechs Uhr und noch immer bewegte sich das vierte Dielenbrett keinen Millimeter. Zwischen Matt und dem Erfolg standen noch fünf Nägel. Er arbeitete jetzt fieberhaft und es war ihm egal, wie viel Lärm er machte. Was sollte er tun, wenn sein Plan nicht funktionierte? Er lächelte grimmig. Der primitive Meißel war sicher keine ideale Waffe, aber eine andere hatte er nicht. Vielleicht konnte er Noah wenigstens eine schöne bleibende Erinnerung an sich verpassen. Mit dieser Vorstellung stach er wieder mit dem Eisen zu. Ein weiterer Nagel löste sich.

Es war schon dunkel, als Noah kam. Das bekannte Rasseln der Schlüssel und das Knarren der Tür ertönte und kündigte ihn an. Dann stand er mit der Sichel im Gürtel auf der Schwelle. In der Kammer gab es kein elektrisches Licht. Noah schaltete eine Taschenlampe ein.

„Zeit zu gehen", verkündete Noah freudig. „Alle warten schon auf dich."

Matt gab keine Antwort.

„Was ist los?", zischte Noah. „Willst du Ärger machen oder was?"

Vom anderen Ende des Raums, wo das Bett stand, kam ein qualvolles Stöhnen.

„Was ist? Bist du krank?"

Matt stöhnte wieder und hustete rasselnd. Nervös hielt Noah die Taschenlampe auf Armeslänge von sich.

„Wenn das ein Trick ist", drohte er, „werde ich dafür sorgen, dass du dir wünschst, nie geboren worden zu sein. Ich werde –"

Er ging zwei Schritte aufs Bett zu und trat auf den Teppich.

Der Teppich verdeckte das Loch, an dem Matt den ganzen Tag so hart gearbeitet hatte. Noah ließ die Taschenlampe fallen und verschwand, ohne einen Laut von sich zu geben. Der Teppich verschwand mit ihm, er wurde nach unten gesaugt wie in einer Tierfalle.

Blitzschnell sprang Matt vom Bett auf. Er griff nach der Taschenlampe, rannte aus dem Zimmer und die Treppe hinunter.

Es war kein schöner Anblick, der ihn unten erwartete. Er hatte gehofft, dass der fette Landarbeiter das Bewusstsein verlieren würde, wenn er in der Scheune aufschlug. Aber Noah war auf seine Sichel gefallen. Sein Gesicht war zu einer Maske des Erstaunens und des Schmerzes verzogen – und er war eindeutig tot.

Entsetzt starrte Matt auf Noahs reglosen Körper. Er

ging näher heran und beugte sich über ihn, aber für den Landarbeiter kam jede Hilfe zu spät. Matt hatte einen Menschen umgebracht.

Sicherlich, er hatte Noah gehasst und ihm ein paar Prellungen und Knochenbrüche von Herzen gegönnt – doch nun war er tot und es war Matts Schuld. Ihm wurde übel. Er wollte sich setzen, doch er wusste, dass er keine Zeit verlieren durfte. Jeden Moment konnte Mrs Deverill nachsehen kommen, wo Noah blieb. Entschlossen drehte er sich um und lief aus der Scheune.

Matt rannte durch die Dunkelheit. Es regnete und das Wasser prasselte ihm ins Gesicht. Der Weg war voller Pfützen und so schlammig, dass er kaum vorwärtskam. Zweimal stürzte er, und die Prellung an seiner Schulter tat jedes Mal höllisch weh. Aber davon ließ er sich nicht aufhalten. Er rannte kopflos in die Nacht, ohne etwas zu spüren außer dem Aufschlagen seiner Füße, dem Rauschen des Blutes in seinen Ohren und seinem keuchenden Atem, der in weißen Wölkchen aus seinem Mund kam.

Er rannte, bis es nicht mehr ging und seine Beine ihn bei jedem Schritt anflehten, eine Pause einzulegen. Sein Gehirn war wie betäubt. Er war nur noch eine Maschine. Regenwasser strömte ihm übers Gesicht und lief ihm in den Kragen. Und dann konnte er nicht mehr weiter. Er musste anhalten. Er entdeckte einen Grasstreifen neben der Straße und brach darauf zusammen. Er hatte keine Ahnung, wie weit er gerannt war. Einen Kilometer? Vielleicht waren es auch zehn gewesen.

In einiger Entfernung tauchten die Scheinwerfer eines

Autos auf. Matt hob den Kopf und kämpfte sich so mühsam wie ein alter Mann auf die Beine. Er wusste, dass es gefährlich war, aber er hatte keine andere Wahl. Er musste das Auto anhalten und den Fahrer bitten, ihn mitzunehmen. Vielleicht würde der ihn bei der Polizei abliefern. Aber das spielte keine Rolle. Es war Walpurgisnacht. Morgen würde er in Sicherheit sein.

Er taumelte vorwärts und hob die Arme. Das Auto wurde langsamer und hielt an. Seine Scheinwerfer beleuchteten den Regen und ließen ihn aussehen wie schwarze Tinte. Es war ein Sportwagen. Ein schwarzer Jaguar.

Die Tür öffnete sich und der Fahrer stieg aus. Matt versuchte, auf ihn zuzugehen, verlor das Gleichgewicht und stolperte in ein Paar ausgestreckte Arme.

„Du meine Güte!", rief Sir Michael Marsh aus.

Es war der Wissenschaftler, den er mit Richard besucht hatte. Matt versuchte zu sprechen, aber er brachte kein Wort heraus.

„Was machst du denn hier, mitten in der Nacht?", fragte Sir Michael streng. „Nein. Versuch jetzt nicht zu sprechen. Los, setz dich ins Auto, damit du aus dem Regen kommst."

Matt ließ sich zur Beifahrertür helfen und sank dankbar auf den Sitz. Sir Michael schüttelte die Regentropfen ab und setzte sich neben ihn. Der Motor des Wagens lief noch und die Scheibenwischer schwangen hin und her. Aber der Jaguar setzte sich nicht in Bewegung. Dazu war Sir Michael zu verblüfft.

„Du bist doch Matthew Freeman", sagte er. „Wie bist

du in diesen grauenhaften Zustand geraten? Hattest du einen Unfall?"

„Nein ... ich ..."

„Du siehst aus, als hättest du mit einem ganzen Rudel Bären gerungen."

„Mir ist kalt."

„Dann müssen wir dich sofort ins Warme bringen. Und mach dir keine Sorgen. Ein Glück, dass ich dich gefunden habe. Jetzt wird alles wieder gut."

Er legte den Gang ein und sie fuhren los. Sir Michael drehte die Heizung auf und warme Luft umspülte Matts Beine. Er war in Sicherheit! Sir Michael würde sich seine Geschichte anhören. Er hatte genug Macht, um Mrs Deverill und den anderen das Handwerk zu legen. Er würde dafür sorgen, dass ihm nichts geschah. Das Auto raste durch die Nacht. Matt entspannte sich in dem weichen Ledersitz. Er wollte nur noch schlafen. Er war noch nie so müde gewesen.

Aber er konnte nicht einschlafen. Etwas stimmte nicht. Doch was war es? Er versuchte, sich an Sir Michaels Worte zu erinnern.

„Du bist doch Matthew Freeman."

Er kannte seinen Nachnamen.

Als Richard mit ihm zu Sir Michaels Haus in York gefahren war, hatte er ihn nur als Matt vorgestellt. Nur Mrs Deverill kannte seinen Nachnamen. Sir Michael konnte ihn nicht kennen. Es sei denn ...

Matt versuchte, die Tür zu öffnen, doch sie war verriegelt. Gerade als er Sir Michael ansehen wollte, traf ihn eine Faust mit einem goldenen Siegelring an der

Seite seines Kopfes und schleuderte ihn gegen das Seitenfenster. Matt war benommen. Der alte Mann war unglaublich stark. Jetzt wusste Matt auch, dass er dieses Auto schon einmal gesehen hatte – in Hive Hall.

„Bitte beweg dich nicht", sagte Sir Michael. „Die Türen sind verschlossen und du kannst nicht raus. Es macht mir keinen Spaß, Kinder zu schlagen, und ich möchte es nicht noch einmal tun, aber ich werde es tun, wenn du irgendetwas versuchst."

Es gab nichts, das Matt hätte tun können. Er war vollkommen entkräftet.

„Wir werden bald da sein. Und du brauchst keine Angst zu haben. Es wird schnell gehen und wahrscheinlich nicht so wehtun, wie du glaubst."

Er bog von der Landstraße auf einen schlammigen, holprigen Feldweg ab. Sie fuhren in den Wald. Vor ihnen schimmerten die Lichter von Omega Eins im Regen. Matt versuchte, sich auf Sir Michael zu werfen, doch der alte Mann stieß ihn mühelos auf seinen Sitz zurück.

Sie erreichten das Tor des Kraftwerks und hielten. Der Nachthimmel wurde von einem gewaltigen Blitz wie mit einem Fallbeil in zwei Teile gespalten. Die Dorfbewohner waren alle da. Mrs Deverill stand vor ihnen und Asmodeus strich ihr um die Beine. Alle warteten auf ihn.

„Nein!", schrie Matt und es hallte durch den Wagen.

Sir Michael stieg aus. „Packt ihn!", befahl er.

Die Tür wurde aufgerissen. Graue, tropfende Hände griffen hinein und verkrallten sich in ihm. Matt schlug um sich, doch es hatte keinen Sinn. Er wurde aus dem Auto gezerrt und hochgehoben. Ein gleißend heller Strahler blendete ihn. Es waren Unmengen von Leuten da ... das ganze Dorf. Dies war der Augenblick, auf den sie gewartet hatten, und nun hatten sie ihn.

Obwohl Matt zappelte und schrie, trugen ihn die Dorfbewohner wie eine Trophäe in das Herz von Omega Eins.

DUNKLE MÄCHTE

Es war wie in einem albtraumhaften technologischen Zirkus.

Die Reaktorkammer war ein großer runder Raum mit silbernen Wänden und einem mindestens dreißig Meter hohen Kuppeldach. Anders als im Zirkus war der Fußboden allerdings nicht mit Sägemehl bestreut, sondern bestand aus schwarzen und weißen Quadraten und das Dach war auch kein buntes Zeltdach. Es war aus Stahl und hoch über dem Boden verliefen rote und blaue Laufbrücken. Hinter dem einen Fenster lag vermutlich der Kontrollraum und ein breiter Gang zog sich einmal um das ganze Rund. Sollten das etwa die Stehplätze für die Zuschauer sein?

In der Mitte der Kammer verliefen zwei Schienenstränge und dort erhob sich auch ein riesiger Turm mit diversen Plattformen, Geländern, Leitern und Skalen, der auf diesen Schienen stand, sodass man ihn vor- und zurückbewegen konnte. Der Turm dominierte die ganze Kammer. Im Augenblick regte sich dort nichts. Ein einzelner breiter Gang führte aus dem Ring. Im Zirkus wäre dies der Gang gewesen, durch den die Tiere und die Clowns in die Manege kamen.

Die Kammer war in gleißendes Licht getaucht. Alles war makellos sauber und selbst die Luft hatte einen sterilen, metallischen Geschmack.

Es war das Herz von Omega Eins. Matt wusste, dass unter dem Fußboden, geschützt durch zehn Meter dicken, mit Stahl verstärkten Beton, ein Drache schlief. Wenn er aufwachte, würde sein Brüllen die Kraft einer explodierenden Sonne haben, denn genau diese Kraft steckte in dem Kernreaktor.

Matt sah sich um, während die Dorfbewohner schweigend um ihn herumstanden. Mit all seiner Technik unterschied sich das Kraftwerk kaum von einer ganz normalen Fabrik. Doch anders als in einer normalen Fabrik waren hier überall Relikte einer fast vergessenen Zeit zu sehen. Dem einundzwanzigsten Jahrhundert war eine unheilige Verbindung mit dem finstersten Mittelalter aufgezwungen worden. Im Inneren des Kraftwerks war alles vorbereitet für einen Hexensabbat, eine schwarze Messe.

Trotz des elektrischen Lichts brannten Hunderte von schwarzen Kerzen. Rauch stieg von ihren spuckenden Dochten auf und wurde sofort vom Lüftungssystem weggesaugt. Die Kerzen umgaben einen Kreis, der auf den Schachbrettboden gemalt worden war, und eine Reihe von Worten. HEL + HELOYM + SOTHER ... Es waren fremde Worte, die für Matt keine Bedeutung hatten. Er gab es auf, sie zu lesen. Im Inneren des Kreises bedeckten verschiedene Symbole – Pfeile, Augen, fünfzackige Sterne und Spiralen – den Boden, die man für Kritzeleien eines schwachsinnigen Kindes hätte halten können, wären sie nicht mit offensichtlicher Sorgfalt und in Gold aufgemalt worden.

Matts Blick fiel auf einen Marmorklotz, der genau in

der Mitte des Kreises stand. Er hatte die Größe eines Sargs und an einem Ende war in Gold ein einzelnes Zeichen eingraviert:

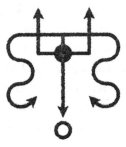

Darüber hing ein Holzkreuz, das auf dem Kopf stand. Direkt darunter, auf dem Stein, lag ein Messer. Es hatte eine geschlängelte Klinge aus angelaufenem Silber und der Griff war aus dem Horn eines Geißbocks geschnitzt.

Matt schauderte. Er wusste, wozu all diese Vorbereitungen dienten. Hier sollte sein Leben enden. Das Messer war für ihn gedacht.

Die Dorfbewohner rückten näher. Einige sahen durch das Fenster des Kontrollraums auf ihn herab. Mrs Deverill und ihre Schwester standen nebeneinander. Matt erkannte den Metzger, den Apotheker, die Frau mit dem Kinderwagen ... Sogar die Kinder waren da. Ihre Gesichter waren blass, ihre Augen gierig. Niemand sprach ein Wort. Sie zwangen Matt auch nicht auf den Marmorklotz. Sie wussten, dass ihm keine Wahl blieb, als sich zu ergeben. Er hatte seinen Fluchtversuch gehabt. Aber er hatte sich einfangen lassen und dafür würde er büßen.

„Matt!"

Jemand hatte ihn gerufen. Matt sah an den Dorfbewohnern vorbei und entdeckte außerhalb des Kreises einen Mann, dessen Hände an ein Metallgitter gefesselt waren. Matt rannte auf ihn zu. In diesem kurzen Augenblick vergaß er alles andere. Damit hätte er nie gerechnet – Richard war noch am Leben! Seine Kleider waren zerfetzt, sein Gesicht blutverschmiert. Er war ein hilfloser Gefangener. Aber irgendwie hatte er den Einsturz des Museums überlebt und war hierher gebracht worden.

„Sag mir, dass ich träume", schnaufte er, als Matt bei ihm ankam.

„Ich fürchte, nicht", sagte Matt. Er war so verblüfft, dass er nicht wusste, was er sagen sollte. „Ich dachte, du wärst tot."

„Nicht ganz." Richard brachte den Anflug eines Lächelns zustande. „Es sieht aus, als stecke Sir Michael Marsh in dieser Sache mit drin."

„Ich weiß. Er hat mich hergebracht."

„Trau nie jemandem, der für die Regierung arbeitet." Richard beugte sich vor und flüsterte: „Meine linke Hand ist beinahe frei. Halte durch!" Matt schöpfte neue Hoffnung.

„Jetzt sind wir alle versammelt!" Die Stimme kam von der einen offenen Tür. Die Dorfbewohner sahen Sir Michael gespannt an, als er die Kammer betrat. „Lasst uns unsere Plätze einnehmen. Das Ende der Welt steht kurz bevor."

Zwei der Dorfbewohner waren unauffällig hinter

Matt getreten, und bevor er reagieren konnte, zerrten sie ihn mit sich. Er wehrte sich, so gut es ging, doch es war hoffnungslos. Die beiden Männer waren riesig und schleppten ihn mit sich wie einen Sack Kartoffeln. Sie schleiften ihn zu dem Opfertisch, warfen ihn auf den Rücken und knoteten dicke Lederriemen um seine Handgelenke und Knöchel. Als sie zurücktraten, konnte er sich nicht mehr bewegen. Hier würde also alles enden.

Richard brüllte die Dorfbewohner an. „Lasst ihn in Ruhe! Warum wollt ihr ihn umbringen? Er ist doch nur ein Kind! Lasst ihn gehen ..."

Sir Michael brachte ihn mit einer Handbewegung zum Schweigen. „Matthew ist nicht irgendein Kind", erwiderte er. „Er ist ein ganz besonderes Kind. Ein Kind, das wir schon sein halbes Leben lang beobachten."

Mrs Deverill drängte sich vor. Sie trug dieselben Kleider, die sie in London angehabt hatte, auch die Eidechsenbrosche und ihre Augen glühten vor Hass. „Ich will diejenige sein, die ihm die Kehle durchschneidet!", verlangte sie.

„Sie werden tun, was man Ihnen sagt", entgegnete Sir Michael kalt. „Jayne, Sie haben mich enttäuscht. Er wäre Ihnen beinahe entkommen. Zum zweiten Mal!"

„Wir hätten ihn von Anfang an einsperren sollen!", antwortete Mrs Deverill.

„Sie sind diejenigen, die eingesperrt werden sollten", schrie Richard. „Sie sind ja völlig verrückt ..."

„Wir sind nicht verrückt." Sir Michael sah ihn an.

„Sie wissen gar nichts. Sie leben in Ihrer gemütlichen, mittelmäßigen Welt und haben keinen Blick für die größeren Dinge, die um Sie herum geschehen, genau wie so viele Ihrer Art. Aber das wird sich bald ändern. Ich habe mein ganzes Leben diesem Augenblick geweiht. Allein die Vorbereitungen haben mehr als zwanzig Jahre gedauert und ich habe Tag und Nacht daran gearbeitet. Hat Professor Dravid Ihnen von uns erzählt? Hat er Ihnen von den Alten erzählt?" Sir Michael machte eine Pause, aber Richard sagte nichts. „Ich gehe davon aus, dass er es getan hat, und vermutlich haben Sie auch ihn für verrückt gehalten. Ich kann Ihnen versichern, dass es die Alten wirklich gibt. Sie waren die erste große Macht des Bösen. Einst haben sie die Welt beherrscht, bis sie durch einen Trick besiegt und verbannt wurden. Seit jener Zeit warten sie auf ihre Rückkehr und das ist es, was Sie gleich erleben werden. Ihr Freund Matthew ist exakt über der Öffnung von Raven's Gate festgebunden." Sir Michael breitete die Arme aus. „Und das Tor wird sich bald öffnen."

Die Dorfbewohner erschauderten in freudiger Erregung. Sogar Mrs Deverill rang sich ein dünnes Lächeln ab.

„Die Mächte, die Raven's Gate errichtet haben, wussten, was sie taten", fuhr Sir Michael fort. „Das Tor ist unzerstörbar. Es kann nicht geöffnet werden. Zumindest sah es jahrhundertelang so aus. Unsere Vorfahren haben es seit dem Mittelalter versucht. Über Hunderte von Jahren haben sie ihr gesammeltes Wissen, ihre Beschwörungsformeln und Rituale weitergegeben. Aber nichts von alldem hat funktioniert. Bis jetzt. Wir sind die auserwählte Generation. Weil wir im einundzwanzigsten Jahrhundert leben. Wir verfügen über neue Technologien. Und es gibt eine Kraft, die wir uns zunutze machen können. Dieselbe Kraft, die auch die Welt erschaffen hat. Wir beherrschen sie erst seit Kurzem. Die Atomkraft."

Er ging hinüber zu Matt, der an seinen Fesseln zerrte. Seine Schultern hoben sich vom Opfertisch, doch es half nichts. Als Sir Michael auf ihn zukam, ließ er sich zurückfallen.

„Finden Sie es wirklich so verrückt, die Kraft einer Atombombe mit der Kraft der schwarzen Magie zu vergleichen?", fragte Sir Michael Richard. „Glauben Sie, dass eine Waffe, die ganze Städte zerstören und Millionen von Menschen in wenigen Sekunden töten kann, sich so sehr von Teufelswerk unterscheidet? Für mich war es offensichtlich, dass diese beiden Kräfte vereint werden können und dass wir mit ihnen etwas erreichen werden, das bisher niemandem gelungen ist.

Als Omega Eins gebaut wurde, habe ich meinen Einfluss dafür benutzt, dass man es hier errichtet, genau an der Stelle, an der einst der Steinkreis stand. Wäre er nicht niedergerissen worden, würde er genau hier stehen, wo sich jetzt der Reaktorraum befindet. Unter uns hat der Reaktor fast seinen kritischen Zustand erreicht. Es ist, als wäre im Herzen des Tores eine gigantische Bombe vergraben, die Raven's Gate sprengen und die Alten befreien wird.

Ich habe Omega Eins gebaut. Ich war auch für seine

Schließung zuständig, als die Regierung beschloss, den Betrieb einzustellen. Ich konnte die Verantwortlichen davon abhalten, das Gebäude abzureißen, und als alle fort waren, habe ich mich still und leise an die Arbeit gemacht und alles wieder aufgebaut. Es hat mehr als zwanzig Jahre gedauert. Die Dorfbewohner, die Kindeskinder der Zauberer und Hexen, die seit Jahrhunderten in Lesser Malling gelebt haben, haben mir dabei geholfen."

„Und woher haben Sie das Uran?", schrie Richard. „Sie haben uns selbst gesagt, dass man Uran nicht einfach kaufen kann!"

„Das war einmal", widersprach Sir Michael. „Ich muss zugeben, dass es ziemlich schwierig war. Aber die Welt hat sich inzwischen verändert. Der Zusammenbruch der Sowjetunion. Die Ereignisse in Serbien und Jugoslawien. Die Kriege im Mittleren Osten. Söldner und Terroristen treiben sich überall auf unserem Planeten herum, und einen zu finden, der mit uns Handel treiben wollte, war nur eine Frage der Zeit. Auf ihre Weise dienen auch diese Leute den Alten. Wir sind alle auf derselben Seite.

Das Kraftwerk läuft jetzt seit sechs Monaten und wir haben den Reaktor auf diesen großen Tag vorbereitet. Sie können mir glauben – er funktioniert. Ich werde schon bald den Befehl geben, die letzten Brennstäbe hochzufahren. Sie werden die Hitze auf den kritischen Punkt steigen lassen. Und dann wird das Tor schmelzen und sich öffnen."

„Sie werden alle dabei draufgehen!", rief Richard.

„Nein. Nur Sie werden sterben. Weil nur Sie außerhalb des Kreises sind."

„Das glauben Sie doch nicht im Ernst!"

„Das glaube ich nicht nur, das *weiß* ich." Sir Michael zeigte auf die Symbole, die auf den Boden gemalt waren. „Schon seit Jahrhunderten benutzen Magier solche Kreise zu ihrem eigenen Schutz. Und dieser Kreis wird uns schützen. Wenn die Strahlung austritt, wird sie uns nichts anhaben können. Die Hitze, wie unerträglich sie auch sein mag, wird uns nicht verbrennen. Nur Sie werden sterben."

„Und was ist mit Matt?", schrie Richard.

„Hat Ihnen das Professor Dravid nicht gesagt?" Sir Michael lächelte. „Die drei Bestandteile jeder schwarzen Messe: Rituale, Feuer und Blut. Die Rituale haben wir geerbt. Das Feuer haben wir geschaffen. Und von Matthew bekommen wir das Blut."

Er nahm das Messer in die Hand und fuhr mit einem Finger die Klinge entlang.

„Blut", fuhr er fort, „ist die kraftvollste Form der Energie auf unserem Planeten. Es ist die reine Lebenskraft. Opferungen waren schon immer ein wichtiger Teil jedes magischen Rituals, denn dabei wird diese Energie freigesetzt. Natürlich haben wir auch da eine Verbindung. Die Hexe des Mittelalters hat Schädel gespalten. Die des einundzwanzigsten Jahrhunderts spaltet Atome. Wir werden heute Nacht beides tun."

„Aber es muss doch nicht Matt sein!", protestierte Richard. „Warum gerade er?"

„Wegen dem, was er ist."

„Aber er ist *niemand*! Er ist nur ein Kind!"

„Das glauben *Sie*. Aber das stimmt nicht. Es muss *sein* Blut sein. Dies ist der Moment, für den er geboren wurde."

„Das reicht!", zischte Mrs Deverill. „Lassen Sie uns endlich anfangen!"

Sir Michael sah auf seine Uhr. „Sie haben recht. Es ist Zeit."

Matt konnte sich nicht bewegen. Die Lederriemen hielten ihn unerbittlich auf dem kalten Marmor fest.

Im Kontrollraum wurde ein Schalter umgelegt. Tief unter der Erde griffen Elektromagneten nach den Brennstäben und zogen sie unaufhaltsam nach oben, Zentimeter für Zentimeter.

Die Dorfbewohner fassten sich an den Händen und schlossen die Augen. Langsam wurden die Brennstäbe aus dem Reaktorkern gezogen. Sir Michael trat in die Mitte des Kreises und stand allein über Matt, das Messer hoch erhoben.

Es war zwölf Uhr in der Walpurgisnacht. Es war Zeit, das Tor zu öffnen.

RAVEN'S GATE

Es war so weit.

In wenigen Augenblicken würde Matt getötet werden. Die unglaubliche Hitze des Reaktors würde das Tor so weit schwächen, dass es zerschlagen werden konnte. Und dann würde das Messer in sein Herz dringen. In dem Moment, in dem sein Blut auf den Boden tropfte, würde sich Raven's Gate öffnen.

Richard konnte nichts tun. Selbst wenn es ihm gelänge, sich zu befreien, würde er nie rechtzeitig zu Matt kommen.

Aber Matt hatte immer noch seine Kraft.

Zweimal hatte er versucht, sie zu finden, und hatte versagt. Ihm blieb nur noch eine Chance. Aber wie …?

Die Dorfbewohner stimmten einen merkwürdigen Singsang an. Es war derselbe, den Matt schon vorher gehört hatte. Sie begannen mit denselben rätselhaften Worten, die ihm solche Angst eingejagt hatten, als er nachts allein in Hive Hall gewesen war:

„LEMMIH … MITSIB … UDRED … RESNU … RETAV."

Aber jetzt, wo er so dicht bei ihnen war, verstand Matt, was sie sagten. Plötzlich wurde ihm alles klar. Er hatte angenommen, dass sie Latein oder Griechisch sprachen, aber es war viel einfacher. Es war ein altes Hexenritual. Sie sprachen das Vaterunser rückwärts.

Matt versuchte, nicht zuzuhören. Er glaubte, die gewaltige Energie unter sich zu spüren, als der Reaktor die kritische Temperatur erreichte. Er wusste, dass er dies alles aus seinem Bewusstsein ausblenden musste, wenn er die Kraft finden wollte. Warum war es ihm nicht gelungen, die Vase in Richards Wohnung zu zerbrechen? Warum hatte er die Tür nicht öffnen können, als er in Mrs Deverills Bodenkammer festsaß? Was machte er falsch?

Das Gemurmel der Dorfbewohner erfüllte den Raum und übertönte das Summen des Belüftungssystems. Sir Michael hielt das Messer mit beiden Händen umklammert und wartete auf den richtigen Moment, damit zuzustoßen. Trotz all seiner Bemühungen starrte Matt wie gebannt auf die Klinge. Diese ganze Sache hatte mit einem Messer begonnen – mit dem, das Kelvin benutzt hatte, um den Wachmann niederzustechen. Und nun sah es so aus, als würde sie auch mit einem Messer enden.

Denk an das Messer. Konzentrier dich darauf. Halte es auf.

Matt lag auf dem Rücken und versuchte, die Kraft freizusetzen, von der er wusste, dass sie irgendwo in ihm steckte. Aber es hatte keinen Sinn. Sir Michael hatte alles unter Kontrolle. Mit einem Lächeln flüsterte er die Beschwörungsformel. Matt konnte Schweißperlen auf seiner Oberlippe sehen. Sir Michael würde jede Sekunde genießen. Auf diesen Augenblick wartete er schon sein ganzes Leben.

Tief unter der Erde fuhren die Brennstäbe langsam hoch. Als sie den Reaktorkern verließen, begannen die Neutronen, in ihm herumzusausen. Mit einer Geschwindigkeit von einigen Hundert Kilometern pro Sekunde prallten sie aufeinander und setzten eine unglaubliche Hitze frei.

Und mit den Brennstäben hob sich auch das Tor.

Richard hatte es geschafft, eine Hand freizubekommen, aber die andere war noch gefesselt, und er zerrte fieberhaft an dem Strick. Doch als er sah, was geschah, erstarrte er.

Die riesigen Steine, die vor Jahrhunderten zerstört worden waren, wuchsen aus dem Boden wie monströse Pflanzen. Es waren achtzehn Brennstäbe. Und es waren achtzehn Steine. Jeder von ihnen glitt in die Position, die er ursprünglich innegehabt hatte. Sie waren nur die Geister der Steine, denn sie kamen aus dem Boden, ohne ihn zu berühren. Aber vor Richards Augen begannen sie zu schimmern und wurden mit zunehmender Größe immer massiver. Sie überragten bereits die Dorfbewohner, die einen neuen Kreis hinter ihnen bildeten.

In wenigen Sekunden würden sie genau so dastehen wie in alten Zeiten. Und Richard wusste, dass das der Moment sein würde, in dem das Messer zustach. Die Alten würden befreit werden.

Matt sah das alles und schloss die Augen. Je mehr ihn die Geschehnisse ablenkten, desto schlechter würde er sich konzentrieren können. Konnte er denn gar nichts tun? Er hatte den Wasserkrug zum Platzen gebracht.

Das war kein Traum gewesen. Er hatte es getan. Aber wie? Verzweifelt versuchte er sich zu erinnern, was er dabei gefühlt hatte. Was machte ihn anders? Warum hatte es damals funktioniert?

Das Gewisper wurde lauter. Und jetzt passierte etwas noch Unglaublicheres. Der Fußboden im Inneren des Kreises veränderte seine Farbe. Das schwarz-weiße Karomuster erstrahlte jetzt in einem glühenden Rot, das von unten zu kommen schien. Das Rot wurde immer intensiver, die Farbe leuchtender, bis es schließlich aussah wie ein See aus Blut. Plötzlich entstand ein tiefer schwarzer Riss mitten im Zentrum der Reaktorkammer. Das Tor begann zu zerbrechen.

Matt öffnete die Augen ein letztes Mal. Da war Richard, der außerhalb des Kreises immer noch mit seinen Fesseln kämpfte. Da waren Jayne und Claire Deverill, die ihn fasziniert anstarrten. Die Decke – grelle Neonlampen und silberne Röhren. Der Kontrollraum, in dem sich die Dorfbewohner ans Glas drückten, um besser sehen zu können. Die Flammen der schwarzen Kerzen, flackernd und wabernd. Und der Fußboden ...

In dem Rot des Bodens war ein dunkler Fleck aufgetaucht. Matt hob den Kopf, sodass er an seinem eigenen Körper vorbei auf den Boden sehen konnte, der jetzt durchsichtig war. Er konnte durch ihn hindurchsehen in eine andere Welt. Der Fleck bewegte sich. Er kletterte, flog, schwamm aufwärts, und zwar mit einer enormen Geschwindigkeit. Eine Sekunde lang konnte Matt eine Form erkennen. Es war irgendeine Kreatur. Aber es ging zu schnell. Schwärze brodelte hoch und vertrieb das Rot in einem Meer aus Luftblasen. Ein gleißender weißer Streifen erschien in dem flüssig gewordenen Fußboden. Das schwarze Ding wischte ihn weg und mit einem Schauder erkannte Matt, was es war: eine riesige Hand. Das Monster, zu dem sie gehörte, musste mindestens so groß sein wie der ganze Reaktor. Matt konnte seine Fingernägel erkennen, scharf und schuppig, und er konnte auch die runzlige Haut seiner Finger sehen, die durch Schwimmhäute miteinander verbunden waren. Es presste seine Faust gegen die Barriere, und die roten Blasen explodierten, als es versuchte, sich aus seiner Verbannung zu befreien.

Matt schloss die Augen. Und plötzlich, wie aus dem Nichts, kam die Antwort.

Der Geruch von etwas Verbranntem.

Das war es, was seine Kraft ausgelöst hatte. Er hatte etwas Verbranntes gerochen, als er im Sumpf steckte. Derselbe Geruch war da gewesen, als er den Krug zerbrochen hatte. Und auch schon vorher ... lange vorher. Jetzt erinnerte er sich wieder. Am Morgen ihres tödlichen Unfalls hatte seine Mutter den Toast anbrennen lassen. Und irgendwie war dieser kleine Zwischenfall zum Auslöser geworden. Matt hatte auch in dem Moment verbrannten Toast gerochen, bevor der Wachmann im Lagerhaus aufgetaucht war.

Er versuchte nicht länger, das Messer zu beeinflussen. Er hörte auf, etwas in sich anschalten zu wollen. Stattdessen dachte er an diesen Tag vor sechs Jahren. Er war wieder acht Jahre alt und saß in der Küche ihres Hauses in einem Vorort von London. Nur eine Sekunde lang, wie bei einem Filmausschnitt, sah er die gelb gestrichenen Wände. Da war der Küchenschrank. Die Teekanne in Form eines Teddybären.

Und seine Mutter.

„Beeil dich, Matthew, sonst kommen wir zu spät."

Er hörte ihre Stimme und roch es wieder. Der Geruch von verkohltem Toast ...

Im Kraftwerk hatte das Flüstern aufgehört. Die großen Steine von Raven's Gate waren zurückgekehrt. Sie standen an ihrem angestammten Platz, ihre Spitzen berührten fast das Kuppeldach. Sir Michael Marsh hob das Messer. Seine Fäuste, die den Griff umklammerten, schlossen sich fester.

„Nein!", schrie Richard.

Das Messer fuhr herab.

Es hatte weniger als eine Armlänge zurückzulegen. Es würde mühelos in das Herz des Jungen dringen. Seine Spitze erreichte Matts Hemd und ritzte seine Haut. Doch weiter drang es nicht vor. Es blieb stehen, als würde es von einem unsichtbaren Draht festgehalten.

Sir Michael stieß ein merkwürdiges ersticktes Stöhnen aus und stützte sich mit seinem ganzen Gewicht auf das Messer. Er starrte Matt fassungslos an. Ihm war klar, dass die Kraft des Jungen jetzt vollständig erwacht war. Und mit diesem Wissen kam die erste Ahnung von Angst und Niederlage.

„Nein ...", murmelte er mit schwacher Stimme. „Das darfst du nicht! Du kannst mich nicht aufhalten! Nicht jetzt!"

Matt sah das Messer an und wusste, dass jetzt er die Kontrolle hatte.

Sir Michael kreischte. Die Klinge glühte rot. Der Griff verbrannte ihn. Seine Haut knisterte und Rauch stieg auf, aber er konnte das Messer nicht loslassen. Mit letzter Kraft ließ er seine Arme sinken und das Messer fiel zu Boden. Wimmernd spuckte er auf seine verbrannten Hände. Zur gleichen Zeit begannen die Riemen, die Matt festhielten, zu schmoren und rissen durch. Matt rollte sich vom Opfertisch und stand auf.

Er machte einen Schritt nach vorn und stand direkt auf dem Tor. Er starrte die Dorfbewohner herausfordernd an. Niemand bewegte sich. Sogar die Kreatur unter ihm, die doch hundertmal so groß war wie er, duckte sich und wich zurück. Eine giftige Wolke grüner Dämpfe quoll hoch. Matt durchdrang den Kreis der Dorfbewohner. Keiner von ihnen versuchte, ihn aufzuhalten. Er rannte auf Richard zu. Das Metallgeländer, an das Richard gefesselt war, zerbrach, und er war frei.

„Komm mit!", befahl Matt mit einer Stimme, die sich ganz fremd anhörte.

Richard war so geschockt, dass er gehorchte, ohne Fragen zu stellen. Als die Dorfbewohner begriffen, was passiert war, waren die beiden schon zur Tür hinausgerannt.

Mrs Deverill erholte sich als Erste. Heulend vor Wut stürmte sie hinter ihnen her. Mr Barker, der Apotheker, wollte ihr folgen, doch er hatte einen Moment zu lange gezögert. Er war erst drei Schritte weit gekommen, als der Boden unter ihm aufbrach und Stahl- und Betonbrocken hochflogen. Orangefarbene Flammen und eine dicke weiße Rauchwolke schossen aus dem Spalt und erstickten ihn. Schreiend brach er zusammen und rührte sich nicht mehr.

Eine Sirene fing an zu heulen, überall unter dem Kuppeldach blinkten Lampen auf. Sie warnten vor radioaktiver Strahlung. Deren Menge war schon jetzt tödlich und sie wurde mit jeder Sekunde größer.

„Bleibt im Kreis!", brüllte Sir Michael. Er schluchzte und hielt seine verbrannten Hände hoch. „Die Strahlung ist ausgetreten. Aber im Kreis sind wir sicher!"

Die orangefarbenen Flammen schossen hoch, höher als die Steine, und erreichten fast die Decke. Dicker Rauch quoll aus dem Boden und verteilte sich im ganzen Raum wie ein lebender Teppich. Die Sprinkleranlage war automatisch angesprungen und Tausende Liter Wasser prasselten herab und durchweichten die wie erstarrt dastehenden Dorfbewohner. Um das Feuer zu löschen, reichte es jedoch nicht. Nicht dieses Feuer. Die Flammen sprangen durch das Wasser, zischend und knisternd. Das ganze Gebäude bebte.

Claire Deverill war die Erste, die die Nerven verlor. Mit einem hysterischen Schrei warf sie die Arme hoch und rannte zwischen den Steinen hindurch auf die Tür zu, durch die ihre Schwester verschwunden war. Doch außerhalb des magischen Kreises war sie nicht mehr geschützt. Die Hitze schlug ihr entgegen und ihre Kleider fingen Feuer. Der Rauch griff nach ihren Beinen und riss sie um. Sie kreischte kurz auf, doch dann war keine Luft mehr in dem Raum, nur Rauch und Feuer. Ihr Gesicht verzerrte sich und ihre Augen wurden weiß. Dann fiel sie um und blieb zuckend liegen.

„Bleibt im Kreis", wiederholte Sir Michael beschwörend. „Die Türen sind verschlossen. Sie können nicht entkommen."

Unter dem Fußboden schlug die riesenhafte Kreatur wieder und wieder gegen das unsichtbare Tor. Doch sie konnte es nicht durchbrechen. Sie hatte ihr Ritual bekommen. Sie hatte ihr Feuer bekommen. Aber das Blut des Kindes war ihr versagt worden und ihr fehlte die Kraft.

Sir Michaels Blick fiel auf das Messer. Die Spitze war durch Matts Hemd gedrungen und hatte seine Haut geritzt. Matts Kraft hatte es zwar gestoppt, aber erst, nachdem es sein Blut berührt hatte. Sir Michaels Augen wurden groß. Mit einem Freudenschrei stürzte er sich auf das Messer. Das Blut war noch feucht. Es glitzerte im Schein der Neonlampen.

Sir Michael lachte und hieb das Messer hinein in Raven's Gate.

Die Kraft durchströmte Matt und nichts konnte sich ihm in den Weg stellen. Verschlossene Türen wurden wie von einem Tornado aus den Angeln gerissen. Stahlplatten bogen sich und zersprangen, als er sich ihnen näherte. Omega Eins war der reinste Irrgarten, aber er schien genau zu wissen, wohin er lief. Eine Metalltreppe hinunter, einen Korridor entlang, durch einen Metallbogen und auf eine Automatiktür zu, die sich zischend öffnete, als er näher kam.

Richard war dicht hinter ihm. Er wusste nicht, wohin sie liefen, aber er erkannte, dass sie sich abwärts bewegten. Inzwischen mussten sie tief unter der Erde sein. Die Sirenen heulten immer noch und an jeder Ecke blinkten Warnlampen. Dampf zischte aus Rohren. Wasser prasselte aus der Sprinkleranlage. Das ganze Kraftwerk schien zu beben, als würde es jeden Moment zusammenbrechen, und er fürchtete, dass sie in eine Sackgasse liefen. So tief unter der Erde gab es sicher keinen Ausgang. Aber ihm war auch klar, dass jetzt nicht der richtige Augenblick war, um darüber zu diskutieren. Also sagte er nichts und rannte schweigend hinter Matt her.

Sie kamen durch einen Raum, der mit Maschinen vollgestopft war, dann durch einen weiteren Korridor. Die Tür an seinem Ende flog auf und ließ sie durch.

Sie waren auf einem Laufsteg aus Metall gelandet, der oberhalb eines Wasserbeckens verlief. Solches Wasser hatte Richard noch nie gesehen. Er blieb kurz stehen, um Atem zu schöpfen, und beugte sich über das Geländer. Das Wasser war blau – ein schimmerndes, unnatürliches Blau – und kristallklar, ohne das winzigste Staubkorn auf der Oberfläche. Der Wassertank war quadratisch und etwa drei Meter tief. Auf dem Grund stand eine Reihe von Metallbehältern, auf denen Nummern aufgedruckt waren. Die Hälfte von ihnen war leer, in der anderen Hälfte standen, dicht zusammengepackt, verbogene Metallstäbe.

Jetzt wusste Richard, worum es sich handelte. Hier wurden die radioaktiven Abfälle aus dem Reaktor gekühlt. In dem Becken war kein Wasser, sondern Säure. Und die Behälter unter der Oberfläche enthielten die tödlichste Substanz der Welt. Schaudernd wich Richard zurück. Matt wartete schon auf ihn. Sein Gesicht zeigte eine ungewohnte Entschlossenheit. Es war schwer zu sagen, ob er wach war oder schlief.

„Ich komme", sagte Richard.

Der Hieb traf ihn vollkommen unerwartet auf den Hinterkopf. Hätte er nicht gerade einen Schritt nach vorn gemacht, hätte er ihm wahrscheinlich das Genick gebrochen. Er fiel auf die Knie. Eine Frau rauschte an ihm vorbei und stellte sich mitten auf den Steg, Matt gegenüber. Es war Mrs Deverill.

Richard versuchte, wieder auf die Beine zu kommen, aber er war kaum bei Bewusstsein. Er hatte keine Kraft. Er konnte nur hilflos auf dem Gitterrost knien und zusehen, wie Mrs Deverill auf Matt zuging, eine Eisenstange in der Hand.

„Er wollte nicht auf mich hören", fauchte sie. Ihr Gesicht war zu einer Maske der Wut erstarrt, ihre Augen funkelten und ihr Mund war zu einer unmenschlichen Grimasse verzogen. „Wir hätten dich einsperren, dich hungern lassen und schwach halten sollen. Aber jetzt ist es vorbei, nicht wahr? Deine Kraft ist verschwunden. Und du weißt nicht, wie du sie kontrollieren kannst. Jetzt kann ich dich töten und zurückbringen."

Sie hob die Eisenstange. Matt sah sich hektisch um. Er konnte nicht weg. Auf der einen Seite war die Mauer, auf der anderen Seite verhinderte nur ein niedriges Geländer, dass er in den Säuretank fiel. Der Metallsteg war nur zwei Meter breit. Mrs Deverill stand zwischen ihm und Richard. Selbst wenn er hätte wegrennen können, wäre sein Freund ihr schutzlos ausgeliefert gewesen, und das kam nicht infrage. Er hatte keine andere Wahl. Er würde kämpfen müssen.

Sie schwang die Eisenstange. Schnell wie ein Panther hechtete Matt zur Seite und sprang zurück, als Mrs Deverill mit dem spitzen Ende nach seinem Magen stieß. Für eine Frau ihres Alters bewegte sie sich unglaublich schnell und die Wut verlieh ihr zusätzliche Kraft. Matt fiel gegen das Geländer, als sie wieder auf ihn losging. Er hatte keine Chance gegen sie. Sie war größer als er. Sie war bewaffnet. Und sie kochte vor Wut. Vor Anstrengung und Hass grunzend presste sie die Eisenstange gegen seine Brust und drückte ihn so fest gegen das Geländer, dass Matt glaubte, seine Rippen würden brechen.

Wie gern hätte er seine Kraft gegen sie eingesetzt, aber Mrs Deverill hatte recht gehabt mit ihrer Vermutung. Die Kraft war nicht mehr da. Sie hatte ihn bis hierher gebracht und nun war sie erschöpft. Matt war wieder ein normaler Junge. Und Mrs Deverill machte ihn fertig.

Sie ließ die Eisenstange von seiner Brust zu seiner Kehle gleiten. Jetzt versuchte sie, seine Luftröhre abzudrücken. Ihr verkniffenes Gesicht mit den vorstehenden Wangenknochen war dicht über seinem. Ihre Augen brannten vor Wut und Empörung. Matt fühlte, wie der Boden unter seinen Füßen wegrutschte. Er wurde hintenübergezwungen. Das Geländer presste sich in seinen Rücken und sein Genick bog sich so weit nach hinten, dass er das Becken unter sich sehen konnte. Mit einem Röcheln riss er ein Knie hoch und rammte es der Frau in den Magen. Mrs Deverill schrie auf und wich zurück. Matt drehte sich zur Seite weg.

Die Eisenstange krachte wieder herunter. Matt duckte sich. Ein Luftzug streifte seine Wange, als die Stange auf das Geländer knallte. Funken sprühten. Matt sprang hinter Mrs Deverill, um sie zu überraschen, doch sie hatte sein Manöver vorhergesehen. Einer ihrer Füße schoss vor und brachte ihn zu Fall. Er lag auf dem Rücken und musste zusehen, wie Mrs Deverill die Eisenstange mit beiden Händen hob. Sie wollte sie wie einen Speer benutzen und ihm in die Brust rammen.

„Du gehörst immer noch mir!", kreischte sie. „Ich kriege dein Blut. Ich werde dir das Herz herausreißen und es mit mir nehmen."

Ihre Finger schlossen sich fester um die Eisenstange. Sie holte Luft.

Und dann kippte sie mit einem Aufschrei vornüber. Die Eisenstange verfehlte ihr Ziel. Matt sah an ihr vorbei und erkannte, dass Richard sich aufgerappelt hatte, um ihm zu helfen. Er hatte Mrs Deverill von hinten gerammt. Sie verlor das Gleichgewicht. Einen Moment lang ruderte sie wild mit den Armen, dann stürzte sie schreiend über das Geländer in den Tank.

Sie versank wie ein Stein und landete auf einem der Behälter. Weiße Blasen stiegen aus ihrem Mund auf, als sie versuchte, an die Oberfläche zu kommen. Doch es war zu spät. Die Säure fraß bereits an ihr. Richard spähte hinab.

„Sieh nicht hin, Matt", warnte er.

Matt rappelte sich auf. „Komm, hier entlang ...", sagte er leise.

Am Ende des Laufstegs befanden sich eine weitere Tür und noch mehr Stufen, die nach unten führten. Plötzlich veränderten sich die Wände. Weiter oben waren sie glatt und zum Teil gefliest gewesen, jetzt waren sie aus massivem Fels und an manchen Stellen mit feuchtem Moos bewachsen. Die eisernen Stufen waren rostig und führten in die Dunkelheit hinab. Sie hörten Wasser rauschen. Der unterirdische Fluss!

Die Stufen endeten auf einer kleinen, dreieckigen Plattform. Direkt unter ihnen strömte der schwarze Fluss durch ein kilometerlanges Höhlensystem unter dem Wald. Die Höhlen bildeten eine Art unterirdischen Kanal, der fast bis oben hin angefüllt war mit eiskaltem Wasser. Es gab keine Böschung und keinen Steg, auf dem sie hätten laufen können. Sie hatten nur eine Möglichkeit.

„Halt dich an mir fest", sagte Richard. Matt schlang die Arme um ihn. „Halt dich gut fest."

Sie sprangen.

Die Reaktorkammer von Omega Eins zerbrach. Die Flammen hatten sich weiter ausgebreitet und die ungeheure Hitze brachte sogar die massiven Rohre zum Schmelzen. Der Boden wellte sich und platzte auf. In einer Wand war ein Riss entstanden, durch den die

Nachtluft hereinwehte und das Feuer zusätzlich anfachte.

Sir Michael Marsh stand allein neben dem Altar. Wind und Rauch umwirbelten ihn. Die Dorfbewohner, wahnsinnig vor Angst, hatten versucht zu fliehen. Doch sobald sie den Schutz des magischen Kreises verließen, wurden sie augenblicklich vom Inferno verschluckt und zu Asche verbrannt. Jetzt explodierte auch der Kontrollraum und Glas- und Metallsplitter prasselten wie ein tödlicher Regen hinab.

Ein neuerliches Beben ließ den Metallturm am äußersten Rand des Kreises schwanken. Mit einem Kreischen und unter einem Funkenregen kippte er um und durchschlug die Wand. Ein weiteres Fenster platzte und ein Feuerball schoss durch die Öffnung wie eine Gewehrkugel.

Sir Michael beugte sich über den Boden. Unter ihm, unter all dem dichten Rauch und Feuer, schlug die riesige schwarze Hand der Kreatur, die er gerufen hatte, ein letztes Mal donnernd gegen das Tor. Der alte Steinkreis war schon fast verschwunden. Die Steine zerbröckelten und Staub rieselte aus den Rissen, die sich in ihnen gebildet hatten. Omega Eins war in einem Erdbeben gefangen, das es selbst verursacht hatte. Die Wände bebten, die Plattformen und Leitern krachten zu Boden.

Und dann, mit einem wilden Schrei – einem Schrei, wie ihn die Welt seit einer Million Jahren nicht mehr gehört hatte – brach die Kreatur, der König der Alten, aus. Raven's Gate zerbrach. Der einzelne Tropfen von

Matts Blut hatte ausgereicht, um das Tor zu schwächen. Die Hand kam heraus.

„Wir haben es geschafft!", schrie Sir Michael. „Frei! Endlich frei!"

Die gigantische Hand öffnete sich. Alle Lampen in der Kammer wurden verdeckt, als sich die riesigen Finger streckten.

Die Hand umgab den Wissenschaftler. Er stieß einen Freudenschrei aus, doch es wurde schnell ein Schrei des Entsetzens daraus, als er begriff, was gleich passieren würde. Die Hand schloss sich um ihn und zerquetschte ihn. Sir Michael Marsh starb einen grausigen Tod im Griff der Kreatur, der er sein ganzes Leben treu gedient hatte.

Und dann explodierte der überlastete Reaktor. Ein blendendes, alles verschlingendes weißes Licht brach aus ihm heraus, so hell wie die Sonne: das Licht einer Atomexplosion.

Eine riesige pilzförmige Wolke stieg aus dem Boden auf. Die mächtigste Errungenschaft des Menschen war außer Kontrolle geraten. Die Wolke schoss hinauf in den Nachthimmel und sie brachte genug tödliche Strahlung mit, um halb England zu zerstören.

Aber Raven's Gate war noch offen.

Und der luftleere Raum jenseits des Tores musste gefüllt werden.

Die Atomenergie zog sich zurück und wurde durch das Tor gesaugt, zu dessen Öffnung sie beigetragen hatte. Die Pilzwolke war vierhundert Meter hoch aufgestiegen, doch jetzt wurde sie zurückgeholt. Gleichzeitig wurden der Rauch und die giftigen Gase in das Vakuum gesaugt, das zwischen beiden Welten entstanden war.

Auch die Kreatur wurde von dem gigantischen Sog erfasst und hinuntergerissen wie eine Spinne in einem riesigen Abflussrohr. Sie war gefangen in einem Wirbelsturm aus reinem Licht, das so schnell herumwirbelte, dass es kein Entkommen aus dem Strudel gab. Ein Vorhang aus geschmolzenem Rot flutete über den Boden, wurde blasser und erstarb. Langsam tauchten die schwarzen und weißen Bodenfliesen des Reaktorraums wieder auf. Die Kreatur war verschwunden. Das Tor war wieder versiegelt.

Drei Kilometer weiter wurden Richard und Matt hustend und frierend aus einer unterirdischen Höhle gespült und schafften es, sich auf die Uferböschung zu schleppen. Am Horizont war ein schmaler rosa Streifen zu erkennen. Die Sonne ging auf.

Es war vorbei.

DER MANN AUS PERU

„Die *Times*?"
 „Nichts."
 „Der *Telegraph*?"
 „Nichts."
 „Der *Independent*?"
 „Nichts."
 „*Le Monde*?"
 „Keine Ahnung – das Ding ist auf Französisch!"
 „Aber irgendwo muss doch etwas stehen!"

Richard und Matt saßen am Küchentisch von Richards Wohnung in York. Beide hatten eine Schere vor sich und einen Becher Tee.

Seit ihrer Flucht aus Omega Eins war eine Woche vergangen und beide hatten sich verändert. Matt hatte eine Narbe auf der Wange, eine Erinnerung aus dem Museum für Naturgeschichte, aber zumindest sah er jetzt weniger gehetzt und müde aus. Bei Richard zu wohnen, auszuschlafen, fernzusehen und ansonsten nichts zu tun, hatte ihm offenbar gutgetan. Vor allem nachts verfolgten ihn zwar immer noch die Bilder der schrecklichen Ereignisse der Walpurgisnacht und er wusste, dass er nie wirklich darüber hinwegkommen würde, dass er für Noahs Tod verantwortlich war, doch immer öfter gelang es ihm, die Bilder für einige Zeit aus seinem Kopf zu vertreiben.

Was Richard betraf, so konnte er immer noch nicht fassen, dass er tatsächlich überlebt hatte. Und er war überzeugt, dass er die größte Story aller Zeiten verkaufen würde. Das war nicht nur etwas für die Titelseite – diese Story schrie geradezu nach einer Sonderausgabe.

Die beiden waren umgeben von Zeitungen und Zeitschriften, die sie von der ersten bis zur letzten Seite durchgesehen hatten. Das hatten sie jetzt jeden Tag getan. Und das Ergebnis war immer dasselbe.

„Wie viele müssen wir noch lesen?", fragte Matt.

„Ich glaube das einfach nicht", sagte Richard. „Ich meine, irgendwo muss es doch erwähnt werden. Wie kann es mitten in Yorkshire eine Atomexplosion geben, ohne dass es jemand merkt?"

„Du hast doch den Ausschnitt aus der *Yorkshire Post*."

„Na toll!" Richard zog einen kleinen Zeitungsfetzen unter dem Magneten an der Kühlschranktür hervor. „Ein zwei Zentimeter langer Absatz über ein helles Licht, das über den Wäldern von Lesser Malling beobachtet wurde. Ein helles Licht – so nennen die das! Und sie bringen es auf Seite drei neben dem Wetterbericht!"

Die letzten sieben Tage hatte Richard jede einzelne Nachrichtensendung im Radio und im Fernsehen verfolgt. Er begriff es nicht. Es war, als wäre nie etwas Außergewöhnliches passiert. Ingenieure prüften immer noch die Schäden, die am Museum entstanden waren. Dinosaurierfossilien von unschätzbarem Wert waren zerstört worden, aber niemand hatte Professor Sanjay Dravid erwähnt, dessen Leiche doch sicher längst gefunden worden war. Dasselbe galt für den Tod oder das Verschwinden von Sir Michael Marsh. Er war ein bedeutender Wissenschaftler im Dienst der Regierung gewesen und zum Ritter geschlagen worden. Und trotzdem standen in den Zeitungen keine Nachrufe, keine Bemerkungen, gar nichts. Es war, als hätte er nie existiert.

Und seine Story?

Richard hatte sie in nur vierundzwanzig Stunden geschrieben. Zunächst hatte er sich auf das Nötigste beschränkt und nur eine zehnseitige grobe Zusammenfassung geschrieben. Matt hatte darauf bestanden, dass sein Name nicht erwähnt wurde. Er wusste, was er getan hatte, aber ihm war immer noch nicht klar, wie er es getan hatte ... Und wenn er ehrlich war, wollte er es gar nicht wissen. Er hatte schließlich doch die Kraft gefunden, das Messer aufzuhalten und zu entkommen. Aber er erinnerte sich kaum daran. Er wusste noch, dass er auf dem Marmorblock gelegen hatte, und dann erinnerte er sich wieder daran, dass er über dem Säuretank mit Mrs Deverill gekämpft hatte. Aber alles, was dazwischen lag, war wie weggeblasen.

Es war, als hätte in dieser Zeit eine fremde Macht von ihm Besitz ergriffen und ihn ferngesteuert.

Soweit es Matt betraf, wollte er nie wieder über Jayne Deverill oder Raven's Gate sprechen. Und er wollte ganz sicher nicht auf die Titelseiten der Zeitungen in aller Welt.

Richard hatte schließlich zugestimmt, ihm einen anderen Namen zu geben. So war es am einfachsten. Auch das FED-Programm hatte er nicht erwähnt. Das hätte es zu leicht gemacht, Matt aufzuspüren, und außerdem war das auch etwas, das Matt nicht gedruckt sehen wollte.

Das zehnseitige Manuskript hatte Richard an jede Zeitung in London geschickt. Das war vor drei Tagen gewesen. Seitdem hatten drei der Herausgeber geantwortet.

Sehr geehrter Mr Cole,
wir danken Ihnen für Ihren Artikel, der am 4. Mai bei uns eingegangen ist. Leider müssen wir Ihnen mitteilen, dass er zum Abdruck nicht geeignet ist.
Mit freundlichen Grüßen ...

Alle Absagen waren gleich. Kurz und knapp. Und immer ohne Begründung. Sie wollten einfach nicht wissen, was passiert war.

Matt wusste, wie frustriert und verärgert Richard deswegen war. Natürlich hatte er nicht damit gerechnet, dass die Leute ihm alles glaubten, was er geschrieben hatte. Aber sicherlich stellten die Menschen sich doch Fragen, was das Museum und das Kraftwerk betraf. In dem Wald, in dem bisher Omega Eins gestanden hatte, war jetzt ein Riesenkrater. Und Lesser Malling war menschenleer. Wie konnten alle Bewohner eines Dorfes über Nacht verschwinden? Es gab hundert unbeantwortete Fragen und Richards Artikel beantwortete wenigstens einige von ihnen. Warum wollte ihn also niemand drucken?

Etwas anderes, über das sie nicht sprachen, das sie aber beide bedrückte, war Matts Zukunft.

Matt war klar, dass es nicht mehr lange so weitergehen konnte. Mrs Deverill war tot. Die Behörden konnten jederzeit merken, dass sie verschwunden war, und sie würden sich fragen, wo Matt steckte. Das FED-Programm würde ihn zurückverlangen und irgendwo anders unterbringen. Ihm war klar, dass er nicht viel länger bei Richard bleiben konnte. Auch wenn die Wohnung groß genug für sie beide war, konnte ein Vierzehnjähriger nicht so einfach bei einem fünfundzwanzig Jahre alten Mann einziehen, den er erst seit ein paar Wochen kannte. Und was noch schlimmer war – Richard war pleite. Er war eine Woche nicht zur Arbeit erschienen und hatte deswegen seinen Job bei der *Gazette* verloren. Der Herausgeber hatte ihm nicht einmal eine Kündigung geschickt. Er hatte nur auf der Titelseite seiner Zeitung verkündet: JOURNALIST GEFEUERT. Richards Stimmung war auf dem Nullpunkt. Wenn das mit der Superstory nicht klappte, würde er sich Arbeit suchen müssen. Er hatte bereits davon gesprochen, dass er vielleicht wieder nach London ziehen würde.

„Weißt du, was ich glaube?", fragte Richard plötzlich.

„Was denn?"

„Ich glaube, die machen das mit Absicht. Ich glaube, die haben meinen Artikel auf die schwarze Liste gesetzt."

„Was ist die schwarze Liste?"

„So eine Regierungssache. Sie zensieren alles, was sie nicht gedruckt sehen wollen – wegen der nationalen Sicherheit und so."

„Meinst du denn, sie wissen, was wirklich passiert ist?"

„Keine Ahnung." Richard knüllte eine der Zeitungen zu einem Ball zusammen. „Ich finde nur, dass die Öffentlichkeit informiert werden müsste, und kann nicht fassen, dass nicht das Geringste nach außen gedrungen ist."

Es klingelte an der Tür. Richard ging zum Fenster und sah nach unten.

„Der Postbote?", rief Matt.

„Nein. Sieht aus wie ein Tourist. Wahrscheinlich hat er sich verlaufen." An Richards Wohnhaus kamen viele Touristen vorbei, aber geklingelt hatte noch keiner von ihnen. „Ich gehe runter und wimmle ihn ab", sagte Richard und verschwand.

Matt trank seinen Tee aus und spülte den Becher. Wenigstens konnte er jetzt wieder richtig schlafen und er hatte auch nicht mehr geträumt. Trotzdem wusste er, dass die vier Kinder immer noch am Strand auf ihn warteten. Drei Jungen und ein Mädchen. Mit ihm waren sie fünf.

Einer der Fünf.

Darum war es die ganze Zeit gegangen: um vier Jungen und ein Mädchen, die einst die Welt gerettet hatten und zurückkehren würden, um es ein zweites Mal zu tun. Im Museum hatte Matt Richard gesagt, was er glaubte: dass er einer der Fünf war.

Aber wie sollte das möglich sein, wo die Fünf doch vor Tausenden von Jahren gelebt hatten? Matt hatte eine gewisse Kraft. Das war eindeutig. Aber er konnte sie nicht kontrollieren, und er war auch nicht scharf darauf, sie jemals wieder zu benutzen. Er stützte den Kopf in die Hände. Er hatte sein Leben noch nie im Griff gehabt – nicht, solange er sich erinnern konnte. Und im Augenblick war es noch schlimmer als sonst.

Richard kam zurück, begleitet von einem Mann in einem hellen Anzug. Er war offensichtlich Ausländer, denn er hatte tiefschwarze Haare, dunkle Haut und dunkle Augen. Wie ein Tourist sah er jedoch nicht aus. Er hatte einen teuren Aktenkoffer aus Leder dabei und wirkte eher wie ein Geschäftsmann, vielleicht ein Anwalt.

„Das ist Mr Fabian", sagte Richard. „Zumindest hat er das gesagt."

„Guten Morgen, Matt. Es freut mich, dich kennenzulernen." Der Mann hatte eine sanfte Stimme und betonte jedes Wort sorgfältig. Er hatte einen deutlichen spanischen Akzent.

„Mr Fabian hat meinen Artikel gelesen", fuhr Richard fort. „Er kommt vom Nexus."

Der Nexus. Die Geheimorganisation, die Professor Dravid erwähnt hatte, bevor er umgebracht wurde.

„Was wollen Sie?", fragte Matt grob. Er hatte genug. Er wollte nichts mehr von der ganzen Sache hören.

Fabian seufzte. „Darf ich mich setzen?", fragte er.

Richard deutete auf einen Stuhl.

Fabian nahm Platz. „Vielen Dank, Mr Cole. Zunächst muss ich sagen, Matthew, dass ich sehr froh – und auch geehrt – bin, dich zu treffen. Ich weiß, was du durchgemacht hast. Ich hoffe, du hast dich von den Strapazen vollständig erholt."

„Sie wissen nicht mal die Hälfte", knurrte Richard.

Fabian sah ihn an. „Sie waren im Museum, als Professor Dravid getötet wurde", sagte er. „Mich würde interessieren, wie Sie es geschafft haben, am Leben zu bleiben."

Richard zuckte mit den Schultern. „Es war der Brustkorb", sagte er. „Ich war unter einem Dinosaurierskelett gefangen. Der Brustkorb hat mich vor den herabstürzenden Trümmern geschützt und Mrs Deverill hat mich ausgegraben." Er verstummte. „Sie sagen, dass Sie meinen Artikel gelesen haben. Dann können Sie mir vielleicht auch sagen, warum ihn keine Zeitung haben will."

Fabian seufzte entschuldigend. „Genau genommen bin ich deswegen hier, Mr Cole", gestand er. „Meine Organisation hat dafür gesorgt, dass Ihr Artikel nicht gedruckt wird. Und wir sehen es als unsere Aufgabe, dies auch in Zukunft zu verhindern."

„Was?" Richard starrte den Besucher erbost an. „Wollen Sie damit sagen, dass der Nexus –?"

„Es tut mir wirklich leid. Ich weiß, dass das sehr frustrierend für Sie sein muss."

„Frustrierend? Sind Sie nicht ganz dicht?" Richards Blick schweifte über den Tisch und Matt war froh, dass gerade kein Küchenmesser herumlag.

„Wir können nicht zulassen, dass Ihre Story gedruckt wird, Mr Cole."

„Warum nicht? Und wie haben Sie das überhaupt verhindert?"

„Nun, vielleicht beantworte ich zuerst Ihre zweite Frage. Ich nehme an, dass Ihnen Sanjay Dravid erzählt hat, wie viel Einfluss wir haben ... auf die Regierung, die Polizei, die Kirche. Wir beraten sie. In diesem Fall haben wir ihnen geraten, Ihr Material unter keinen Umständen veröffentlichen zu lassen."

„Und warum nicht?", fuhr Richard ihn an.

„Bitte, Mr Cole." Fabian hob beschwichtigend die Hand. „Lassen Sie mich versuchen, es Ihnen zu erklären." Er wartete einen Moment, bis Richard sich beruhigt hatte. „Lassen Sie uns damit beginnen, dass wir uns eingestehen, dass Ihre Geschichte vollkommen unglaubwürdig ist. Hexen und Geisterhunde? Übernatürliche Wesen, die ‚die Alten' genannt werden? Ein Junge", er deutete auf Matt, „mit magischen Fähigkeiten?"

„Es ist alles genau so gewesen, wie Richard es geschrieben hat", kam Matt seinem Freund zu Hilfe.

„Ach ja? Die Polizei hat die letzten sieben Tage ermittelt und nichts gefunden, was Ihre Version der Ereignisse untermauert. Es stimmt, dass die Dorfbewohner von Lesser Malling ihre Sachen gepackt haben und fortgegangen sind. Und Omega Eins liegt in Schutt und Asche. Aber, um Ihnen nur ein Beispiel zu nennen –, wenn es dort wirklich eine Atomexplosion gegeben hat, wie kommt es dann, dass hier in der Gegend nicht die geringste Radioaktivität festgestellt werden konnte?"

„Das habe ich in meinem Artikel erklärt", antwortete Richard gereizt. „Wir nehmen an, dass alle radioaktiven Teilchen durch das Tor gesaugt wurden."

„Ach ja. Raven's Gate. Das ist der lächerlichste Teil von allem. Sie schreiben, dass dort ein Steinkreis war, von dem noch nie jemand gehört hat …"

„Professor Dravid hatte davon gehört", warf Matt ein.

„Sanjay Dravid ist tot."

„Jetzt hören Sie mal!" Richard schlug mit der Faust auf den Tisch. „Sie gehören zum Nexus. Sie wissen, dass ich die Wahrheit sage. Warum tun Sie jetzt so, als wäre alles erstunken und erlogen?"

Fabian nickte. „Sie haben recht. Ich dachte, ich hätte das gleich zu Anfang deutlich gemacht. Ich glaube Ihnen natürlich."

Richard runzelte verwirrt die Stirn. „Und warum wollen Sie dann alles vertuschen?"

„Weil wir im einundzwanzigsten Jahrhundert leben. Das Einzige, womit die Menschen heutzutage nicht mehr umgehen können, ist Unsicherheit. Wenn Terroristen zuschlagen, wollen sie wissen, dass die Polizei die Situation unter Kontrolle hat. Wenn neue Krankheiten auftauchen, wollen sie, dass die Wissenschaft Heilmittel findet. Wir leben in einem Zeitalter, in dem kein Platz für das Unmögliche ist."

„Aber Sie glauben an das Unmögliche."

„Ja. Aber was meinen Sie, warum wir unsere Organisation geheim halten? Weil die Leute uns für verrückt halten würden, Mr Cole. Deswegen. Eines unserer Mitglieder ist Senator der Demokratischen Partei in Amerika. Man würde ihn sofort abwählen, wenn er anfangen würde, über die Alten zu sprechen. Ein anderes ist Multimillionärin und hat eine weltbekannte Computerfirma. Sie unterstützt uns und glaubt uns, aber die Aktien ihrer Firma würden ins Bodenlose stürzen, wenn das bekannt würde. Ich habe eine Frau und Kinder. Doch nicht einmal sie wissen, warum ich hier bin."

Er sah Matt an.

„Auch wenn du es vielleicht noch nicht weißt", sagte er, „ist dem FED-Programm bereits bekannt, dass du nicht mehr bei Mrs Deverill bist. Wir könnten den Behörden sagen, wo du bist. Ein Wort von uns und du wärst wieder vor dem Jugendrichter."

Matts Herz sank. Nun war genau das eingetreten, was er befürchtet hatte.

Aber dann überraschte Richard ihn. „Damit das klar ist: Niemand schleppt Matt irgendwohin. Er bleibt hier bei mir."

„Genau das haben wir arrangiert." Jetzt lächelte Fabian zum ersten Mal. „Sehen Sie? Wir haben schon mit den richtigen Leuten gesprochen und es ist alles geregelt. Wir können Ihnen helfen. Und Sie können uns helfen. Wir sollten zusammenarbeiten."

„Wie sollen wir Ihnen denn helfen?", fragte Matt.

„Ich fürchte, deine Rolle in alldem ist noch nicht vorbei", antwortete Fabian. „Susan Ashwood hat mit mir über dich gesprochen. Sie hat gesagt, dass dein Auftauchen das bemerkenswerteste Ereignis ihres ganzen Lebens war."

„Wieso?"

„Weil sie glaubt, dass du einer der Fünf bist."

Da war es wieder. *Einer der Fünf.*

Matt seufzte. „Und was hat das zu bedeuten?"

„Fünf Kinder haben die Welt gerettet. Fünf Kinder werden sie wieder retten. Das ist Teil einer Prophezeiung, Matt. Was hier in Yorkshire passiert ist, war nur der Anfang. Der Nexus wird wieder zusammenkommen und du wirst uns alle kennenlernen. Bitte sprich mit niemandem darüber. Es ist sehr wichtig, dass wir diese Dinge für uns behalten."

Lange Zeit sagte niemand etwas.

„Das ist alles gut und schön", meinte Richard schließlich. „Aber wie soll ich Matt ernähren? Da der Nexus alles weiß, ist Ihnen sicher schon aufgefallen, dass ich arbeitslos bin. Und sollte Matt nicht zur Schule gehen? Er kann ja wohl schlecht mit mir hier herumsitzen!"

„Wir werden Matt in einer Schule in der Nähe unterbringen", erwiderte Fabian gelassen. „Sie beide werden von uns alles bekommen, was Sie brauchen." Er holte eine Visitenkarte heraus und schob sie über den Tisch. „Und was Ihre Lebenshaltungskosten angeht, die übernehmen wir natürlich auch." Er ließ seinen Aktenkoffer aufschnappen und reichte Richard einen dicken Umschlag.

Richard schaute hinein und stieß einen leisen Pfiff aus.

„Das sind fünftausend Pfund, Mr Cole. Betrachten Sie es als Anzahlung. Wenn Sie mehr brauchen, können Sie mich jederzeit anrufen."

Fabian stand auf. Er hielt Matt die Hand hin, der sie missmutig schüttelte.

„Ich kann dir gar nicht sagen, wie es mich gefreut hat, dich kennenzulernen", sagte Fabian. „Wir werden uns schon bald in London wiedersehen." Er wandte sich zum Gehen, drehte sich dann aber doch noch einmal um. „Vielleicht sollte ich dir das nicht sagen", meinte er zögernd. „Aber irgendwann musst du es erfahren und ich denke, mein Freund Professor Dravid würde gewollt haben, dass ich es dir sage." Er holte tief Luft. „Wir glauben, dass es ein zweites Tor geben könnte."

„*Was?*" Matt war geschockt.

„Ich lebe in Lima, der Hauptstadt von Peru. Deshalb wurde ich ausgewählt, dich heute zu besuchen. Wir haben Hinweise darauf, dass es in meinem Land ein zweites Tor gibt. Es kann sein, dass ich dich irgendwann nach Peru einladen muss."

„Sie machen wohl Witze", protestierte Matt. „Ich habe meinen Teil getan. Und ich will nichts mehr mit der Sache zu tun haben."

„Das verstehe ich, Matt. Vergiss nicht – der Nexus ist auf deiner Seite. Wir existieren nur, um deine Freunde zu sein." Er nickte Richard zu. „Bleiben Sie ruhig sitzen, Mr Cole. Ich finde allein hinaus."

In den nächsten zehn Minuten sprach keiner von ihnen.

„Nun", meinte Richard schließlich. Er hatte das Geld vor sich auf dem Tisch ausgebreitet. „Zumindest die finanziellen Probleme sind jetzt erst mal gelöst."

„Ein zweites Tor ..." Matt sah plötzlich todmüde aus.

„Keine Angst, das hat nichts mit dir zu tun", sagte Richard schnell.

„Das hat alles mit mir zu tun", widersprach Matt. „Das weiß ich jetzt. Ich dachte, es wäre alles vorbei, als das Kraftwerk zerstört wurde. Aber das war ein Irrtum. Es ist, wie der Mann gesagt hat – es war nur der Anfang."

„Niemals", sagte Richard. „Denk doch mal darüber nach. Glaubst du wirklich, dass es noch einen zweiten Steinkreis gibt? Und dass ein weiterer Bekloppter ein Atomkraftwerk in dessen Mitte gestellt hat? Matt, das hat nichts mit dir zu tun. Er hat von Südamerika gesprochen. Das ist Tausende von Kilometern weit weg!"

„Sie werden mich zwingen hinzufahren."

„Sie können dich zu gar nichts zwingen, was du nicht willst. Und wenn sie es versuchen, kriegen sie es mit mir zu tun!"

Matt musste grinsen. „Danke, dass du dich für mich eingesetzt hast."

„Ach, das war doch nichts. Ehrlich gesagt wollte ich es gar nicht. Es ist mir nur so rausgerutscht."

„Dein Pech. Jetzt hast du mich an der Backe!"

Richard nickte. „Sieht so aus. Ein schöner Mist, in den ich mich da reingeritten habe! Aber da ich ohnehin arbeitslos bin, kann ich wohl ebenso gut den Babysitter für dich spielen."

„He! Ich brauche keinen Babysitter!"

„Brauchst du doch! Und ich brauche immer noch eine

Story. Es sieht also so aus, als müssten wir es eine Weile miteinander aushalten."

„Ein zweites Tor …"

„Matt, vergiss das. Was auch immer dort sein mag, eins ist sicher – wir werden nicht nach Peru reisen!"

Anthony Horowitz wurde 1955 im Norden Londons geboren. An seine Schulzeit im Internat denkt er nur ungern zurück, denn dort herrschten Kargheit und Strenge. Um seine Mitschüler aufzuheitern, erzählte Horowitz oft Geschichten. Seitdem hat er nie wieder aufgehört, andere Menschen mit seinen Worten in den Bann zu ziehen. Als freier Autor schreibt er nicht nur Bücher, sondern auch für Film und Fernsehen. Im englischsprachigen Raum zählt Horowitz inzwischen zu den gefragtesten Schriftstellern und seine Werke erscheinen in mehr als dreißig Ländern.

ANTHONY HOROWITZ

Anthony Horowitz entführt seine Leser nach Peru, in die verborgene Stadt der Inka und die brennend heiße Nazca-Wüste. Dort konfrontiert er sie gnadenlos mit teuflischen Mächten und verheerenden Prophezeiungen. Erschreckende Wendungen und sprachliche Brillanz machen „Teufelsstern" zu einem Hochgenuss für Thrillerfans.

Band 2 der „Fünf Tore" als Taschenbuch

Rasante Szenenwechsel, spannende Verfolgungsjagden und der Wettlauf gegen die Zeit machen den dritten Band der Reihe „Die fünf Tore" zu einem außerordentlichen Roman, der den Leser von der ersten bis zur letzten Seite fesselt.

Band 3 der „Fünf Tore" als Taschenbuch

Die gleichnamigen Hörbücher sind bei *Goya libre* erschienen.

AM ANFANG WAR DAS TOR ...

„Über den fünften der Fünf wissen wir bisher sehr wenig.
Es ist ein Mädchen. Wie die anderen wird es fünfzehn Jahre alt
sein. Wir vermuten, dass es chinesischer Abstammung ist und
in Asien lebt. In der alten Welt war sein Name Scar. Ohne jeden
Zweifel suchen die anderen vier nach ihm ... Das bedeutet,
dass wir das Mädchen zuerst finden müssen."

Exotische Schauplätze, faszinierende Figuren und Action
nonstop: Erfolgsautor Anthony Horowitz beweist einmal
mehr, dass er ein absoluter Meister seines Fachs ist.
„Höllenpforte" ist Nervenkitzel pur.

Band 4 der „Fünf Tore" als Taschenbuch